# 離縁されました。再婚しました。
## 仮面侯爵の初恋

東　万里央

Illustration
すずくら　はる



gabriella books

この作品は小説投稿サイト・ムーンライトノベルズに投稿された作品を加筆・修正したものです。

# 離縁されました。再婚しました。
## 仮面侯爵の初恋

contents

# プロローグ

北西に位置する王国・フロリンの冬は長く厳しい。

一〇月には鈍色《にびいろ》の厚い雲が幾重《いくえ》にも渡って空を覆《おお》い、一一月には雪が降り始める。一二月ともなれば太陽は午後になってもほとんど見えず、人々は三月になるまで鬱々《うつうつ》とした季節に耐えなければならない。だからこそ、フロリンに生きるすべての人々にとって、春とは光に満ち溢れ、生命を謳歌《おうか》する喜びの季節である。

そんな春を迎えたばかりのフロリンの空の色は、サファイアを溶かし混ぜたような深みのある青だ。この青はフロリンブルーと呼ばれ、季節の初めにこの国を訪れる旅人を喜ばせる。

ところが、誰もが笑顔であるはずの春の最中、名門貴族アルノー子爵家の屋敷から、穏やかとは程遠い声が響き渡った。

「――クロエ、お前とは離縁する。この家を出ていけ！」

灰色の屋根に赤茶の壁、いくつもの窓の並ぶ、落ち着きのあるたたずまいである。だが、その住人の性格は正反対のようだ。声は屋敷の西側の部屋から聞こえてくる。そこでは男女三人による修羅場《しゅらば》が繰り広げられていた。

いや、修羅場というのは正解ではないかもしれない。ひとりの少女が一方的に糾弾され、怯《おび》えて縮こまっている状況だった。

「こんなときにもだんまりか？　だが、それはもう通用しないぞ」

そんな少女を容赦なく追いつめるのは、ぱっと見は人のよさそうな印象のある、二十代半ばの青年だった。少女の――クロエ・ドゥ・アルノーの夫であったシリル・ドゥ・アルノーだ。このアルノー家の当主でもある。

シリルはクロエをふたたび怒鳴りつけた。

「何をしている。さっさと出ていけ！　お前の親とはすでに話がついているんだ！」

そのシリルの隣には金髪の巻き毛に緑の瞳の、誰もが目を見張る美女が立っている。シリルの愛人であるエリーゼ・ドゥ・ルテールだった。腹が膨《ふく》らんでいることから、孕《はら》んでいるのだとわかる。だが、その口元には母親らしからぬ、「してやったり」という笑みが浮かんでいた。

シリルはエリーゼの肩を抱き寄せ、クロエに見せつけるように彼女の腹を撫《な》でる。

「お前には三年、子ができなかった。妻を名乗るのは厚かましいというものだろう」

フロリンでは基本的に離婚は認められてはいない。だが、いくつかの例外があった。真っ先に挙げられる条件が、妻に子ができなかった場合である。クロエはその例外に当てはまっていたのだ。

クロエが打ちひしがれているのに、気をよくしたのだろうか。シリルはなおもクロエを非難する。

「子が産めないお前は、女ですらない」

非情そのものの暴言にさすがに真っ青になり、クロエはぎゅっとドレスの裾《すそ》を握り締めた。

「すぐに荷物をまとめて出ていけ。ああ、持参金はいただいておくからな。俺の三年を無駄にさせられた慰謝《いしゃ》料《りょう》だ」

クロエはひとつの抗議もできなかった。夫に、男に口答えをしてはならないと、そう育てられてきたからである。その宣告が、どれだけ理不尽であってもだ。

なぜシリルとの離婚が理不尽なのか——クロエがアルノー子爵家へ嫁いだのは、ほんの二年と一一ヶ月前の話である。当時クロエは一五歳の少女に過ぎなかった。少女と言っても、結婚には少々早い程度の年だ。そう見なされ家同士での縁談がまとまったのだが、クロエの容姿がシリルには不満だったらしい。

クロエは緩やかに波打つ茶の髪に、大きな茶の瞳の小柄な少女だった。丸顔で優しい顔立ちをしており、一般的な年ごろの娘としては十分可愛い。とはいえ、あくまで平凡の範囲を出ず、人目を引く美人だとは言えなかった。ところが、シリルの好みは派手かつ、豊満な肉体の女性だったらしい。クロエと初めて顔を合わせたその日、あからさまにがっかりとした表情になったのだ。

結婚式では誓いの口づけもふりだけ。初夜はさっさとシリルは寝てしまい、クロエに指一本も触れなかった。それから約三年、夜をともに過ごしたことなどない。これで孕むはずもなかった。

今も昔も、子ができず責められるのはまず女である。結婚して一年が過ぎたころから、クロエは実父だけではなく、舅《しゅうと》姑《しゅうとめ》にも「子はまだか」と問いつめられるようになった。早く立派な跡取りを産むのが嫁の務めだと、顔を合わせるたびに説教された。

クロエも夫に歩み寄ろうと努力はした。顔から火が出る思いで、シリルに夜をともに過ごしてほしいと頼んだこともある。だが、シリルはクロエを無視し、週末の夜には外出するようになってしまった。

彼に愛人がいるのではないかと、疑い始めたのはこのころからだ。シリルは一旦出かけると、翌日になるまで帰らない。そして、これ見よがしに香水の香りをつけてくる。

それでも、クロエはシリルを非難することなどできなかった。姑にシリルの浮気を相談したこともあったのだが、「浮気のひとつやふたつ、男の甲斐性《かいしょう》だ」と一蹴されてしまったからである。「夫がその気になれないのは妻の責任だ」とも詰《なじ》られた。

主人が妻をぞんざいに扱う雰囲気は使用人にも伝播《でんぱ》し、結婚して二年が過ぎるころには、クロエはすっかりアルノー家の厄介者になっていた。

さらに、シリルはどう立ち回ったのか、主治医に「クロエは不妊である」との診断書を出させ、すべての責任をクロエに被《かぶ》せたうえで、離縁を言い渡したのである。おまけに、すでに新たな妻となる妊婦・エリーゼを家に連れてきたのだ。アルノー家に味方のいないクロエに、なすすべなどなかった。

クロエはやっとの思いで、「わかりました……」とだけ答え、不貞の男女に背を向ける。

実家に出戻らなければならないのが、悲しく苦しく、恐ろしかった。

# 第一章　離縁されました。再婚しました。

クロエの実家は、男爵の地位にあるショーメット家だ。王都から馬車を三日走らせた、緑豊かな平野に屋敷を構えている。

豪奢《ごうしゃ》なその屋敷のつくりからもわかるように、ショーメット家には金はある。だが、貴族に必要とされる歴史はない。クロエの祖父は平民の商人だったが、先の戦争で物資を供給した功績を評価され、王家より爵位と領地を授与されたのだ。そのために成り上がりと馬鹿にされることも多く、社交界では相手にされないこともままあった。そもそも貴族とは排他的な人種なのだ。

クロエの父・ギヨームにとって、貴族に貴族として認められ、その関係に食い込むことは、長年の悲願だった。そこで、名門ではあるものの、近年借金に喘《あえ》いでいたアルノー子爵家に目をつけた。多額の持参金を積んで、クロエとの縁談を持ちかけたのである。

これで貴族との繋がりができるとギヨームは得意になっていたのだが、とうの娘が不妊の烙印《らくいん》を押され、挙句追い出されての出戻りである。怒りは娘をいじめ抜いたアルノー家にでも、持参金だけちゃっかりもらったシリルにでもなく、期待を裏切ったクロエへと向けられた。

「――この馬鹿者が‼」

執務室でのギヨームによる叱責に、クロエはびくりと身を竦《すく》ませた。

「不妊……不妊だと⁉　私の顔に泥を塗りおって‼　お前を嫁がせるのにいくらかかったと思っている‼」

クロエは唇を引き結び、父の罵声を浴びている。

ギヨームとクロエとの関係は昔からこうだった。ギヨームは典型的な男尊女卑の思考をしており、クロエをショーメット家の付属物、道具程度にしか考えていなかった。クロエの年の離れた幼い弟・マリユスだけが、ギヨームにとっては我が子だったのだ。

母のアンヌは物心ついたころからそんな父に従うばかりで、庇《かば》ってもらったことなど一度もなかった。

結果、クロエは両親がいながらその愛情を得られず、内気で引っ込み思案な少女に成長していたのである。そして彼女は、このような場では耐える以外のすべを知らなかった。

ギヨームはいらいらと室内を歩き回りながら、怯えるクロエを鋭い目つきで睨《にら》む。

「お前に再婚の当てなどないぞ。美しくもなく、子の産めない女など、なんの価値があるというのだ」

クロエは不妊については誤解だと口を開きかけたが、何を言っても無駄だと早々に悟り、悲しみとともに黙り込むしかなかった。なにせ医師による不妊の診断書があるのだ。ギヨームは地位や権威といったものに絶対の価値を置いている。娘の訴えを信じるはずがないし、信じる気もないだろう。

「……修道院へゆけ」

ギヨームは低い声でそう言い渡した。

「もうお前には髪をおろし、神に祈る以外の人生は残されていない。一ヶ月後までに用意をしておけ」

「……」

クロエはひどく傷つき、涙が滲《にじ》むのを感じたが、心のどこかで安堵《あんど》もしていた。神に祈る毎日ならば、人と関わることも、騙《だま》されることも、裏切られることもない。心静かな暮らしが送れると期待したのだ。

ところが、クロエの修道院ゆきは、とある人物からの求婚によって、頓挫《とんざ》することになるのだった。


一週間後の晴れた日の朝、クロエは鏡台の前に腰かけ、伸ばし続けてきた髪を梳《す》いていた。地味で平凡な容姿のクロエが唯一、自分の身体の一部で好きだったものだ。艶《つや》のある茶の髪は緩やかに波打ち、光がさざ波のように揺らめいている。

修道院では髪は短く切るのが慣例だ。この髪とももうじきさよならだと思うと、あらためて悲しみが胸を満たす。これ以上惜しくなる前に、みずからの手で切ってしまおうと、クロエが引き出しを開け、ハサミに手を伸ばしたそのときだった。馬の嘶《いなな》きが窓の外から聞こえ、敷地内で馬車が止まった気配がした。にわかに屋敷が騒がしくなった気がする。

客人だろうか、とクロエは首を傾げていたが、馬車は二十分ほどするとふたたび馬の嘶きを残して去っていった。真っ青な顔のギヨームが部屋にやってきたのは、それからまもなくのことだ。

「お父様、どうなさいました?」

クロエがそう尋ねたのだが、ギヨームは答えない。鏡台のクロエにつかつかと歩み寄ると、「お前の再婚相手が決まった」と、思いがけない一言を告げたのだ。

「なっ……」

「たった今、グラス侯から求婚の使者がやってきた。明日にでもお前を迎えにくるそうだ。準備をしておけ」

〝グラス侯〟の名を聞き、クロエも真っ青になった。

ロラン・ドゥ・グラスことグラス侯は、よい意味でも悪い意味でもこのフロリンでは有名である。よい意味では名門グラス侯爵家の当主で、やり手の領主かつ事業家あり、莫大な財産の持ち主であると言うことだ。国中のワインと穀物の流通を司《つかさど》り、「フロリンにグラス侯あり」と言われている。だが、それを覆してしまうほど、悪い噂のほうが大きかった。

グラス侯はクロエより約一回り年上の、もうじき二九歳を迎える男やもめである。やもめということは伴侶《はんりょ》を亡くしているのだが、その数が一度ではなく三度だったのだ。ひとり目の妻は病死、ふたり目は事故死、三人目は行方《ゆくえ》不明となっており、つまりは三人が三人ともろくな終わりを迎えてはいなかった。ゆえに、ついた二つ名が『妻殺し』である。

ひとりならともかく、さすがに三人ともなると、疑いの目も向けられるというものだ。グラス侯が三人の妻を手にかけたのではないか。グラス邸には、行方知れずの三人目の妻が埋められているに違いない、とまことしやかに囁かれるようになった。

そんな噂に拍車をかけたのが、グラス侯が肌身離さず着けている黒い仮面である。本人は幼少期に負った火傷《やけど》の痕を隠すためだと言っているらしいが、きっと化け物のような顔に違いないと、貴族らは恐怖と好奇心の二つを持って噂していた。

世情に疎《うと》いクロエの耳にも、その噂はしっかり届いている。四人目の犠牲者になりたくはないと、クロエは震え上がってギヨームに縋《すが》りついた。

「い、嫌です。お父様、どうかお願いです。私を修道院へやってください」

グラス侯が恐ろしいだけではなく、クロエは結婚などもう懲り懲りだったのだ。

しかし、ギヨームがクロエの希望を聞くはずもなかった。

「お前に選択権はない！　男爵家が侯爵家に逆らえると思っているのか！　それに、閣下は持参金は必要ないともおっしゃっているそうだ。これ以上の条件は我が家にはもう望めん」

怒声が室内に響き渡る。強く手を振り払われてしまい、クロエはその場に手と足をついた。

「いいか。お前はこの家の恥なのだ。引き取られるだけありがたいと思え」

クロエは震えながらギヨームを見上げた。ギヨームの目には憎しみにも似た怒りが宿っている。この眼差しに射竦められてしまうと、クロエはこう答えるしかなかった。

「かしこ、まりました……」


グラス侯爵家の迎えの馬車は、予告どおりに翌日にやってきた。

クロエは左右と前後を護衛に挟まれ、花嫁というよりは囚人といった表情で、悲愴《ひそう》な覚悟で馬車へと乗り込んだ。「持参金はいらない」というグラス侯の言葉に甘え、持ち物は小さなカバンのみで、召使のひとりすらつけられていない。

ギヨームは、迎えの従者には恭《うやうや》しく挨拶をしたものの、クロエには声をかけず、さっさと屋敷の中に入ってしまった。見納めにクロエが馬車の窓から屋敷を窺うと、幼い弟のマリユスが部屋の窓から不思議そうな顔で馬車を見下ろしているのが目に入った。

こうして馬車はショーメット領を発ち、グラス領を目指した。窓の外には心躍るフロリンの春の景色が広がっているというのに、旅の間、クロエは自分の未来を憂い、諦めながら馬車に揺られた。

鬱蒼《うっそう》とした森をいくつか越え、広大な平野を突っ切って、一週間後。馬車はようやくフロリン中部にあるグラス邸へと到着した。

「クロエ様、どうぞお降りください」

御者がクロエにそう声をかけ、ゆっくりと馬車の扉を開けた。

「わ、わかりました……」

クロエは憂鬱《ゆううつ》な思いで外へ一歩足を踏み出し、次の瞬間、口をぽかんと開け周囲を見回した。

クロエの実家であるショーメット邸が、少なくとも四つは収まりそうなほどに広い。その広大な敷地は四方を高い鉄の柵でぐるりと囲まれ、柵には真紅の春薔薇《ばら》が巻きついていた。屋敷は白い壁に濃い青灰色の屋根をしており、左右にそれぞれ大きな尖塔《せんとう》がひとつ、間にはいくつもの細かなそれが建つつくりだ。屋敷というよりは城であり、王宮すら凌《しの》ぐだろう壮麗さに、クロエは目を瞬《しばた》かせるしかなかった。

クロエが呆然としていると、到着を御者が知らせたのか、何人もの召使が正面玄関からわらわらと現れる。クロエを目にするなり、皆「まあまあ」と顔を見合わせ、耳打ちをし合った。

「優しそうで、真面目そうな方だわ」

「この方ならきっと……」

「こらこら、お前たち。いい加減にしなさい」

四十代とおぼしき黒服の執事が前に進み出ると、にこやかにクロエに向かって腰を折る。召使たちもそれに続いた。

「クロエ様ですね？　いらっしゃいませ」

「よくおいでくださいました！　旦那様がお待ちでいらっしゃいます」

皆の表情は一様に明るく生き生きとしており、クロエはまた面食らうしかなかった。どうやら歓迎されている様子だ。

「あ、あの……」

「さ、さ、さ、どうぞ、どうぞ！」

戸惑うクロエを取り囲み、外套《がいとう》を預かり、召使たちは彼女を屋敷の中へと招き入れる。悪魔に喰らわれる覚悟でいたクロエにとって、何もかもが予想外の出来事だった。

連れていかれた部屋は応接間らしく、濃緑の壁紙の趣味のよい部屋だった。クロエは椅子のひとつに腰かけ、夫となるグラス侯の訪れを待つ。

時間がかかると思っていたのだが、数分を置かずに扉が叩かれ、先ほどの執事の声が響いた。

「グラス家当主、ロラン・ドゥ・グラス閣下のおいでです」

「……！」

クロエは慌てて席を立つと、ドレスの裾をつまんだ。かすかに軋《きし》む音を立てて扉が開けられ、夫となるグラス侯その人が姿を現す。

グラス侯ロランは、すらりとした長身の男だった。小柄なクロエが見上げる背丈だ。それでいて肩や胸、腕のあたりは目を見張るほど逞《たくま》しい。剣術や馬術で鍛えているのだろう。背こそ高かったが胸板の薄い前夫とは、だいぶ違う。

髪はコバルトと銀を混ぜた青銀色であり、長く伸ばしてうしろで束ねている。そして、やはり噂どおりに黒い

仮面を着けていた。目の部分には灰色のガラスが嵌《は》め込まれている。口元は見えているものの、表情がわからず、不気味としか言いようがなかった。それでもかたちのよい細い顎《あご》と唇から、もともとの顔立ちは決して醜《みにく》くないのだとわかる。

クロエはしばし彼の姿に見惚れていたのだが、はっと我に返ると、慌てて淑女《しゅくじょ》の挨拶をした。

「は、初めてお目にかかります。クロエ・ドゥ・ショーメットと申します」

「……」

まったく反応がないので不安になり、クロエはおそるおそる顔を上げる。グラス侯はクロエを凝視しているようだった。

「あ、あの、旦那様……?」

クロエに呼ばれ、グラス侯の肩がぴくりと反応する。

「……今、なんと言った?」

不意に低い声で尋ねられ、クロエは恐怖に震え上がった。

「あ、あの、旦那様と……。お、お気に召さないようでしたら、か、変えます。なんとお呼びすればよろしいでしょうか?」

グラス侯はふたたび黙り込んでしまう。クロエがおろおろとする間に、「では」と仮面ごしにクロエを見つめた。

「ロランと呼んでくれ」

「ロラン……ロラン様でよろしいですか?」

クロエが念のために確認すると、肩がまたぴくりと揺れた。そしてなぜか「ロラン様、ロラン様……」とクロエの言葉を反芻《はんすう》している。

「あの、ロラン様、どうなさいましたか……?」

クロエがさすがに心配になって顔を覗《のぞ》き込むと、グラス侯ことロランはざざ、と数歩分後ずさった。

「ろ、ロラン様?」

「……なんでもない」

ロランはぶっきらぼうに呟《つぶや》くと、「結婚式は三日後だ」と予定を唐突に告げる。

「今日はもう疲れただろう。部屋でゆっくり休むといい」

「あ、ありがとうございます……」

一気に緊張から解放され、クロエは胸を撫で下ろした。同時に扉が数度叩かれ、「失礼します」という断りの言葉とともに、執事が姿を現す。執事は困惑した表情でクロエに尋ねた。

「クロエ様、その、お聞きしたいことが……。馬車からお荷物をお部屋に運ぼうとしたのですが、あの小さなカバンおひとつでよろしかったのでしょうか?」

ロランが執事の言葉に眉を顰《ひそ》める。

「なんだと? カバンひとつ?」

どういうことだとクロエに向き直り、執事の疑問を代わって口にした。

「君は男爵家の令嬢だろう? 宝石は? ドレスは? 髪飾りは? そもそも世話役の召使はいないのか」

ロランや執事が訝《いぶか》しむのも当然だ。通常、貴族の女性は嫁入り道具や愛用の品々を、嫁ぎ先に持ち込むのが一般的なのだ。馬車一台分になることも珍しくはない。そこにさらに慣れ親しんだ召使が付け加わる。なのに、クロエの持参の品は祖母から譲られた首飾りと、ボロボロになるまで読み込んだ三冊の本だけだった。

もともとクロエには愛用の品と呼べるものが少ない。ギヨームがクロエに金をかけるのを嫌ったからだ。シリルとの結婚の際には見栄もあったのだろう。技巧を凝らした流行のドレスや、高価な宝石を使った宝飾品を馬車いっぱいに持たせた。しかし、それらは離婚時、シリルに取り上げられてしまっている。

もちろん時間がないこともあったのだろうが、父はこれ以上の娘への投資は無駄だと考えたに違いない。何せ相手は「妻殺し」と噂されている男なのだ。クロエも早々に殺されると見切りをつけたのだろう。

クロエは惨《みじ》めな思いでいっぱいになり、ぎゅっとドレスの裾を握り締めた。

「荷物はそれだけです。……申し訳ございません」

するとロランがなぜか慌てたように手を振った。

「いや、君を責めているわけではないんだ。不思議に思っただけで……」

慌てたせいか、口調が幾分か柔らかくなる。

「君が持ってきたものはなんだい？」

クロエは俯いたまま正直に答えた。

「祖母からもらった首飾りと本です」

「本？　君は本が好きなのかい？」

クロエは目を見開いてロランを見つめた。何が好きかと聞かれたのは初めてだったからだ。これまでクロエのことを心や好みのある、ひとりの人間だと見なした者は、幼いころに亡くなった祖母だけだった。

「は、はい。本は好きです。読んだ本はそんなにありませんが……」

一冊目は、男が宝探しに世界中を駆け巡る物語。二冊目は王女と騎士の身分違いの恋物語。最後の一冊はフロリンにおける動植物の図鑑だ。クロエは辛い朝、悲しい夜にはどれか一冊を手に取り、物語や知識の与えてくれる空想の世界に遊んだ。本だけが優しくクロエを慰めてくれたのだ。

「……そうか」

ロランはなぜかそのまま黙り込んでしまう。そして、「では、あとで」とくるりと身を翻《ひるがえ》すと、クロエを残して部屋を出ていった。


一体何がロランの不興を買ったのだろう――。

クロエはその夜まんじりともせず、自室のベッドの中で何度も寝返りを打った。持参金もなければロクな持ち物もない花嫁だと、呆れ返ってしまったのだろうか。また、なぜロランは自分のような身分もたいしたことがなく、容姿もぱっとしない娘と結婚しようとするのかと不思議に感じた。アルノー家にいたころのように、虐《しいた》げられるのかと思い込んでいたが、そんな気配も見受けられない。むしろ召使らには歓迎されている雰囲気である。

与えられた部屋も、これまでクロエが過ごしてきたところとは比べ物にならないくらい広く、さらに落ち着いて過ごせるよう、家具から小物に至るまで配慮されているのが感じ取れた。

三日後の結婚式は、そしてその後はどうなってしまうのだろう――クロエは瞼《まぶた》を閉じ、ようやく訪れた眠りに身を任せる。これまでが幸福とは言えなかっただけに、人生に期待などしていなかった。だが、できることならまだ死にたくはなかった。

翌日。クロエは自室でウエディングドレスの採寸を受けていた。すでに素材は準備してあるので、これから一日で縫い上げるのだそうだ。

通常、ドレスは採寸から仕上げまで少なくとも一ヶ月はかかる。それを一日足らずで仕上げようというのだから、何人の職人を必要とするのだろうか。その話を聞いただけでグラス家の財力がわかるというものだった。

「はい、これで終わりですよ」

職人の声に、クロエはほっと息を吐いた。大きいとは言えない胸からつま先まで事細かに測られ、どうにも落ち着かない気持ちになっていたからである。元着ていた服に着替え、髪を整えたところで、扉が遠慮がちに数度叩かれた。

「入ってもよろしいでしょうか?」

昨日の執事の声である。クロエが「はい」と答えると、執事だけではなく複数の召使が姿を現した。彼らの腕には色とりどりのリボンのついた、いくつもの箱が抱えられている。

「あ、あの……」

何事かと戸惑うクロエの前を横切り、執事、および召使らは、それらをテーブルの上に積み上げた。執事が咳払いをしてから、それぞれの箱の中身の説明を始める。

「あちらのピンクの四つの箱は季節ごとの帽子でございます。そちらの小さな三つの箱には真珠の髪飾り、首飾り、イヤリング。こちらの大きな四つの箱にはお出かけ用のコート、ドレスが二着ずつ。それとこちらの四角い箱には四冊の図鑑、五冊の本が収められております」

と、言われても何がなんだかわからない。

「す、すいません。あの、こちらの品はなんなのでしょう?」

執事と召使たちはにっこりと笑った。

「はい。クロエ様の嫁入り道具にございます」

「えっ……」

目を瞬かせるクロエに、執事が温かい眼差しを向ける。

「ロラン様のご命令でして。急ぎでしたので、少なくて申し訳ない、とのことでした」

「そ、そんな、少ないだなんて……」

これほどたくさんの贈り物を受け取ったのは初めてだった。

「あ、あの、中を見てもいいですか……?」

おそるおそるクロエがそう申し出ると、召使たちが「どうぞどうぞ!」と煽る。

クロエは本が入っているという、四角い箱のリボンを真っ先に解いた。

「わあ……」

新しい紙の香りがふっと鼻に届く。クロエは一番上の一冊をおそるおそる手に取った。緋色の表紙の美しい一冊である。フロリンの著名な文学作品の全集らしい。嬉しさのあまりに、つい本を抱き締めてしまった。

また、新しい本が読めるとは思わなかった。ロランに礼を言わなければと顔を上げる。

「あ、あの、ロラン様はどちらでしょうか?」

執事は微笑みながら「どうぞ」と扉を開けた。

「ロラン様は執務室にいらっしゃいますよ。まもなくご休憩時間ですので、わたくしがご案内させていただきます」

クロエは執事とともに、ロランのいる執務室を訪ねた。執事が扉を叩くと、すぐに「入れ」と返事があった。

ロランは大きな机の向こうの椅子に腰かけ、羽ペンを手に書類を眺めていた。仮面のガラスの瞳の奥からクロエを認めると、席を立つ。

「どうした？　何か不自由があったのか？」

クロエはぺこりと頭を下げると、はにかんだ微笑みを浮かべた。

「お礼を申し上げなければと思って……。あ、あの、たくさんのプレゼントをありがとうございます」

「ああ、届いたのか。気に入ってくれると嬉しいが」

「も、もちろん、気に入りました。ドレスも、コートも、アクセサリーもみんなみんな素敵で……」

だが、何より嬉しかったのは本だった。クロエはロランの顔を見つめる。

「あの、本を選んでくださったのはロラン様なのですか？」

ロランは困ったように首を傾《かし》げてから頷《うなず》く。

「ああ、そうだ。その、若い女性が好む話がよくわからなかったので、適当に見繕ってみたのだが、あれでよかっただろうか」

クロエは小さく頷き、素直に感想を述べた。

「どの本も面白そうで、読んだことがないものばかりで……今からわくわくしています」

「そうか……」

ロランはほっと溜息を吐き、また椅子に腰をかける。

「嫁入り道具だからと言って、何も式が終わるまで我慢することはない。本くらいいくらでも買うから、今日からでも時間があれば読むといい」

「あ、ありがとうございます……」

クロエはあらためて礼を言い、これ以上執務の邪魔になってはならないと、執事とともに部屋を出た。廊下を歩きながら、夫となる男への認識をあらためる。ロランは世間では「妻殺し」などと呼ばれており、不気味な仮面を被っているものの、実は優しく真面目な人柄ではないだろうか。人の噂を安易に信じていた自分が恥ずかしくなる。

もっと彼のことを知りたいと思い始めたが、ロランはこの日も執務が立て込んでいるということで、クロエは召使らに囲まれてひとりで食事をとった。少し残念に思いながらも、部屋で夜にもらった本を手に取ったとき、クロエはある事実を言い忘れていたことを思い出した。

それは一度結婚し、離婚してはいるのだが、まったく経験がないという、出戻りにはあるまじき身の上だった。


結婚式当日。式は領内の教会でのごく簡単なものだったが、用意されたドレスとヴェール、宝石類は目を見張るほど豪華だった。チビで貧相な体格の自分に、こんな衣装が似合うのかとクロエが不安になったほどだ。

ようやく着付けを終え、介添えに手を取られて部屋を出ると、ロランが髪の色に合わせた、銀灰色の式服姿で待っていた。こちらは均整の取れた体格によく似合っている。あまりの釣り合わなさにクロエが赤面する一方で、ロランは一言もなくクロエを見下ろしている。

やはり何を考えているのかさっぱりわからない。クロエは、花嫁の地味さに呆れているのだろう、きっと後悔しているのだろうと捉え、泣きたい思いに駆られてしまった。やはり誰からであれ呆れられ、嫌われるのは辛かった。

ところが、クロエが悲しさと苦しさに俯いていると、不意に頭上から思いもよらない言葉が降ってきた。

「……きれいだ」

あまりに小さな、囁きですらない声だった。クロエが驚いて顔を上げた瞬間には、ロランは「いくぞ」と身を翻してしまい、聞き違いなのかを確かめる間もなかった。

結婚式はショーメット家からの出席者の姿はなく、ロラン側にも親戚や来賓はないようだった。ふたりを見守るのはほぼ屋敷の召使のみで、神父の前で誓いを立てるだけの、簡素なものであった。

だがクロエの心は、今までにないほどに満ち足りていた。

夕日が稜線《りょうせん》に沈むころ、クロエは純白の寝間着を身に纏《まと》って、豪奢な寝室でロランの訪れを待っていた。ベッドは細工の施された天蓋つきであり、枕やキルトは手触りからしておそらく絹《きぬ》である。

だが、クロエにその光沢を楽しむ余裕はなかった。結局結婚式のあともふたりきりの時間が取れず、自分が処女であると打ち明けられなかったのだ。

もう直前に告白するしかないと溜め息を吐く。直後に扉が静かに叩かれ、ロランその人が現れた。いつもの仮面をつけたままで、青紫のガウンの狭間からは逞しい胸筋が見える。途端にクロエの心臓が跳ね上がった。

ロランはベッドのクロエの隣に腰かけると、小さな顎をつまんで茶の目を覗き込んだ。仮面ごしにでもじっと見つめられると、恥ずかしさに顔から火を噴いてしまう。

それでもクロエは純潔だと説明しなければならないと、しどろもどろになりながらも口を開いた。

「あっ、あのっ、ロラン様、申し上げたいことがあるのです」

「……あとにしろ」

「あ、あとでは遅いのです。じ、実は私、前の夫とは」

次の瞬間、覆い被さるように唇を塞《ふさ》がれた。同時に、有無を言わせぬ力でベッドに押し倒されてしまう。

「んんっ……!?」

生まれて初めての口づけは、クロエには少々刺激が強すぎた。強引に唇を割り開かれ、舌を絡め取られてしまう。さらに先を軽く吸われてしまい、クロエの細い肩がピクリと反応した。

「う、ん……」

ロランはゆっくりと唇を離すと、クロエの頬を男らしい、筋張った両手で覆った。

「君の前の夫の話など聞きたくない」

「い、いえ、そうではなくて……」

「今夜は私だけを見ていろ」

「んっ……」

ふたたび唇を舌ごと奪われてしまい、クロエにはもはやなすすべもなかった。ロランの腕が腰に回され、華奢《きゃしゃ》な身体をさらう。

「きゃ……！」

クロエはベッドの中央に寝かされ、瞬く間に組み伏せられてしまった。何をするのかと問おうとして開かれた唇は、また唇で塞がれ、狭間に舌が差し込まれる。

クロエはロランがなぜ強引なのかがわからなかった。やはり『妻殺し』の噂は本当だったのか。床《とこ》で抱き殺されるのかと怯える。だが、そうした怯えも口腔を執拗に嬲《なぶ》られ、舌に舌で触れられる間に徐々に曖昧になっていく。息を吸い込めずに意識が朦朧《もうろう》としてくる。

「うう……ん」

クロエは息苦しさに耐え兼ね、顔を背《そむ》けようとしたが、ロランに両手で顔を押さえられる。逆に吐息すら喉の奥から奪われ、ますます苦しくなってしまった。さらにロランの筋肉質な身体の重みに押し潰され、クロエはついに堪え切れずに拳でロランの肩と腕を叩く。

「……っ！」

だが、クロエの抵抗はあまりにか弱く、ロランには肩に小鳥が留まった程度でしかなかったらしい。呆気なく手首をシーツに縫い留められ、さらに重みをかけられてしまった。

「クロエ……」

ロランは一度唇を離すと、額に、頬に、顎に啄《ついば》むように口づけを繰り返し、最後にふたたび深く唇を重ねた。ロランの熱い舌がまたクロエのそれに触れる。強く吸い上げられ、身体の奥底から熱が湧き出てきた。

「うう……ん」

「クロエ、クロエ」

名を呼ばれ、唇を、吐息を、混じり合いどちらのものとも知れなくなった唾液を吸い上げられるたびに、背筋に甘い疼《うず》きが走る。くちゅ、くちゅという口の中でのいやらしい響きを感じるたびに、下腹部に熱が溜まり、心臓が早鐘を打った。

「ん……ふ。んんっ」

もう止めてほしいという思いと、もっとほしいという思いが交差する。クロエは得体の知れない自身の感情に振り回され、身体の奥に眠る官能を掻き乱された。クロエの体が弛緩《しかん》してきたのに気づいたのか、ロランはクロエの細腰を引き寄せ、口腔内をさらに思うがままに嬲る。

「んんっ……うぅ」

呼吸も心臓ももはや限界である。ようやくロランの唇が離れたときには、茶色の目の端からは一筋の涙が零れ落ちていた。ロランは舌先で滴《しずく》を舐《な》め取り、唇で頬を滑らせるように辿っていく。

「うう、ん。やだ……」

くすぐったさに身を捩《よじ》るクロエを、ロランは胸に強く抱き締めた。華奢な身体が鍛え上げられた胸にすっぽり覆われる。クロエは骨が折れてしまうのではないかと恐れた。それほどロランの腕の力は強かったのだ。

「ロラン様……苦しい……」

小さな声が息も絶え絶えに懇願する。ところがロランは腕を緩めなかった。仮面越しの双眸には欲望が燃え盛っている。初めて目にする男としての彼の顔に怯え、クロエは逃げなければと身じろぎをした。

「お願い……離して……ください……」

ロランの腕に力が込もる。

「……離さない」

クロエの訴えは、続く驚愕に遮られた。ロランの手が寝間着の合わせ目にかけられ、裏地ごとたやすく引き裂かれてしまったからだ。

「……！」

絹が真っぷたつとなる音は、女の悲鳴にも聞こえた。ボタンが三つ弾け飛び、ロランの肩を打つ。純白のレースが無残な裂け目のある切れ端と化し、クロエの頭の中もまた真っ白になった。

寝間着の下には何もつけてはいない。露《あら》わになった小さな胸を、夜に冷えた空気が撫で、ロランの肩から流れ落ちた青銀の後《おく》れ毛が肌に触れた。

「い、いやっ……」

ざわりとした感触に小さく悲鳴を上げる。だが、ロランは手を止めない。裾まで引き裂かれた寝間着を取り払い、残骸をベッドの下に放り投げた。

「……っ」

羞恥に顔を覆うクロエを尻目に、ロランはみずからもガウンを脱ぎ捨て上半身を現す。男をいまだに知らぬ無《む》垢《く》なクロエも、指の間から見えた肉体美に、一瞬涙も忘れて見惚れてしまった。

想像以上に鍛え抜かれた見事な身体だった。筋肉があるべき場所に無駄なくつき、屈強でありながらも美しさを感じさせる。首から肩にかけてと背から腰にかけての線は、神の造形によるものだとしか思えなかった。

「クロエ」

低く心の奥深くにまで届く声で名を呼ばれ、クロエは我に返りロランを見上げた。灼熱を宿した仮面越しの双眸がクロエを見下ろし、あますところなく辿る。しみのない白い首筋もかたちのよい鎖骨も、ささやかな膨らみも余分な肉のない腹部も、折れてしまいそうな腰も細く伸びた脚も、ロランはクロエの隅々を視姦した。

「み、見ないでくださいませ……」

クロエはせめてもと両腕を交差させて胸を隠したが、ロランに無理やりに取り払われ、ふたつの膨らみのひとつを、大きな手のひらで覆われてしまう。

「あっ……」

華奢な身体がびくりと震える。それからのロランの愛撫は巧《たく》みだった。掬い上げるようにしたのかと思えば、親指から小指までのすべての指先で順に刺激を加えていく。ささやかな膨らみは骨ばった手の内で握り潰され、もとのかたちに戻され、また握り潰され、ロランの欲望のままにかたちを変えた。

いつしか胸の頂《いただき》がぴんと立ち上がり、より色鮮やかさと濃さを増す。

「あ……。やめ……て……ぇ」

初めは痛みが勝っていたのだが、薄紅色の尖りを指と指の間に挟まれ、軽くひねられた次の瞬間、クロエの胸から背、背から下腹部にかけ、ぴりりとした電流が走る。クロエはたまらず白い喉を反らせた。

「んっ……」

未知の感覚の名を、クロエは知らなかった。喉の奥から熱い息が吐き出される。その隙を見計らったかのように、仮面越しの美貌が乳房の間に埋められた。さらりとした青銀の前髪がクロエの胸元にかかる。その一筋一筋にすら敏感に反応してしまった。

「ひゃあっ……」

膨らみに押し当てられた唇の熱は火を思わせる。その唇が乳房を丹念に弄《いじ》り、やがてもっとも敏感な尖りを中に含んだ。

「あ、や、ぃや……」

ぬるりとした舌がクロエの乳首を舐《ねぶ》る。クロエが耐え切れず身体をくねらせると、ちゅうっと赤子のように強く吸われてしまった。

吸引は強く、弱くと不規則に強度を変えられる。思いがけなく歯を立てられ、かりりと齧《かじ》られたときには、背筋に痺れが走った。痛みに近い、それでいて甘い相反する感覚に、クロエは混乱し、喘ぐしかない。

「あ、あ、だめ。吸わないで……」

白い歯がなおもクロエの薄紅色の頂を責め立てる。一際強く吸い上げられ、クロエはたまらずベッドの上で跳ね、悲鳴を上げた。

「あ……ん、いやぁ……」

頂を通して気力までもが吸い取られる気がした。現に意志の力などとうの昔に消え失せ、いやいやと繰り返すのが精一杯なのだ。片側の乳房だけでもその有様なのに、もう片側の乳房にも手がかけられ、指先で桜桃にも似た固まりを摘まれる。

「やめて……う……ん」

絶え間ない刺激に息も絶え絶えとなったが、ロランのクロエへの責めは、止まるどころか激しさを増すばかりだった。ロランの唇は胸の頂から丘へ、丘から腹部の平地へと下り、愛らしく窪《くぼ》んだ臍《へそ》に触れる。指先でその周囲をそっと押されると、内部に溜まった熱が押し出される気がした。

「うっ……ん」

すべてが初めての感覚だった。官能に肌が外から内から温められ、青白かった肌が桃色に染まる。もうこれ以上は耐えられないと、クロエが天井を仰いだそのときだった。ロランの手がクロエのすらりとした両脚にかけられ、あろうことか力づくで抉《こ》じ開けられてしまったのだ。

「……っ⁉」

クロエは思わず両手で口を押さえた。

「や、だっ……そんなとこっ……」

クロエは涙目で足を閉じようとしたが、ロランは許そうとはしない。開いた足をさらに大きく開き、これまで誰の目にも晒《さら》されてはいなかった、珊瑚《さんご》色の処女地を露わにしてしまった。ぱっくりと開いた秘所の奥に、ひやりとした空気が流れ込む。

「見、ないで。お願い。見ないでぇ……」

自分ですら目にしたことのない場所を、よりによってロランに見られている――クロエが羞恥心に心乱される一方で、ロランは感嘆の溜め息を漏らした。

「まるで処女のようだ」

いや、本当に処女なのだがと、クロエに事情を説明する余裕はなかった。熱を込めた視線が注がれるのを、息を呑みながら感じるしかない。ロランが茶色の瞳を見下ろし、「君は私の妻だ」とぽつりと呟く。

「前の夫の記憶など塗り替えてやろう」

言葉とともに左足を膝から折り曲げられた。

「な……にっ」

ロランの肩に担《かつ》ぎ上げられ、先ほどとは違う角度から奥にまで空気が入り込んでくる。クロエがその感覚に身をぶるりと震わせた直後、ぐちゅ、と粘ついた音を立て、長い指が剥き出しの秘所に差し込まれた。

「ひゃあっ……」

華奢な身体が弓なりに仰け反り、細腰がベッドから浮く。指は蜜壺へと至る道を、茂みを掻き分け入り込んできた。

「……っ。……あ。あぁ……」

熱いのはロランの指なのか、自分の身体なのかも判別ができない。クロエは自分の内側に侵入される感覚に喘いだ。指の動きが激しくなるにつれ、下腹部の熱が蜜となり、滾々《こんこん》と湧き出てくる。

「クロエ、感じているかい？」

「……っ」

クロエはろくに返事もできなかった。ロランは答えなど求めていなかったのだろう。指は次にクロエの甘美な苦痛の波に合わせ、嫌らしい音を立てて入り口を掻き回した。

指先が肉の壁を掻くたびに、クロエの背筋から首筋にかけてを、悪寒《おかん》とも快感ともつかない疼きが走る。無垢な身体は与えられる刺激に緩み、膣壁は指をより奥へと誘い込もうと蠢《うごめ》いた。蜜はその間にもロランの指をしとどに濡らす。

「クロエ、君は心も身体も素直なんだね」

「……あっ。……ふっ」

「可愛いクロエ、君は私のものだとこの身体の奥に刻みつけてしまいたい」

ロランはしばしクロエの中を探っていたが、不意に第一関節を折り曲げ、ある箇所を抉《えぐ》った。

その瞬間、クロエの脳裏と目の奥に火花が散る。声すら出ず、代わりに唾液が唇の端から落ちた。

「ここかい？」

ロランが指を曲げまた別の場所を掻いた。

「ひゃあっ……」

「それともここかい？」

ロランはクロエの快楽の在《あ》り処《か》を執拗に探った。蜜を捏ね回す音が身体の髄《ずい》を通じ、聴覚ではなく脳に直に響いてくる。甘い責めと淫らな音はクロエの意志をゆっくりと蕩かし、あるかなきかの儚《はかな》いものにしてしまった。

「うう、ん……」

クロエは強すぎる快感から逃れようと、ベッドの上で身体をくねらせる。ロランもそれを悟ったのだろう。

「君は、悪い娘だな」

ロランは指をぐちゅりと蜜口から抜くと、今度はそれを茶色の茂みに埋め込み、すでにぷっくりと膨らみ、怪しく潤った花芯に触れた。

「まだ逃げようだなんて……。それほど前の夫が恋しいのか」

「やんっ……」

つ、と軽くなぞられただけで、打ち上げられた魚のように、身体がベッドの上でびくびくと跳ねる。摘ままれ、捏ね回されたときには、全身を熱が駆け巡り、そのまま溶けてしまうのではないかと恐れた。

「ロラン様ぁ……」

快楽に高く澄んだ声が、何を求めてなのか、ロランの名を呼んだ。

ロランはふたたび指を花弁の間へずぶりと埋め込み、クロエのもっとも感じる壁を掻きながら応える。

「ああ、そうだ、クロエ。もっと私の名を呼んでくれ」

クロエの蜜口から指がずるりと引き抜かれた。

「ふ……あっ」

ロランが身体を起こす。ベッドをぎしりと軋ませると、ふたたびクロエに圧しかかった。

「クロエ……」

すらりとした両足の間に腰を割り込ませる。蜜口が外気に晒された直後、ぴたりと熱く脈打つ欲望があてがわれた。

「あっ……」

潤いを帯びたそこに、ずず、とロランが押し入る。

「い、たいっ……！」

クロエは悲鳴を上げた。多少の蜜など到底役には立たないほど、ロランのものは大きく感じた。クロエは身を捩ってもがくが、ロランは全身の体重をかけ、決してクロエを逃そうとはしない。

徐々に、だが確かにロランがクロエを貫いていく。クロエは呼吸をするのも忘れ、茶色の目を見開いた。このまま意識が途切れてしまえばどれほど楽だろう。だが、身体を引き裂かれる痛みがクロエにそれを許さなかった。

「……っく」

クロエの膣道が予想以上に狭かったのだろうか。ロランが腰を止めクロエを見下ろした。

「……？　どういうことだ？　久しぶりなのか？」

クロエもまた涙の滲む目でロランを見上げる。お願いです。もうやめて、と、震える唇が声もなく訴えた。

「……いいや、やめない」

ロランは言葉とともに、その一点に残酷なほどに力を込めた。

「ああっ……」

身体と身体の繋がる箇所が、さらに深く重なる。

そして熱い固まりがついにクロエの狭い中を抉じ開け、一挙に通り抜けた。

「……っ‼」

クロエは声にならない声を上げ、身体を仰け反らせる。茶色の目が下腹部に走る鈍い痛みに見開かれた。

「……あ」

クロエは小さくかぶりを振った。

「クロエ……」

ロランが声を掠れさせ、クロエの横に両手をつき直した。さらに力を込め欲望を奥へ奥へと押し込める。

ロランは一度肩で大きく息を吐き、次いでぐっとクロエの最奥を抉った。

「や……あっ……」

クロエの背筋が大きくしなる。ロランはなおも胎内を探った。茶色の双眸から大粒の涙が零れ、咽《むせ》ぶような吐息が小さな唇から漏れ出る。痛みと並んで確かに感じられる、得体の知れない恐ろしい感覚に、クロエは身体が小刻みに震え出すのを感じた。

「ああ……いやあぁん……」

かと思えば、ロラン自身をずるりと半ばまで引きずり出される。熱塊が膣壁を擦る感覚に「ひっ……」と身体が引き攣《つ》る。そしてふたたび深々と尽き入れられ、クロエは震える手でロランの肩を掴んだ。

「ロラン様ぁ……。お、願い……。も……や、め……。ああっ……」

途切れ途切れに乞い願うのだが、そのたびに子宮への一突きに翻弄《ほんろう》され、言葉を掻き消されてしまう。乞う度にさらに激しい抽送が繰り返され、胎内のあらゆる箇所を突かれ抉られ、やがてある一点を突かれたそのとき、クロエは大きく背を仰け反らせた。

「……っ！」

ロランの肩にかけた手が強張り、細い足ががくがくと震える。

「……あっ……」

切なげな吐息に促され、胎内より滾々と蜜が流れ出した。ロランは無言のままクロエの腰をぐっと引き寄せ、より深い交わりの姿勢を取った。そのままさらに腰を深く沈めていく。

「ああんっ……あ……ああ……」

もっとも弱いその箇所に、ロランのものが鋭く突き刺さるのを感じた。蜜が身体の繋がり合う箇所より漏れ出し、淫靡《いんび》な泡立つ音を立てた。もうどれほど長く交わっているのかがわからない。密着し、擦れ合う肌の上に混じり合う汗が、どちらのものかもわからない。

いつしか窓から差し込む光は深夜の闇へと変わっていたが、クロエはすでに時間の感覚を失っていた。無垢であった身体に、ロランの存在そのものを容赦なく刻み込まれていく。

不意にロランの動きが止まる。朦朧と揺さぶられていたクロエだったが、埋め込まれた欲望が、みるみる大きくなるのを感じ、目を大きく見開いた。

「くっ……」

ロランはクロエの最奥を一度、二度、息も止まるほど大きく突き上げ、三度目に腰を限界まで押しつけ、肩で大きく息を吐いた。クロエの首筋に顔を埋め、その華奢な肢体を折れるほどに抱き締める。

胎内でロランのものが大きく脈打っている。中へと注ぎ込まれる熱い飛沫《ひまつ》を感じながら、クロエはついに耐え切れずに意識を手放した。


ちらちらと揺れるロウソクの炎に照らされながら、クロエはベッドにぐったりと横になっていた。秘所には欲望を引き抜かれたのち、白濁が溢れ出た痕がある。身体中にいくつも散る赤い口づけの痕が、先ほどまでの交わりを嫌が応でも思い出させた。

「クロエ、起きているのか」

意識を取り戻したクロエに気づいたロランが、愛し気にクロエを背から抱き締めた。まだ熱い唇が髪に、耳に、首筋に触れる。

「クロエ、なぜ答えてくれない？」

「……」

クロエは答える気がないのではなく、答えるだけの気力がなくなっていた。身体がだるく今すぐにでも眠ってしまいたい。ところがロランはそんなクロエに苛立ったのか、小さな身体を腕の中でくるりと返した。

「クロエ、私を見ろ」

「あっ……」

なだらかな双丘に仮面越しの美貌が埋められる。二度目の交わりの始まりを感じ取り、クロエはいやいやとかぶりを振った。そんな抵抗もむなしく、ロランはささやかな膨らみに唇をつけ、おのれのものだという紅い印をつけた。それから右の頂を噛みつくように口に含む。

「う……ん」

すでに敏感になっているそこを舌で、歯で、唇で嬲られ、クロエの身体がふたたび胸から熱を帯びていった。その熱を吸い取るかのように、ロランは音を立てて乳首を吸う。続いて骨ばった指の長い手が、クロエの左の胸を弄り始めた。揉み込まれた乳房がさらに揉まれ、かたちを変える。

「……っ。ロラン様ぁ……」

その間、ロランはクロエの頬に繰り返し口づけた。やがて身体を起こすと閉じた細い脚を膝で割り、逞しい下半身をぐいと割り込ませる。

「あっ……も、もう……」

ふたたび熱い欲望が蜜口にあてがわれ、有無を言わさず徐々に埋め込まれていった。

「あぁ……」

先ほどの蜜と白濁の残滓《ざんし》が潤滑剤となり、たやすくロランのものが胎内に収まる。それでも華奢な身体にはあまりに大きく、クロエは空気を求め大きく喘いだ。ぐ、と子宮口にロランのものが達する。

「あぁんっ……」

ベッドに力なく放り出されたクロエの手がびくりと震えた。ロランはしばし静止し、クロエの胎内の粘度と温度を存分に味わい、やがて掻き回すかのように腰を動かし始めた。いっそう深く貫かれ膣壁を嬲られ、クロエの奥底からふたたび蜜が溢れ出てくる。激しい動きにベッドが軋み、クロエは小さな悲鳴を上げた。

「……っ！　ぁあっ‼」

意識がふたたび、苛烈な苦痛と快感、混乱の中に放り出される。

「ろ、ロラン様……ロラン様」

どうすればいいのかなどわからず、クロエはロランの背に手を回して縋りつくしかなかった。ロランもクロエが応えたことで、さらにやる気になったのだろう。一度のみならず繰り返しクロエを抱いた。

——それも朝日が室内を照らし出し、絹に散る破瓜《はか》の証を目にして、バカなと仰天するまでの話だった。

◇◇◇

初夜の翌朝、ベッドの上でズタボロにされた奥方を発見した召使たちは悲鳴を上げた。クロエはすぐにロランから剥ぎ取られると、身を清められ、女主人用の部屋に運び込まれた。

そして屋敷の当主であるグラス侯は、腹心の執事に叱責を受けていた。

「ろっ、ロラン様、クロエ様になんてことを、ナニをされているんですかぁ！」

悲鳴とも怒声ともつかぬ、執事の叫び声が執務室に響く。

「やっといらした奥様なんですよ。あ、あんなフツーの、まともそうな女の方なんて、ほんと私たち初めてで……やっと奥様らしい奥様にお仕えできるのかと、みんな楽しみにしておりましたのに！」

ロランは当主だけに許されている、机の奥の席に腰かけていた。いつもなら堂々とした居住まいのその均整の取れた身体を、今は縮こまらせ、蚊の鳴くような声でようやく言い訳をする。

「しかしガストン……クロエが予想以上にちっちゃくて可愛くなっていて……それなのに、嫌って言われたからつい……」

ガストンと呼ばれた執事が、またもや激昂した。

「あ、あなたさまは犯罪者ですかっ‼」

「……ああ、違いないな。純潔を奪った強姦犯だ」

「何を開き直っているのですか！　って、ええ？　純潔？」

ロランは机の上に手を組むと、「そうだ」と重々しく頷いた。

「クロエは処女だった。今朝がた医師にも確かめさせたが、あの血は間違いなく純潔の証だった」

「なっ……。クロエ様は三年間の結婚生活があったはずですよね？　なのに、清いお身体のままだったというのですか？」

執事は信じられないといったふうに、目をまん丸に見開いている。ロランは先ほどのヘタレ姿とは打って変わった、当主らしい堂々たる態度になった。

「クロエは子ができないと聞いていたが、処女で子ができるはずがない。それこそ神の御業《みわざ》以外にはな」

神、という神聖な存在を表現する言葉に、ロランの唇が皮肉げに歪められる。

「大方、持参金を返さないためのねつ造だろう。妻に落ち度があれば返さずとも済む。アルノー家は財政難らしいからな」

また、一度不妊だと断定されてしまえば、次の嫁ぎ先を見つけるのは難しい。修道院ゆきがほとんどである。どうにか見つかったところで、祖父ほど年の離れた老人などの、勃《た》つのかすら危うい相手の後妻だ。

「つまり、通常ならばそこから先は確認する機会は失われ、ねつ造は発覚しないわけだ」

ロランは仮面を押さえ、低い声で笑う。

「私が世間や神からすれば、まともではなかったことに、今は感謝するばかりだ。時間はかかってしまったが、おかげでクロエを娶《めと》ることができた」

ロランは席から音を立てて立ち上がると、窓辺に置かれた花瓶の花を弄んだ。そのうちの一輪を手に取り、かたちのよい鼻に押し当てる。

「しかし、そんな卑怯者にクロエの人生は潰されかけたわけだ。世の中には他人を自分の道具だとしか考えない輩《やから》が、思いの外《ほか》多いらしい」

ロランは手の中の花を、ぐしゃりと握り潰した。花弁が一枚、二枚と指の狭間から落ちた。

◇◇◇

初夜の翌朝からクロエは熱を出し、三日三晩寝込む羽目になった。処女の無垢な身体に夜通しの性行為は、やはり無理があったらしい。

熱に浮かされながら、クロエは夢を見ていた。

枯れ木の茂る真っ暗な森の中を、仮面をつけた悪魔に追われ、必死に走って逃げている夢だ。悪魔は空を覆うほどに巨大であり、迫る速さも凄まじい。それでももつれる足を動かし、魔の手から逃れようとする。悪魔が今にもクロエの肩を掴み、捕らえるかと思われた、そのときだった。

どこからともなく現れた青年が、素早く二者の間に立ちはだかり、腰から引き抜いた剣を、悪魔に突きつけたのである。彼は「無事だったか」とクロエを振り返る。クロエはその顔を見て思わず声を上げた。それは、辛く寂しい人生で祖母以外で初めて、子どもだったクロエに優しくしてくれた人だった。

「もう大丈夫だ」

青年の頼もしくも美しい笑顔に、クロエは身体の力が抜けていくのを感じた。安堵で涙がじわりと滲む。

「ほ、本当に、もう、大丈夫なのですね？」

「ああ、本当だ」

青年は振り返ってクロエの頭を撫でた。ああ、本物のこの人だとクロエは感じる。もう何も怖くはないのだと息をついた。

「よかった……」

クロエはうっすらと目を開ける。そこにもちゃんとその青年がおり、クロエの額の汗を拭いていた。

「夢じゃ、なかったのね……」

クロエの言葉に、青年は不思議そうに首を傾げる。クロエはふたたび瞼を閉じると、今度は悪夢のない眠りに落ちていった。

ようやく熱が冷めて汗も引き、食欲も徐々に回復してきた。初夜から一週間後の夜、クロエは久々に身体を起こし、数少ない特技である刺繍《ししゅう》を楽しんでいた。

ところが完成も間近になって、見舞いに訪れた者がいたのである。――ロランだった。ロランは片腕いっぱいに、薄ピンクの薔薇の花束を抱えていた。

クロエはまた抱かれるのだと勘違いし、小動物のように震えながらも、悲愴な覚悟でロランを出迎えた。まずはベッドの上に三つ指をつき、ロランに謝罪の言葉を述べる。

「せ、先日は申し訳ありませんでした。気を失ってしまい、ロラン様にご迷惑をおかけしました……」

「……クロエ？」

ロランはかちんとその場に固まっている。

「き、今日はちゃんと……さ、最後まで頑張って起きていますので、どうかお許しください……」

クロエはロランの手間を省こうと、寝間着のボタンに手をかけ脱ぎ始めた。その顔は熟れた林檎のように、真っ赤に染まっている。

「……待て。違う。今日はそのつもりはない！」

ロランは慌ててクロエを止めた。ベッドの端に腰を下ろすと、まずは「これを」と薔薇の花束を手渡す。クロエは「きれい……」と目を輝かせた。男性から花をもらうのは初めてだ。それに、薄ピンクはクロエがもっとも好きな色だった。

ロランは気まずそうにしていたが、やがて仮面越しのその目をクロエに向けた。

「まずはその……悪かった。まさか君が処女だとは思わなかった」

逞しい肩がしゅんと落ちる。

「話も聞かずに無理やり君を抱いてしまった。……謝るだけでは済まないと思っている」

今度はクロエの目がまん丸になった。男から、それも夫から謝られるなど、夢にも思わなかったからだ。

クロエは父から何があっても夫に従い、口答えをするなと教えられてきた。だが、謝罪への対応は習っていない。おろおろとロランを宥《なだ》めるしかなかった。

「ど、どうぞお顔を上げてくださいませ。そんな、私なんかに謝らなくてもよろしいです。わ、私はロラン様の妻です。お好きなように扱ってくださいませ……」

ロランが顔を上げ、「お好きなように……」とぽつりと呟く。だが、何を想像したのか、すぐに「いや、だめだ。それはだめだ」と首を左右に振った。

「クロエ、夫婦とはそうしたものではない。私がそんなことを言えた義理ではないのだが……君とはもっとちゃんとした夫婦になりたい」

クロエの手を取ると、大きな茶の目を覗き込む。

「だから、君がいいと言うまで、二度と君には手を出さない。どうか安心してこの屋敷で暮らしてくれ」

クロエはロランの言葉に、しばし呆然としてしまった。

「お、優しいのですね」

やっと出た言葉がそれだった。じんわりと胸に温かさが広がる。

嘘か真かもわからぬ噂に惑わされ、女を食らう悪魔のように捉えていたことを、ひどく恥ずかしく申し訳なく感じた。――いや、実際美味しくいただかれたのだが。しかも夜通しだったのだが。

ロランは照れくさそうに咳払いをすると、「ところで」とふたたびクロエの目を覗き込んだ。

「なぜ君は処女だったんだ？　前の夫とはどんな生活だったんだ。君はだいぶ痩せているが、ちゃんと食べていたのか」

「そ、それは……」

クロエは胸がずきんと痛むのを感じた。

「どうか話してくれないか」

ロランに優しく促され、約三年間に渡る、虐待に近い結婚生活を語り始める。

指一本すら触れられなかった初夜以降は、粗末な部屋を与えられたきり、放置されたこと。アルノー家の執事にも召使にも無視され、食事ですら懇願しなければ与えられなかったこと。社交場にも出席させてもらえず、その時間は自室に閉じこめられていたこと……。

クロエが暴露する間にロランの額と手に、徐々に青筋が浮かんでいく。暗黒のオーラがその背後に渦巻くのを、クロエは確かに見たと思った。なぜそんなに怒るのかと怯えつつも、クロエはやっとの思いで蚊が鳴くようにこう言った。

「で、でも、わ、たしは、美しくないので、仕方がなかったのです」

それは、父にも幼少から聞かされ続けてきたことだった。お前は美しくも愛らしくもない。おまけに陰気で面白みのない女だ。いき遅れないよう、さっさと嫁がせなければならない。お前もその点をくれぐれも心得、夫となる男には一切口答えをしてはならない……。

クロエはぎゅっとシーツを握り締めた。

「……シリル様もがっかりされたのだと思います。新しく奥様になるという方は、きれいな金髪で、緑の目で、お身体もお美しかったです。私なんか……」

涙がじわりと茶の瞳に滲む。

「きっと離縁されて当然だったんです」

「――クロエ」

不意に名前を呼び、手を取られ、クロエは顔を上げた。仮面越しの真摯な眼差しがすぐそばにあった。

「いいかい、クロエ。君はきれいだ。そうでもなければ、私がこうも夢中になるはずがない」

生まれて初めての賛辞に、クロエの大きな目が見開かれる。

「何人もの人間を見てきた、私が言うのだから間違いない。……君は、本当にきれいだよ。この茶の髪も、目も、頬も、今日の薔薇だって敵わないだろう」

ロランもこうした台詞は言い慣れていないのか、鋭い線を描いた頬がほんのりと赤く染まり、誉め言葉もどことなくたどたどしかった。

「け、けど」

長い人差し指がクロエの唇に当てられ、それ以上の言葉を遮ってしまう。

「けど、はなしだ」

「だから、もう二度と自分を貶《おとし》めてはいけない。言葉は魔法だ。口に出した途端、真実とする力を持っている。もし、どうしても自信が持てないのなら、君の代わりに私が毎日百万回でもきれいだと言ってみせよう」

ロランは「よし」と大きく頷き、クロエの頭を優しく撫でた。

「明日から君が自信を持てるよう、色んなことをしなければならないな。まずは、ちゃんと食べるところから始めようか」

クロエは自分の頬に、熱い滴が伝うのを感じた。

# 第二章　溺愛されています。お返しがしたいです。

それからの日々は夢の中のように甘く、優しく、幸せだった。相変わらず仮面はつけたままではあるが、ロランは約束どおりに手は出さずに、毎日クロエとともに過ごしてくれる。

ロランはグラス侯として多忙の身である。広大な領地の運営だけではなく、ロラン自身が新しく興した事業など、執務は多岐に渡っている。

フロリンの貴族はこうした仕事は雇い入れた専門家に任せて、社交や宮廷での政治に勤《いそ》しむのが常である。

ところがロランは労働が嫌いではないからと、ほとんど自分でこなしているらしい。これまた「グラス侯は変わり者」という噂のもとなのだが、本人は言わせておけと気にしていないのだそうだ。

そんな忙しい日々の中でも必ず、ロランはクロエのために時間を取ると言ってくれた。忙しいならいいと遠慮しても「私がそうしたいから」と言って聞かないのだ。

その日の午後、クロエは来客用の大食堂で、ロランとお茶をすることになっていた。

召使に案内され、部屋に一歩足を踏み入れたクロエは、その贅沢なつくりに圧倒された。

優に数十人を収容できるだろう広い部屋。中央には長テーブルが堂々と鎮座している。それにかけられているのは総レースのテーブルクロス。その周囲を芸術品と呼んでもいい、立派なビロード張りの椅子がずらりと囲んでいた。

壁はグラス家の祖先の肖像画や、領地の風景画で飾られ、天井には細工を凝らしたシャンデリアが、揺らめく炎で七色に食堂を彩っていた。

次に目につくのは長テーブルに所狭しと並べられた、焼き立て・出来立ての料理の数々だ。うず高く積み上げられた、色とりどりのマカロン。三枚の銀の盆に並べられた、プチフールとエクレアとカヌレ。籠に盛りつけられたフィナンシェに、小さな皿に気取って置かれた数種類のムース。焼き立てのクッキーは芳《こう》ばしい香りを放っている。三段重なったスタンドの上二段には、肉、卵、チーズのサンドイッチが並べられ、三段目にはぶどう、梨、桃などの新鮮なフルーツが鎮座していた。

「す、すごい……」

圧倒されるクロエに、当主の席に腰かけたロランが微笑む。

「君が何が好きかがわからなかったので、とりあえず全部用意させてみた」

そして、「おいで」と手を差し伸べた。クロエが隣に座ると、「どれがいい？」と手を組んで尋ねる。

どれを選んでも構わないと言われ、クロエはどうしようと戸惑った。自分で何かを選ぶ経験など、これまでほとんどなかったからだ。それでももっとも美味しそうだと感じた、ショコラケーキの皿を示す。

ロランは早速皿を引き寄せると、クロエの前に置き「さあ、どうぞ」と笑った。クロエはおそるおそる口に入れると、生まれて初めてのその味に目をまん丸にする。

サクッとした生地を口に頬張ると同時に、口いっぱいにショコラの風味が広がる。ほろ苦くも甘い香味に身も心もうっとりとなった。かと思えば次はとろりとした熱いショコラのソースが、舌の上で生地に絡まり絶妙なハーモニーを奏でる。天使のお菓子だとクロエは口を押さえた。一口がひどく貴重に思え、食べ終わってしまうのが惜しくなる。

「お、いしい……」

茶の瞳をキラキラと輝かせる。

「美味しいです、ロラン様」

感動を伝えようと顔を上げる。すると、ロランはちょうどカスタードのムースを口にしていた。優しい黄色みを帯びたムースの上に、苺のソースと生クリームがかかり、これまたカラフルかつ美味しそうだ。

子どものようにじっと皿を見つめるクロエに、ロランはすぐに気がついたらしい。「食べてみるかい？」と首を傾げる。クロエはみっともない真似をしてしまったと、はっとなり慌てて首を振った。

「も、申し訳ありません。私ったら……」

「いいんだよ。さあ、どうぞ」

ロランはムースをスプーンに掬い取り、クロエの口の前に差し出した。ロランは肩を竦めると、頬を微かに赤く染める。

「……こういうことを一度、妻とやってみたくてね」

これにはクロエも呆気に取られたが、やがてやはり頬を染めながらも、おずおずと口を開け、カスタードのムースをいただいた。優しい卵の味とバニラの香りがふわりと広がる。

クロエは「美味しい」と目を輝かせると、次は自分のスプーンを手に取り、ショコラケーキをロランの口の前に「あーん」と差し出した。ロランにははにかみながら笑いかける。

「お、お返しです……だって、私たち、夫婦……ですよね？」

ロランは一瞬ぽかんとしたが、照れくさそうに口を開けると、ショコラケーキを口にしたのだった。


結婚して二ヶ月が過ぎたころ。クロエはロランに領地の平野へピクニックにいこうと誘われた。ロランが手綱《たづな》を取る馬に乗せてくれるのだそうだ。ロランはコックにサンドイッチを作らせ、ワインの瓶とフルーツと一緒に籠に詰め込んだ。

完全にふたりきりというのは久々で、クロエはいささか緊張したものの、ピクニックは思った以上に楽しいものだった。彼方まで続く緑の平野も、そんな平野を馬で風を切って走ることも、時折見かけるウサギやキツネも、何もかもが新鮮で光り輝いて見えた。

昼食は野の花のいっぱいに咲く、花畑の中で取ることになった。

今日のサンドイッチは鴨肉のパテに、レタスと玉ねぎを挟んだものだ。濃厚な野生の風味のパテが、舌の上でとろりととろけ、玉ねぎの爽やかな辛みとよく合った。

「美味しいですね、ロラン様」

花畑の中で笑顔を浮かべるクロエに、ロランの口元も愛しさに綻《ほころ》んだ。

「ああ、うちのコックの腕は一流なんだ。王都から引き抜いてきた甲斐があった」

クロエはコックの腕もさることながら、料理が王様の夕食のように美味しく感じるのは、ロランがいるからなのだとわかっていた。

アルノー邸で暮らしていたころの、ひとりきりの食事の光景を思い出す。パンと、チーズと、スープだけの粗末な食事――けれども何よりも辛かったのは、孤独だと思い知らされることだった。だが、今はロランが隣にいてくれる。

クロエはどうにかこの感謝を伝えたくて、ワインを味わうロランに、おそるおそるこう尋ねたのだった。

「ロラン様、私にできることはありませんか……？」

ロランの動きがぴたりと止まり、仮面越しの表情が驚きに固まる。

「わ、私も、何かしてさしあげたいのです。けど、何をしてさしあげればいいのかわからなくて……」

これまで運命にすら受け身であり、顔を伏せてばかりであったクロエが、初めて誰かのために何かをしたいと思った瞬間だった。

クロエの可愛らしい申し出を聞き、ロランは「いや、その」と顔を赤くしている。

「その……君には何も……。いくつかあるのだが、それを聞いてもらっては約束が……」

そうしてしばらく目を泳がせていたものの、やがて「そうだ」とガラスの向こうの瞳を輝かせた。

「クロエ、膝枕をしてくれないか？」

「ひ、ひざまくら？」

目を白黒とさせるクロエに、ロランは「……憧れていて」と笑う。

「君が嫌ならいいんだ。ちょっと思いついただけで――」

「……」

クロエは黙ってその場に膝を崩すと、真っ赤になりつつ「どうぞ」と目を伏せた。

「そ、その、あまり心地がよくないかもしれませんが、それでもよければ――」

ロランはしばし固まっていたものの、瞬時に解凍し、ごろりと寝転がり頭を柔らかな膝の上に乗せた。そよ風がロランの青銀の髪を揶う。

クロエは澄み渡った空を見上げた。

「気持ちがいいですね」

知らず、ロランの仮面越しの額に手を置き、そっと撫でる。ロランは一瞬目を見開いたが、ふたたび閉じると微笑んだ。

「ああ、そうだな……本当に気持ちがいい日だ」

クロエは膝にロランのぬくもりと重みを感じ、胸の奥がきゅうっとするのを自覚した。それは、ふたり分の幸せの重さでもあった。

花畑でのんびりと時間を過ごし、夕焼けがあたりを染めるころ、屋敷に戻ることになった。

クロエはまたロランの前に乗せられ、背に逞しい胸を感じつつ、頬を染めて馬に揺られていた。

最近の自分はどうもおかしい、とクロエは思う。こうしてロランに軽くでも触れるたび、妙に身体が熱くなり、恥ずかしくなるのだ。それでいてもっと触れたいと感じてしまう。

いけないわ、はしたないわと首振ったそのときだった。軽快に平野を駆ける馬の前に、一匹の子ギツネが飛び出したのだ。馬が鋭く嘶き前足を上げた。

「くそっ……！」

ロランが手綱で捌《さば》こうとしたのだが、数秒遅く、クロエもろとも野原に放り出されてしまう。

それでもロランはクロエを抱き締め、地に叩きつけられないよう庇った。衝撃と鈍い音とともに、天と地がぐるりと一回転する。一瞬の出来事にクロエは悲鳴も上げられなかった。だが、沈黙が落ち、我に返る。ロランが自分の下敷きになっているのに気づいたからだ。

「ロラン様っ……‼」

クロエは弾かれるようにロランから飛び退いた。

「ろ、ロラン様、ご無事ですかっ……‼」

クロエは次の瞬間、息を呑んだ。ロランの仮面が外れていたからだ。仮面の下にあったその素顔は、クロエが見たこともない端正な美貌だった。青銀色の睫毛に縁どられ、閉ざされた切れ長の目。すっと通った鼻にかたちのよい唇。頬と顎の線は研ぎ澄まされたように鋭利であり、大人の男なのだと実感させられる。

その美しさに見惚れると同時に、クロエの脳裏に懐かしい何かが過《よぎ》る。直後、ロランがくぐもった声を上げながら寝返りを打ち、はっと目元を隠して仮面を探した。すぐにかたわらに見つけ、ふたたび顔を覆ってしまう。

「……私の顔を、瞳を見たか」

いつもより一段低い声に、クロエは慌てて首を左右に振った。結局、瞳は見えなかったのだ。

「い、いいえ。びっくりして、そんな余裕はなくて……」

「そうか」

ロランは溜め息を吐くと、起き上るが早いか、クロエの肩に手を乗せた。

「クロエ、クロエは怪我はないか？」

「は、はい。ありません」

「……よかった。君が無事ならそれでいい」

ロランは次いでふたりの周りを戸惑ったように、うろうろとする馬に目を向けた。

「気にするな。お前のせいじゃない」

立ち上がると歩み寄り、手綱を持つ。

「まだ走れるか？　なら、もう少しだけ頼む」

こうしてふたりはふたたび馬に乗ると、今度こそ屋敷まで無事に辿り着いたのだった。

その夜、クロエは心臓の高鳴りで眠れなかった。ロランが仮面を被る理由は、火傷の痕があるからだと聞いていた。そうでなければ醜いからだと噂されていた。ところが、束の間ではあるが目にしたその顔は、傷などない、端正な美貌だったのだ。

なぜロランはあれほどの美貌を、わざわざ仮面で隠しているのだろうか。また、なぜあんなにも頑なに瞳を見せるまいとしていたのだろうか？


クロエはその日から刺繍をするときにも、庭園で薔薇を摘むときにも、読書のときにも、食事のときにもお茶のときにも、仮面のことばかりを考えるようになった。召使たちには仮面の事情を知る者はいなかった。皆、ロランに聞かされたとおり、火傷の痕があると信じている。それでは執事のガストンはどうなのかと、クロエはロランが領地の視察に出かけたのを見計らい、思い切って尋ねてみることにした。

クロエがロランの素顔を見たと聞き、ガストンは相当驚いたようだ。だが、すぐさま冷静さを取り戻し、クロエに問うた。

「ロラン様の素顔をご覧になってしまったのですか……。それで、何をお知りになりたいのですか？」

クロエは一瞬後込みしたが、震える声で必死にこう主張した。

「り、理由を知りたいのです。なぜあんなにきれいなお顔を隠されるのか……ロラン様のことはなんでも知りたいのです」

「なんでも、ですか？」

「は、はい。なんでもです。思えば、私はロラン様のことを何も知らないのです。とてもお優しいことしか……。私は……私は甘やかされるだけではなく、もっとロラン様に近づきたいのです。でも、嫌われるのが怖くて、ロラン様ご本人には聞けなくて……」

ガストンは黙り込んでクロエの顔を眺めていたが、やがて目を細めて微笑んだ。

「クロエ様は、ロラン様をお好きなのですね」

クロエは弾かれたように顔を上げた。

「す、好き？」

「ええ、その方をもっと知りたい、近づきたい、でも近づけない……それが恋です。クロエ様はロラン様に恋をしていらっしゃる」

「……こ、こい……」

結婚以来すっかりふっくらとしたクロエの頬が、熟れた桃の色に染まった。

近ごろのクロエは頬だけではなく、身体にも娘らしく肉がつき、茶色の髪はより艶やかに、瞳は愛される喜びに輝いている。アルノー家にいたころと比較すると、もはや別人だとしか見えなかった。

「喜ばしいことです。クロエ様はなんの作為もなく、ロラン様を愛していらっしゃる。これまでの奥様とはまったく違う。いやあ、ロラン様にもようやく春がっ……」

ガストンは「ですが」といささか表情を厳しくした。

「私の口から事情を申し上げることはできません。これは、グラス家だけに関わることではありませんから」

クロエは二度驚き、「……どういうことなのですか？」とガストンの顔を見つめた。

ガストンは重々しくこう告げる。

「どうぞロラン様に直接お聞きください。一介の使用人ごときが口にしてよいことではありません」

クロエはそれほどの大事なのか、とあらためておののいた。だが、それでも知りたかった。高鳴る心臓を押さえてロランの帰りを待った。

クロエが玄関に出迎えると、ロランはたくさんの手荷物を召使に運ばせていた。今日は領内の街に出たらしく、花やボンボンやショコラ、年ごろの女性が好みそうな本をたくさん持ち帰っている。これらはすべてクロエへの土産物《みやげ》らしい。

「お帰りなさいませ、ロラン様」

クロエがロランに駆け寄ると、ロランが「ただいま」と言いつつ、クロエを腕の中に閉じ込める。クロエはそんなロランに、勇気を出して声をかけた。仮面に覆われた美貌を見上げる。

「あ、あの、ロラン様、お話があるのです。夕食のあとにお時間をいただけませんか」

「かまわないよ。一週間だって一ヶ月だって取ろう」

「そ、そんなになくてもいいです。一時間もあれば……」

「それは寂しいな。私はいつだって君と一緒にいたいのに」

ロランは召使らの目もはばからずに、腕に囲ったクロエの目元にキスをした。

「ひゃっ……」

くすぐったさに身を捩るクロエを、逃すまいと深く抱き締めてくる。クロエは広い胸にすっぽり包まれてしまった。

「ろ、ロラン様……」

「私の子ウサギはまだキスに慣れてくれない。それも寂しい」

額に、頬に、鼻にとキスの雨を降らされ、最後に唇が唇に重なる。

「ん……」

ロランの唇はどこまでも熱い。クロエは心臓が早鐘を打つのを感じた。唇へのキスは初夜以来だった。

ところが、ロランは五秒も経たぬ間に、唇を離し「……私はだめな男だな」と、苦笑いを浮かべる。

「……君のそばにいると、約束を忘れてしまいそうになるよ」

クロエが思わず「私もです」——そう告げようとしたそのときだった。こほんと咳払いをする音が聞こえた。

ふたりそろって慌てて振り返ると、ガストンが気まずそうな顔で立っている。

「ロラン様、お留守の間にお手紙が二通届いております」

「で、では夕食のあとにお願いしますね」

クロエはロランの腕から抜け出すと、弾かれたようにその場から駆け出した。長い廊下の角で曲がり、立ち止まると、ドキドキと暴れる心臓を押さえる。物足りなさすら感じる自分を、何を考えているの、淑女失格よ！と叱りつけたそのときだった。廊下を歩きながら話すロランとガストンの声が聞こえてきたのだ。

「一通は宰相閣下からのものです。内容は――」

ロランが「捨てておけ」とあっさりと命じる。

「読まなくとも想像がつく。私は出世レースや権力闘争に身を投じる気はない。二通目はなんだ？」

執事は重々しい溜め息を吐いた。

「……国王陛下からのお手紙になります。宮廷の舞踏会に出席しろとの御命令です」

ロランが「なんだと」と、珍しく声を低くした。

クロエがおそるおそるふたりの様子を窺うと、ロランが陛下――フロリン国王からの手紙を読んでいるところだった。やがて、「ふざけるな」とぐしゃりと手紙を握りつぶし、唇を血が出るほど強く噛みしめる。

「新婚の妻を連れてこいと書かれている。あの好色のことだ。クロエがどんな女なのかを知りたいのだろう。よりによって私の妻に手を出そうなど、国王どころか人間以下のケダモノだ」

執事の口調に不安が混じった。

「ロラン様、どうなさるのですか？」

ロランは残骸を放り投げると、身を翻して「どうもこうもない」と呟く。

「クロエはやっと普通に笑ってくれるようになったんだ。あんな腐った宮廷になど連れていけるか」

ガストンが「ですが」とロランに追い縋った。

「それではグラス家の、ロラン様の宮廷でのお立場が悪くなってしまいます。事業にも差し障りが出るかもしれません。――それに王太后様のご意向もあるのでは？　でしたら……」

ロランはその場に立ち止まると、仮面に手を当て皮肉げに笑った。

「私の評判など生まれたときから地に落ちている。今さらどうということもないさ。いいか。もう二度とあの男の名を口に出すな」

そう言い捨て、歩いていくロランの背中を、クロエは不安げに見送った。


その日の夕食前、クロエの部屋にガストンが訪れた。いつも朗《ほが》らかな彼がひどく憔悴《しょうすい》した様子だったので、クロエが心配して中に入れると、ガストンは即座に華麗な土下座を披露した。

「ガストン、どうしましたか⁉」

いつにない態度に面食らうクロエに、ガストンは「あつかましいかとは存じますが、どうぞお聞きいただきたいのです」と懇願した。

「実はロラン様は、クロエ様とともに、ご夫妻で宮廷の舞踏会に招待されております」

「は、はい。存じております。先ほど廊下でお話が聞こえましたので……」

「そうですか。それは話が早い」

ガストンはふたたび床に頭を擦りつけた。

「クロエ様、どうか宮廷の舞踏会に出席するよう、ロラン様を説得していただけませんか」

「ええっ……」

宮廷、舞踏会と華やかな単語を耳にしたクロエは、頭がくらくらした。成り上がりの男爵家出身では、これまでほぼ縁のない単語だったからだ。なんとか自分を叱咤し、姿勢を立て直す。

「で、ですが、嫌だとおっしゃっているのに、私から無理に頼んでも……」

「いいえ、クロエ様のおねだりならきっと承知されます。私もロラン様のお気持ちを尊重したいのはやまやまなのですが、これ以上陛下のご不興を買えば、その噂が広がり、事業にも差し障りが出るかもしれません。現国王陛下はあまり評判はよくありませんが、ご威光を気にされる方もまだいらっしゃいますから……」

ガストンの説明に、クロエはなるほどと納得した。確かにそれでは出席したほうがいいだろう。

だが、そこでふと疑問を覚える。

「あのう、ガストン、ロラン様は陛下がお嫌いなのですか？　だから、出席されたくないのですよね……？」

ガストンは正座をしたまま、うっと口ごもった。

「そ、それは……」

「なぜあれほどお嫌いなのですか？　よほどの理由がなければあんな態度は取らないと思うのですが……」

クロエに頼みごとをした以上、すべてを隠しているのも卑怯だとでも考えたのだろうか。ガストンは苦悩の表情を浮かべ、必死に言葉を探している様子だった。

「私も一介の執事である以上、正直に打ち明けるのは難しいので……これだけ申し上げます。陛下とロラン様は切っても切れない関係にあるのです」

クロエの目がまん丸になった。

「き、き、き、切っても切れない関係ですか⁉」

先日、ロランからプレゼントされた本の一冊、『禁断の愛短編集』を読んだばかりのクロエの脳内に、一気に薔薇が咲き誇る。うち一編が、国王と側近の侯爵との悲恋だったのだ。めくるめく世界の物語に、読んだ当初は驚いていたクロエだったが、今、ガストンの話を聞いて妙な納得をしてしまった。

なお、このチョイスはロランではない。ロランがプレゼントを選ぶ際、たまたまいた女性店員に「若い娘が好みそうな本がほしい」と頼み、その店員が熱心に選んだ結果だった。

クロエが恐ろしい勘違いをしたなどつゆ知らず、ガストンは深々と頷いた。

「そのとおりでございます。クロエ様ならもうおわかりでしょう。ロラン様はそのせいで陛下を憎まれ……」

「……!!」

脳内のヤバい誤解をそのまま肯定され、クロエは口元を押さえた。身体がぐらりと傾く。

「そ、そんな……。ロラン様と陛下が……」

「ショックを受けられるのも当然でございます。宮廷の一部の要人の間では密かに知られている事実です。私もおそばでお仕えする以上、隠しておくのは何かと不便だからと、ご本人から打ち明けられたのですが……」

クロエはしばし打ちひしがれていたが、やがて「……かしこまりました」と呟いた。

「ロラン様におねだりをしてみます。ええ、一度は愛し合ったふたりが、仲違いをしたままなど悲しいではありませんか。必ずロラン様を舞踏会に出席させてみせます」

「そうなんです。一度は愛し合った……って、ええ!?」

口をパクパクとするガストンをよそに、クロエは悲愴な覚悟で小さな拳を握った。

「ご安心くださいませ。ええ、私はロラン様の妻ですもの。あの方の幸せのためならば、なんだっていたします。これまでいただいた幸せを返さなければ！」

「って、クロエ様ぁ!?」

かくして、クロエは仮面のことはひとまず置いておいて、ロランへのおねだり作戦を決行することにした。

その日の夕食後に執務室を訪れると、ロランはことのほか喜んで、クロエを膝の上に座らせ、子ウサギにするようにその頭を撫でた。部屋の隅では、ガストンが真剣な顔で様子を見守っている。クロエは顔から火が出る思いで、甘えに甘えた声を出してみた。

「あ、あのぅ……ロラン様。王宮から舞踏会の招待状が届いたそうですが、私も連れていってくれませんか？一度王都を見てみたいのです」

しかしロランはやはりというべきか、「だめだ」と首を振るばかりだった。

「クロエ、王宮は君が思うような華やかなだけの場所ではない。王族のご機嫌を取り、貴婦人同士で美しさを争うんだ。おまけに陰口を叩き合うなどごめんだろう？」

どうやらロランはクロエが王宮の華やかさに憧れ、そのために舞踏会にいきたいのだと思い込んでいる。

クロエもそんな場所はごめんだった。この屋敷で永遠にロランと平和にイチャイチャしていたい。だが、ロランのためになるならばと、らしくもなく一歩も引かずに頑張った。

「ロラン様、ほんのちょっとだけ、ちょっとだけでいいんです。連れていってください！」

いつにないクロエの必死の形相にロランは目を丸くしつつも、「いや、しかしだね」とどうにか説得しようとする。だがクロエはさらにロランに迫った。

「一生に一回でいいんです。どうかロラン様、一回だけいかせてください‼」

結局、折れたのは愛妻家のロランだった。

◇◇◇

そんなグラス邸での出来事から数日後のアルノー邸――シリル・ドゥ・アルノーはかつてないほど追い詰められた状態にあった。今日も自室でひとり、現実からの逃避に、深酒をしているところだ。足下には何本もの酒瓶が転がっていた。屋敷の奥からは、ギャアギャアと嫡男が泣き叫ぶ声が聞こえる。

このごろ、何もかもがうまくいかない。こと失敗した事業ついては頭が痛かった。莫大な負債がアルノー家の財政を、ふたたびひっ迫し始めているからだ。これまでであればアルノー家は名家の伝統と信用をもって、比較的たやすく金を借りることができた。

ところが、近ごろは貴族からも商人からも借金を拒絶される。大きな力を持つ何者かが、手を回したのかと疑うほどだ。だが、そのような人物の恨みを買った覚えはない。

新たな妻となったエリーゼの派手な散財もひっ迫の一因だった。エリーゼは贅沢好みであり、ドレスもアクセサリーも舞踏会ごとに新調する。これでは稼いだ先から使い果たされてしまう。

シリルはそれでも美しい妻を手放せなかった。腐っても嫡男を生んだ女である。理由もなく、嫡男の母を離縁するわけにはいかない。どうしたものかと困り果てたところで、今度は王宮から招待状が届いた。舞踏会に夫婦で出席しろとの命令である。

王宮の舞踏会はもっとも豪奢である。知らせを聞いたエリーゼは、早速嬉々として仕立て屋を呼んだ。それを見たシリルはうんざりするのを感じた。そして、慎ましかったクロエを思い出す。

「あの女は便利だったな……」

被服費も食費も雑費もほとんどかからなかった。自分好みでありさえすれば、エリーゼと再婚したあとに愛人にでもしてやったのに、と溜め息を吐く。

だが、今となってはそれも叶わない。クロエもすでに再婚してしまったからだ。相手はあの仮面の悪魔とも呼ばれるグラス侯だ。それ以来、クロエの消息について音沙汰《おとさた》はない。社交界では、クロエも殺されたに違いない

――そんな物騒な噂が立っていた。

殺されてしまうくらいなら、処女をいただいておけばよかったと、今さらながら後悔をしてしまう。

シリルはそんな身勝手な思いを抱きながら、王宮からの招待状を頭上に翳《かざ》した。いずれにしてもこの舞踏会には、夫婦で出席しなければならなかった。

# 第三章　舞踏会です。大混乱です！

王宮の大広間はクロエの想像以上のものだった。

一部屋が屋敷ひとつが入るほどに広く、金糸と銀糸に彩られた壁紙に囲まれている。きらめくシャンデリアと神話の世界を描いた天井画の下には、流行のドレスを身に纏い、髪を結い上げた美女がたむろしている。フロアの中央の一段高いしつらえには、すでに王族がいるようで、人垣ができていた。

舞踏会の前日、馬車に四日間揺られてクロエたちは王都に到着した。グラス領からついてきた侍女と召使にめいっぱい着飾られ、王宮にやってきたクロエは、身体が震え出すのを感じた。もとより内気で人見知りをする性質なのだ。こんな場にいきなりやってきて、緊張しないはずがなかった。だが、勇気を振り絞り、「いきましょう、ロラン様」と声をかけた。仮面越しのロランの表情は心配そうだ。

「大丈夫かい、クロエ。今からでも取り止めて……」

クロエは「いいえ」と首を振った。

「平気です。参りましょう」

ロランのためだと思えば、何も怖くない。ただ俯くばかりではなく、強くなりたいと願う自分に、クロエはまだ気づかなかった。

ロランに手を取られ、舞踏室に一歩足を踏み入れた途端、あちらこちらからひそひそ声が聞こえ、クロエは唾を飲みこんだ。醜い、やせっぽちだと陰口を叩かれるのだろうと内心身構える。ところが。

「グラス侯よ。こんな場にいらっしゃるなんて珍しいわね」

「ということは、隣の女性は奥方か。不美人だと聞いていたが……」

「いやあ、あれはなかなか……」

「……？」

クロエは何事かと首を傾げる。聞こえてくる囁き声には、好意的な色を含んだものが多かったのだ。

戸惑いながらも足を進める中、突然聞き覚えのある声が、無遠慮にクロエを呼び止めた。

「クロエ……まさかクロエなのか？」

前夫のシリルだった。その目は驚きに見開かれている。隣にいる新たな妻のエリーゼも絶句していた。やがてエリーゼの美しい顔が、どこか悔しそうに歪む。

「へえ、少しは見られるようになったじゃないの」

シリルはいまだにクロエを凝視している。クロエは彼の視線に気味の悪さを覚え、思わず後ずさった。すると次の瞬間、半歩うしろにいたロランに、ぐいと身体ごと抱き寄せられた。腰に手を回されクロエは慌てる。

「ろ、ロラン様……？」

だが、ロランにいつもの照れた様子はない。毅然とした態度のまま、まずはエリーゼに、次いでシリルに目を向けた。ふたりは彼の仮面の向こうにある、怒りの強さを肌で感じ取ったらしい。蛇《へび》に睨みつけられた蛙《かえる》のごとく、その場に凍りついている。

「……私の妻に何か用か？」

「あっ、いやっ、そのっ……」

数々の衝撃に、シリルはすっかりしどろもどろとなっている。ロランはそんなシリルに追い討ちをかけた。

「公の場では、例え女同士であれ、身分が上の者の妻に話しかける場合には、夫である私に許可を取る必要がある。どこの誰だか知らないが、妻にそうした躾《しつけ》もできないのか」

シリルの顔がさっと赤くなった。公衆の面前で妻の躾を問われただけではない。これまで名門の貴族の御曹司としてちやほやされてきたのに、さらに高位の貴族にはそれは通じず、王宮では並みでしかないのだと思い知らされたのだ。プライドがひび割れたのだろう。

「……っ」

「謝罪の仕方も知らないのか」

ロランは心底呆れたと溜め息を吐くと、クロエの細い肩を抱いた。

「いこう。陛下と王太后様、王太子殿下に挨拶をしなければ」

クロエは自分がロランとその場を立ち去ったあと、前夫と後妻が大広間の隅で言い争っていたことを知らなかった。

「ちょっとどういうことよ。どうせあの女は死んでいる、診断書の件は絶対にバレないって、あなたはそう言っていたじゃないの‼」

「こんな、こんなはずじゃなかったんだ」

「侯爵はあの女をきっともう抱いているわよ。この上、もしあの女との間に子ができたらどうするの⁉ 私たちの社交界での信用は丸潰れよ！ ますますお金が借りられなくなるじゃないの」

「しっ、しかしっ……」

「もううちにはあとがないのよ。どうにかしなさいよ！」

ロランがクロエを連れて向かった先は、王族らのいる大広間の真ん中ではなく、扉の外の、階段の踊り場だった。ほとんどの招待客は大広間にいるのか、人通りはなくざわめきも遠くにしか聞こえない。

クロエはロランを怒らせてしまったのかと焦った。ロランは歩いている間、一言も喋らなかったからだ。だが、なぜ怒っているのかがわからない。

ロランの足がようやく止まる。クロエがロランを見上げると、ロランはぽつりと呟いた。

「やっぱりこんなところに連れてこなければよかった……」

クロエは「えっ」と驚くまもなく、逞しい胸に引き寄せられてしまった。

「ろ、ロラン様……」

背に手を回され逃げないように囲われる。どこか切なげな囁きがクロエの耳をなぞった。

「君の夫だったあの男も招待客の貴族も、みんな君を見ていただろう。みんな君を可愛いと思っていたんだ」

「ええっ……」

クロエはどうにか首を振った。

「そんな、誰も私なんて見ていません。きっとロラン様が素敵だからです」

「君は少しも自分をわかってはいない」

「ロラン様、そんな」

「これ以上私を妬《や》かせないでくれ。もともと君は、私のような男のもとにくるような娘ではなかった」

ロランはクロエの髪に手を埋めると、顔を傾け薄紅色の唇に自分のそれを重ねた。

「……ん」

ロランの唇はいつもにも増して熱く、クロエはその腕の中で身を捩った。ところが、さらに深く強く抱き締められる。心臓が激しく早鐘を打ち、今にも壊れてしまいそうだ。この音をロランに聞かれる前に、逃げなければと焦る間に、ふたたび唇を奪われてしまった。二度目のキスはより激しく、力ずくで唇を割られた。

「うう……ん」

唇から身体ごと蕩けてしまいそうだった。それほどロランの嫉妬の熱は高かった。あまりの熱さに身体が小刻みに震え出す。クロエの心臓が限界になったところで、ロランがようやく唇を離した。指の長い手がクロエの頬をなぞる。

「私はまったく、どうしようもない男だ。——君のことになると我を忘れてしまうよ」

ロランはそう言って溜め息を吐いた。

——それは自分の台詞だ、とクロエは思った。

国王とロランとを引き会わせなければならないのに、キス程度ですべてが頭から吹き飛んでしまう。はたしてこの任務が果たせるのか不安になった。

その後ロランとともに大広間に戻ったクロエだが、湯だった頭は一向に冷めずにくらくらしていた。またもや一斉に注目されたものの、真っ直ぐに歩くのが精一杯で、人目どころではなかったのだ。それがはたからすれば、堂々として見えたのだろう。招待客らが「たいしたものだ」と囁き合っている。

「まだ一七、八だと聞いていたが、あの貴婦人っぷりは素晴らしい」

「侯爵が珍しく王宮にきたと思っていたが、どうやら若い細君の自慢にきたようだな」

美しい誤解に基づく賞賛の中を、ふたりはゆっくりと進んでいった。その先には側近と護衛と真っ赤なビロードのカーテンに取り囲まれ、豪奢な椅子に腰かけた国王と王太后がいる。王太子はなぜか姿が見えなかった。

クロエはいよいよだと緊張した。かつてロランと愛し合った国王と、間近で謁見《えっけん》する。

「お久しぶりでございます、陛下」

「初めてお目にかかります」

クロエはロランに続き、淑女の礼をとって挨拶の言葉を述べた。護衛から「おもてを上げよ」と許しが出たところで顔を上げ、そこで初めて国王を見る。そして、あっと声を上げそうになった。

フロリン国王は、二十年後のロランかと錯覚するほど、仮面の下のロランによく似た顔立ちをしていた。白髪混じりの金髪だけが違う。

一方、王太后は若いころはさぞかし美しかったと思われる、気品ある凛としたたたずまいの女性だった。まとめた髪はほとんど真っ白だが、ところどころに青銀の髪が混じっている。ロランの髪の色と同じだった。

ロランはこのふたりを組み合わせたような容貌だったのだ。顔と体格は国王に、髪と雰囲気は王太后に似ている。クロエはここで、ようやく執事の話を理解した。同時にロランの仮面の理由に納得する。

王太后と国王はロランの血縁なのだ。それもただの親族ではなくもっと近い――おそらく親子ではないだろうか。断じて禁断の関係ではない。ロランは、フロリンの王子だったのだ。

だが、王子がもうひとりいたとは聞いたことがなかった。国王の子息は王太子シャルルだけだったはずだ。つまり、ロランは世間から隠されている。今度はロランがなぜあるべき地位になく、グラス侯を名乗るのかと不思議になった。

内心混乱するクロエをよそに、国王はまずはロラン、続いてクロエを見ると、「ほう」と感嘆の声を上げた。

「グラス侯、その娘がそなたの今の妻か。なかなか可愛らしいではないか。宮廷にはいない清楚《せいそ》さだな」

クロエは蛇が纏わりつくかのような好色な視線にぞっとする。同時に、隣からただならぬ何かを感じ、こっそりロランを見て目を見開いた。彼の背後に暗黒のオーラが揺らめいていたからだ。国王は気づいていないようだが、ロランは怒りを覚えている。それでも、胸に手を当て恭しく頭を下げた。

「お褒めいただきまことにありがとうございます。おっしゃるとおり可愛い妻で、毎夜床をともにしております。今宵も妻を手放せないことでしょう」

のろけ交じりの牽制に、国王はあからさまにむっとした顔になる。ロランそっくりな美貌ではあるが、性格はより子どもっぽいようだ。公の場で感情も隠せないのだから。

すると、それに気づいた王太后が国王を窘《たしな》めた。

「みっともない真似はおよしなさい。魅力的な女性がいると手を出したがるのは、あなたの悪いくせのひとつですよ。ふたりは教会に認められた正式な夫婦です。夫婦を邪魔するような真似をしてはなりません。これ以上貴族から反感を買ってどうするのです。グラス侯の力を知らないわけではないでしょう」

国王は教会と貴族の名を出され口ごもった。この国では国王と並んで教会に権威がある。

教会とはアイオン教会の国内での略称であり、西方の国々の多くがこれを国教としていた。本拠地はフロリンの南の隣国レーメン王国にあり、聖職者は教皇を頂点に大司教、司教、司祭、助祭と厳然たる階級がある。フロリンには国内の教会を統括するシュリュー大司教がおり、フロリン人の宗教的な拠り所となり、宮廷にも影響力を及ぼしていた。

最近は新教に押され気味であるが、教会の領域には、国王といえども立ち入れない。また、近ごろは貴族も勢力を伸ばしており、一昔前のように国王に無条件で従うわけでもない。

母親の言うとおりだと悟ったのか、国王はうっと声を詰まらせ、それきり黙り込んでしまった。

ちなみに、現国王は前王妃を亡くし、ふたり目に迎えた王妃も三年前に亡くしている。政治に不向きで、実質国政を行っているのは王太后だ。頭が上がらないのには、そうした理由もあるのだろう。

国王は決まりが悪くなったのだろうか。近くにいた貴婦人の手を取り、断りもなく踊りにいってしまった。王太后が小さな声で「まただわ」と呟く。

「あの子は昔から逃げぐせがあって駄目ね……」

何かを諦めるように溜息を吐くと、気を取り直したらしい。ロランに向き直り眩しそうな目をした。

「それにしても立派になったこと。あなたを宮廷に置けないのが残念だわ」

「滅相もない。宮廷にはシャルル殿下や宰相殿がいらっしゃるではありませんか」

一旦祖母と孫の関係なのだと悟ると、すべての会話がその証拠であるように聞こえる。

「ところで、殿下はどうなさいました？　お姿をお見かけしませんが」

ロランの質問に王太后は先ほどより深い溜め息を吐いた。

「あなたも噂は聞いているでしょう。きっと例の平民の娘のところだと思うわ。あれほど今日はマルグリット嬢をエスコートしろと言ったのに……」

ロランは息を呑んだ。

「殿下が婚約者のヴァール辺境伯令嬢をないがしろにされ、平民の娘と不貞をなさっているという、あの噂はまことだったのですか？」

「そのとおりですよ。シャルルはどうやら息子に似てしまったようね」

「なんということを……」

クロエもその噂はアルノー家の侍女らのおしゃべりで聞いたことがあった。なんでもシャルルはフロリンの国境沿いを任されている、ヴァール辺境伯令嬢マルグリットと婚約していたのだが、お忍びの際に知り合った町娘と恋に落ちたのだそうだ。その娘に雨あられと贅沢な贈り物をした上、あろうことか王宮に密かに連れてくるまでになった。さらにはその行動を諫《いさ》めた本来の婚約者を、「差別をするな」と叱りつけたのだとか。

「息子といいシャルルといい、どうして我が家は王太子の教育がうまくいかないのかしらね……」

王太后の肩ががっくりと落ちた。ロランは「どうぞお気を落とさず」と慰める。

「おそらくマルグリット様が素晴らしすぎたのですよ。我々男という生き物は、伴侶に甘えてしまうところがありますから。殿下もマルグリット様になら、許していただけるとお考えなのでしょう」

「まあ、我々ということは、あなたもなのかしら？」

「はい。私も妻にはすっかり甘えてしまっております。やはり素晴らしい女性ですよ」

「まあまあ……」

王太后からなんとも言えない眼差しを向けられ、クロエは顔がぱっと赤くなるのを感じた。

「シャルルとマルグリットもあなたたちのようになってくれれば嬉しいのだけれど……。あら」

王太后の目がクロエから扉へと移る。

「マルグリットだわ」

クロエがロランと揃って振り向くと、息を呑むほど美しい令嬢が、親族らしき青年にエスコートされ、大広間に入場したところだった。結い上げた銀髪とサファイアブルーの瞳は、古代の神話の月光の女神のようである。

クロエがその美しさに見とれていると、続いて金髪の国王そっくりの青年が、足音も荒々しく踏み込んできた。隣には桃色のドレスを着た娘がいる。

「しっ、シャルル……⁉」

王太后が止めるまもなく、大広間に怒声が響き渡った。

「マルグリット！　こんなところにいたのか！」

何事かと驚愕したのはクロエだけではない。ロランも、王太后も、ダンス中の国王ですら動きを止め、皆一斉にシャルルに目を向けた。楽団だけはさすがプロというべきか、顔色一つ変えずに演奏を続けている。

優美なダンス曲が流れる中を、シャルルと桃色ドレスの娘が大股で横切る。ふたりの向かった先は他でもない、ヴァール辺境伯令嬢マルグリットのもとだった。マルグリットの隣の青年が立腹している。

「いくら殿下とはいえ、伯爵令嬢を公の場で呼び捨てなど！」

だが、マルグリットはどこまでも冷静だった。「大丈夫ですから」と男性を手で制すると、優雅な足取りですっと前に進み出る。

「お久しぶりです、シャルル様。……なんのご用でしょうか？」

氷を思わせる冷ややかなその声に、シャルルはうっと一歩後ずさった。「シャルル様！」と桃色ドレスの娘に励まされ、態勢を立て直してふたたび睨みつける。そして、高らかにこう宣言したのである。

「マルグリット・ドゥ・ヴァール……お前との婚約は、今この場をもって解消する！　僕の新たな婚約者はこのアンジェルだ‼」

これには王太后、国王だけではなく、大広間の招待客、全員が凍りついた。たまたまなのだが、ここで次の曲のサビが入り、ジャジャーンと打楽器が高らかに鳴らされた。

突然の騒動にクロエもポカンとしていると、マルグリットがシャルルの言を受けて立つ。

「はい、かしこまりました。では、陛下、王太后、宰相様への報告と申し開きは、シャルル様がなさってくださいね。私は今この瞬間から他人ですので、あなた様の尻拭いは二度といたしませんわ」

「なっ……それはお前にも責任があることだろう！」

「婚約を解消したいとおっしゃったのは、私ではなくあなたですので。……まさか別れた女に後始末まで押しつける気ですか？　そんなこともできないんですか？」

絶対零度の口調で揶揄《やゆ》され、シャルルの顔色がさっと赤くなった。

「で……できる！」

「まああ、ほーんのちょっとは成長してくれて、とーっても嬉しいですわ」

マルグリットの嫌みにカチンときたのか。シャルルはたった今他人となった令嬢に詰め寄った。

「い、言いたいことはまだあるぞ！　お前はアンジェルをいじめただろう！　覚えがないとは言わせないぞ‼

彼女は今日、お前と話したあと泣いていたんだ‼」

マルグリットは嘲るような眼差しでシャルルを眺めた。

「シャルル様を愛しているなら別れてと言われましたので、別に愛してないけど別れられませんと答えたら、ひどい、シャルル様が可哀想《かわいそう》って泣かれたんですよ。貴族の結婚は契約で可哀想も何もないですし、愛だの恋だのギャーギャー騒いでいる間は王太子妃なんて務まらないわよっ……て所見を述べただけですが。それをいじめだとおっしゃるなら、王侯貴族は全員いじめっ子になるでしょうよ」

まことにもっともな意見に、シャルルとアンジェルを除く、その場にいる全員がうんうんと頷いた。

「だ、だからと言って……！」

ところがシャルルの抗議は「その前に」という言葉に遮られる。マルグリットは美笑というべき微笑を浮かべ、周囲をぐるりと見回すと、よく澄んだ声でこう言い渡した。

「私もこの場にてヴァール伯の後継者として宣言させていただきます。ただ今よりヴァール伯領におけるすべての軍隊は、婚約時の盟約どおりフロリン王家の管理下ではないものとします」

クロエの隣のロランの顔色が、仮面越しでもわかるほどはっきりと変わった。

マルグリットの宣言を耳にするが早いか、大広間は静寂から一転し、ざわめきに包まれた。

「なっ……。ヴァール伯領の軍隊がなければ、隣国からの侵略を防げないではないか」

「殿下は何を考えているのだ⁉」

皆が皆、非難の色を浮かべた目を、一斉に中央のふたりへと向ける。シャルルにはこれが意外だったらしく、

「な、なぜだ⁉」と動揺していた。そのシャルルにアンジェルと呼ばれた娘が縋りつく。

「しっ、シャルル様、皆さん、どうしちゃったんですか⁉　アンジェル、怖い！」

我に返ったクロエにもやっと理解できたのだが、どうやらこの桃色ドレスの娘がシャルルの平民の恋人らしい。国王、王太后も出席する宴に平民を連れてくるなど、しかも平民を勝手に新たな婚約者とするなど、前代未聞の事態どころではない。

「だ、大丈夫だ、アンジェル。私が必ず君を守るから」

シャルルは発言こそ男らしいが、態度はおろおろとしていた。

会場と孫息子の混乱を見るに見かねたのだろうか。王太后が声もなく渦中に進み出た。

「おっ、お祖母様⁉」

シャルルを無視してマルグリットに呼びかける。

「マルグリット、このたびは孫がご迷惑をおかけし、大変申し訳ございませんでした。会場では人目がございますので、今一度話し合いの場を設けさせていただけませんか」

シャルルの目が見開かれる。王太后ともあろう人物が、謝罪をしたのが信じられないのだろう。

「お祖母様、何をおっしゃって……マルグリットとはもう婚約を破棄して……」

王太后はシャルルの力ない声を無視した。その目はマルグリットだけに向けられている。

マルグリットは挑戦的な笑みを浮かべ、「よろしいでしょう」と腕を組んだ。

「ただし、一対一での話し合いはお断りいたします。どのような目に遭わされるのかわかったものではございませんから。我が父、ヴァール伯の使者の到着を待っていただきましょう。ああ、この場で私を捕らえようなどとお考えにならずに。私を人質に取ったところで、父は親子の情に流され、ヴァールを差し出す愚か者ではございません」

「……胸に刻みつけておきましょう」

クロエが招待客らとともに固唾《かたず》を飲んで見つめていると、急にその肩をロランに叩かれる。ロランは声を潜め、クロエに耳打ちした。

「クロエ、すぐに部屋に戻ろう。予定変更だ。明朝には領地に戻る」

「えっ……どうして」

ロランはクロエの肩を抱くと、人々の間を縫って大広間を抜け出した。最後に忌々《いまいま》しそうに吐き捨てる。

「こんな茶番に巻き込まれるのはまっぴらだ」

クロエはロランとともに、割り当てられた客間へと戻った。ロランはベッドに腰を下ろすと、「おいで」とクロエに手を伸ばす。

「えっ……お、おいでとは？」

どうすればいいのかがわからない。するとロランは「こうするんだよ」と、笑いながらクロエの腰を素早くさらい、みずからの膝の上に座らせた。

「ろ、ロラン様……」

照れくささと恥ずかしさに、身体が熱くなってしまう。ロランはクロエをそっと抱き寄せると、薔薇色になった頬に唇を軽く当てた。

「んっ……」

ついぴくりと反応してしまう。ロランの唇は頬から耳へと移り、クロエの耳を軽く食《は》んだ。

「ひゃっ、ろ、ロラン様、そこはいけません」

「君は耳が弱かったのか」

ロランはくすくすと笑いながら、キスの雨を降らせていたが、やがて小さく溜め息を吐き、クロエの髪に頬を埋めた。こんなロランは珍しかった。きっと落ち込んで、疲れているのだとクロエは察する。何らかの事情で親子関係を明かせない父に再会したのだから無理もない。おまけにあの騒動である。

クロエにもその気持ちはよくわかった。クロエも父に会うたびに悲しい、苦しい思いに駆られる。国王とロランの関係を誤解し、そんな思いをロランにさせてしまった自分の不甲斐なさに、涙が出そうになった。

「も、申し訳ございません……」

クロエはごめんなさいと繰り返した。ロランが驚いたようにクロエの目を覗き込む。

「なぜ謝るんだ？」

「……私が我儘《わがまま》を言って王宮にきたばっかりに……本当に申し訳ございませんでした」

ロランがよしよしとクロエの頭を撫でる。

「あんな事件は誰も予想できないだろう？　それに、クロエの我が儘は我が儘ではないよ。だから、ここはごめんなさいではなく、ありがとうと言ってほしいな」

ロランの声は子どもを宥めるように優しい。クロエはまた泣きそうになったがそれを堪えて、「……ありがとうございました」と礼を述べた。ロランは「どういたしまして」と微笑みを浮かべる。そして、「お礼をくれるかい？」とふたたびクロエの目を覗き込んだ。

「お、お礼、ですか？　……何がいいでしょう？」

よいお礼が思いつかないクロエが尋ねると、仮面の向こうのふたつの瞳に、ふと甘い光が浮かんだ。

「クロエからキスをしてくれないか」

「えっ……」

ロランは人差し指をクロエの唇に当てる。

「もちろん、唇にだ」

クロエは戸惑ったが、嫌などだとは言えなかった。第一、少しも嫌ではない。今では自分からロランに触れたいと、そう感じてしまうほどなのだ。とはいえ、いざそうした機会に恵まれると、恥ずかしさと照れくささに後込みしてしまうのが情けなかった。

クロエが声をなくしていると、ロランはしょぼんという副詞そのままの顔になった。

「……やっぱり嫌だろうか？」

クロエは慌ててぶんぶんと首を振る。

「そ、そんなことありません」

ぎこちない手つきでロランの頬を包み込む。もうキスは何度も、それどころか身体の関係もあるというのに、心臓が早鐘を打っていた。クロエはおそるおそるロランの唇に、唇で触れた。そよ風のような軽やかで優しいキスだ。クロエにはこれが精一杯だった。

「こ、これでよろしいでしょうか？」

ロランの目が今度は悪戯っぽくきらめく。

「いいや。これじゃ足りない。もう一度、もっと長くだ」

「ええっ……!?」

クロエは目を瞬かせた。

「これではキスだとすら言えないよ。もう何度かしているだろう？　それと同じようにしてくれればいい」

「そ、そんな」

ロランは何度も啄むようなキスをしたあと、頭がくらくらするほど深く口づける。だが、軽いキスで心臓が壊れそうなクロエには、とても最後までできる気がしなかった。とはいっても「無理です」などとも答えられない。またロランに落ち込んだ顔をしてほしくはなかった。どうしたものかと慌てるクロエに、ロランは「……困らせてしまったな」と苦笑した。クロエの顎を指先で摘まんで上向かせる。

「そうだ。もっと練習が必要だな」

「れ、れんしゅう？」

ロランはクロエの頬を撫でた。

「大丈夫、ゆっくり学んでいけばいいさ」

仮面に覆われた美貌が傾けられ、熱い唇がふたたびクロエに重ねられた。

「んん……」

クロエはうっとりと目を閉じる。手はいつしかロランの服を掴んでいた。ロランは一旦顔を上げると、歌うようにクロエに語りかける。

「いいかい。一度目はこう――二度目はこうだ」

二度目の深い口づけでは唇を割られてしまった。クロエは思わず身じろぎをしたが、ロランはやめようとはしない。クロエの舌をロランのそれが捕らえ、軽く吸った、次の瞬間のことだった。客間の扉が慌ただしく二度叩かれたのである。ロランはクロエから身を放した。

「なんだ。無粋な。……誰だ？」

邪魔されたからなのかロランが不機嫌になる。一方で、クロエは胸を撫で下ろしていた。あれ以上続けられてしまっては、心臓が破裂しそうだったからだ。

扉の向こうの声が「リュバックです」と名乗る。リュバックとはフロリン中央騎士団長の名だった。彼も舞踏会に参加していたらしい。これにはさすがにロランも驚いたのか、クロエを膝から下ろし扉へと近づいた。鍵穴から本人かどうかを確認すると、あたりを窺いつつ扉を開ける。

「何の用だ」

リュバックはこの世の終わりといった顔で佇んでいた。客間に通されるなり突然その場にひれ伏す。

「閣下……どうかお願いいたします。ヴァール辺境伯の使者、およびマルグリット様との話し合いに出席していただけませんか」

ただならぬ事態にロランの表情が一気に緊張する。

「なんだと……？　国王陛下と王太后様はどうなさったのだ。宰相のアルディ殿は？」

「へ、陛下はシャルル様とそろって寝込んでしまわれまして、王太后様は貴族への対応に追われております。宰相殿は話し合いに同席するのですが、ヴァール辺境伯方は、王族にも最低ひとりは同席してもらう、でなければ交渉決裂だと言って聞かないのです」

王族と聞き、クロエははっとロランを見た。リュバックはすでにロランの正体を知っていたようだ。ロランもクロエをゆっくりと振り返る。苦笑し、ふたたび身を翻してリュバックを叱りつけた。

「仮にも国王ともあろうお方がだ。娘ひとりの脅しに怯えてどうするのだ！」

「おっしゃるとおりでございます。ですが、交渉を要求するのならば、その条件は譲らないと……」

リュバックは顔を上げロランを見つめる。

「これは王太后様のご希望です。閣下以外に事態に対処できる王族はいないからと……」

王太后の命令だと聞きロランの顔色が変わった。数分の沈黙ののちに「わかった」と呟く。

「――王太后様たってのご希望ならばいたしかたない。いくぞ」

リュバックは床に頭を擦りつけた。

「か、か、感謝申し上げます……！」

クロエはただならぬ事態に呆然としていたが、ロランに「クロエ」と名を呼ばれて我に返った。ロランはベッドからクロエを立たせるとその茶の目を覗き込む。

「いいかいクロエ、君は予定どおり、明朝には必ず帰るんだ」

「で、ですが、ロラン様はいつお帰りになるのですか？」

ロランはクロエの髪に手を埋めた。

「大丈夫。そんなに長くはかからないさ」

いつもであればロランの「大丈夫」は、クロエを安心させる魔法の言葉だ。だが、このときばかりは不吉な予感を覚えてならなかった。


翌朝、太陽が昇るが早いか、クロエは王宮の召使に叩き起こされ、出立の準備をさせられた。同衾していたはずのロランは、朝目覚めたときにはどこにもいなかった。せめて一言挨拶をしたくて、クロエはせき立てられながら、「あのっ、ロラン様は？」と必死に振り向く。

ところが、召使はけんもほろろだった。

「閣下は明朝からの交渉の準備に取りかかっております。ご挨拶は難しいかと思われます」

「そう、ですか……」

クロエはがっかりしてしまう。いつもの平和な一日であれば、ロランとは必ず「おはよう」、「おやすみ」のキスをしていたからだ。

「かしこまりました。ロラン様によろしくお伝えください」

クロエは後ろ髪を引かれる思いで、ロランが用意してくれた馬車へ世話役の侍女とともに乗り込んだ。窓から徐々に小さくなる王宮を見つめる。ロランのいない馬車はひどく広く感じた。

王宮からグラス侯爵領までは馬車で四日かかる。王都を出て二日目に、中継点の市街地に立ち寄り、御用達の宿屋で馬車馬と御者、護衛を交代することになった。

翌朝、クロエが馬車に乗り込もうとすると、新しい護衛から、侍女は具合が悪くなったので、少し休んでからあとで追いつくと聞かされた。

しかし、宿を出発してしばらくして、クロエは違和感を覚えた。いきと同じ道を使うと聞いていたが、見知らぬ森へ向かっていると気づく。その瞬間、馬車もぴたりと動きを止めた。同席していた護衛が扉を開け、「おい、そろそろいいぞ」と外に声をかける。

「……!?」

クロエはそこでようやく悟った。馬車も、御者も、護衛もおそらくロランが雇ったものではない。偽物だ。

「な、何。誰なの……⁉」

クロエが悲鳴を上げるのと同時に、武器を手にした一団が馬車へと雪崩《なだ》れ込む。クロエは口に布を押し当てられ、そのまま意識を失ってしまった。

◇◇◇

クロエがそうして危機に陥る一日前——ロランはヴァール辺境伯側との話し合いに赴《おもむ》いていた。

王宮の会議室の円卓の一席には、一足早く宰相のアルディが腰かけている。アルディはロランの姿を目にするなり、弾かれたように立ち上がり、恭しく頭を下げた。

「こっ、このたびは、ご迷惑をおかけしてしまい、まことに……」

「いい。座れ」

ロランはアルディの隣に座ると、長い足を組んだ。

「辺境伯側はまだきてはいないようだな」

フロリン側を焦らせるつもりなのか、ぎりぎりの時間となっても、マルグリットをはじめとするヴァール側の使者は姿を表さない。だが、ロランにその戦法は通用しなかった。

ヴァール側はおそらく、今後もフロリンの国境を守る条件として、より完全な自治権を要求するつもりだろう。

以前からヴァールはそうした動きが強かった。だが、建前であれ国王を最高権力者とするフロリンが、国内に例外を認めるわけにはいかないのだ。

アルディとは前日に打ち合わせを行っていたが、ロランにはそのとおりに交渉を行うつもりは毛頭なかった。彼の提案した生ぬるい交渉案では、辺境伯方にいいようにされるだけだ。アルディの思惑や不安など知ったことではない。

ロランには国王も王太子もこの国ですら、死のうと滅亡しようとどうでもいい。クロエの笑顔と幸福だけが望みだった。しかし、王太后にはかつて命を救われた恩がある。彼女の願いを叶えないわけにはいかない。

やがて扉がゆっくりと開かれ、紺色のドレスに身を包んだマルグリットと使者、舞踏会で彼女をエスコートしていた男性が現れる。ロランも立ち上がり、お互いに軽く自己紹介をしあった。男性はセルジュという名前で、マルグリットの母方の従兄《いとこ》らしい。ロランを認めて、マルグリットが首を傾げた。

「王子が同席すると伺ったのだけど、なぜグラス侯がいらっしゃるのかしら？　てっきりシャルル様かと思っていたのに」

アルディの肩がぎくりと竦められる。だが、ロランは冷静だった。笑みさえ浮かべゆっくりと三人を見回す。

「なぜなのかは、私の顔を見ればおわかりいただけるでしょう」

そして、ゆっくりと仮面を外した。セルジュが「あっ」と声を上げる。使者とマルグリットも息を呑んだ。ロランはみずからの正体を淡々と告白する。

「私は現在グラス侯を名乗っておりますが、この顔のとおり父は国王、母は前王妃にして前グラス侯の息女、クリスティーヌになります」

「前王妃クリスティーヌ様……昔流行《はや》り病で亡くなったという……」

「で、ですが、クリスティーヌ様の産みまいらせた王子殿下もお身体が弱く、お生まれになってまもなく病でお亡くなりになったとお聞きしております。そしてあなたは、現グラス侯は親族より迎えられた養子でいらっしゃると……」

セルジュの言葉を、「信じないのなら結構」とあしらい、ロランはどかりと席に腰をかける。

「辺境伯方は交渉をするつもりはあるのか、ないのか。とりあえずはそれをお聞きしたい」

マルグリットは答えの代わりに、向かいに腰を下ろすと、あらためて尋ねた。

「あなたが王子殿下であることはわかりました。ですが、なぜこれまで存在を公にされていなかったのですか？庶子でもなく、正統な王家とグラス家の血を引く、本来なら立太子されるべきお方ではありませんか」

ロランは『正統』という表現に、皮肉気な笑みを浮かべた。

「この色彩の瞳が教会に不吉だとされ、立太子どころか、生まれたことすら認められなかったからですよ。聖書では悪魔はこの色の瞳をしている——そう書かれているからだそうです」

マルグリットは『教会』『聖書』の言葉に、三日月型の眉をこれ以上ないほど歪めた。

「くだらないわ、言いがかりじゃないの。確かにその瞳の色は珍しいけど、まったくないわけではないのに」

そして「そういえば」とロランの顔を見る。

「お亡くなりになったシャルル様のお母様……後添《のちぞ》えの王妃はシュリュー大司教殿の妹君でしたね」

ロランの無言の肯定に、マルグリットは唸り声を上げた。

「……なんてこと。私欲で神の名のもとに王子を廃したのね。シャルルを国王にし、息のかかった者を外戚とするために……。教会は一体どこまで腐っているの」

「この件は内密に」

ロランはさらりと告げると、「では、始めましょうか」と足を直した。マルグリットがロランの出生に驚愕し、隙を見せている間に口火を切る。利用できるものはなんでも利用するつもりだった。

「まずは、フロリン王国の意向を明らかにしておこう。フロリンはヴァールの自治権を認めない。そちらの要求を呑む気も、交渉をする気もない」

「なっ……」

辺境伯方だけではなく、隣に座るアルディも仰天した。言葉も出てこないのか、口をぱくぱくとしている。

「それでも自治権を主張し、今後フロリンに従わないと主張するのなら、フロリンはヴァールとの取引を一切停止させていただく。今後フロリンからヴァールに武器と馬を提供せず、フロリン産の小麦一粒、ワイン一滴もヴァールでは流通させない」

ヴァールは軍隊こそ優秀であるが、耕作に適した地ではなく、人口分を自給自足できない。また、武器や馬もフロリンからの供給に頼っている状況だ。

セルジュがさっと気色ばんで立ち上がった。マルグリットが咎《とが》めたが、そのままロランに詰め寄る。

「卑怯な……！」

ロランは微笑んだ。

「卑怯？　何をおっしゃるのです？　自由を得ようとしようとしながら、都合のいいところはフロリンに頼ろうなどとは、ずいぶん虫のいい話ではありませんか。フロリンはヴァールの親ではない。役立たず、裏切り者だと判断すれば、お互いにすぐさま切り捨てる。もともとヴァールとフロリンは赤の他人であり、そうした関係を改善するために婚約が結ばれたはずです」

ヴァールは、今でこそフロリン王国の一部となっているが、一〇〇年前まで異民族・ヴァール族の支配する地域だった。ヴァール人は勇猛果敢な戦闘民族だったが、いかんせん人口が少なかった。

そのために強大な王国であるフロリンの侵攻に耐え切れず、やむをえずに軍門に下ったのだ。当時の国王はヴァールの族長に辺境伯の称号を与え、フロリンにおけるヴァールの地位を確立させた。その戦闘力を見込んで滅亡させるよりも、味方にしたがよいと判断したからだ。

とはいえ、特にヴァールの有力者と軍部は、いまだにフロリンへの反感が根強い。そこでフロリンはヴァールとの民族の融合を進めようと、フロリンの王太子とヴァール辺境伯のひとり娘との婚約を勧めたのだ。

ロランは「反乱は一〇〇年前に行うべきでしたね」と冷静に告げた。

「一〇〇年前であれば、ヴァールにこれほど人口はなく、フロリンにこうも依存してはいなかった。セルジュ殿、今後あなた方はどう生きていくのです？　ああ、隣国のシャイルズと手を結んでいただいても結構ですよ。あのシャイルズ人至上主義の国で、ヴァール人が人間としての扱いと受けるのかが疑問ですが」

セルジュはますます憤ってロランに詰め寄った。

「我らを愚弄《ぐろう》するか！　ヴァールは最後のひとりとなるまで、フロリンを打ち滅ぼすために戦うぞ」

それでもロランは微笑みを浮かべたままだ。

「結構。こちらも今度こそヴァールの地に草一本、虫一匹も生き残らぬよう、軍隊を送り込もう」

その声が一段低くなったことから、マルグリットは本気を感じ取ったのだろう。いささか顔色が悪くなっていた。ロランはさらに言葉を続ける。

「しかしそうなると、あなたがた誇り高い領主一族や軍人はともかく、この一〇〇年ですっかりフロリンの洗練された文化、風習、贅沢に慣れきった領民は、はたしてどう捉えるでしょうね？　民草はそれほど我慢強くはない。あなた方は私たちに棄《す》てられたのち、彼らに見捨てられることになるでしょう」

マルグリットがようやく声を絞り出した。

「……あなたは愚か者ではございませんね。フロリンにこんな方がいただなんて」

ロランは「違いますよ」と、子どもを宥めるように言い聞かせる。

「あなた方が我が国を舐めすぎなのです。国王と王太子がどれほど愚かであれ、フロリンは数百年間繁栄してきた国です。その基礎は、婚約破棄程度でどうこうなるものではない。ですが、あなた方ヴァール族は、もはやフロリンに甘やかされ、寄生してしか生きてはいけない」

「……ええ、おっしゃるとおりですわ」

しかしマルグリットはその美しい面をきっと上げた。

「ですが、公の場で婚約を破棄されたのです。ヴァールも何も得られないまま、馬鹿にされたままでは引っ込みがつきません」

ロランは「そうでしょうね」とにっこりと笑う。

「ですから、こちらがヴァールの殲滅《せんめつ》などと、そんな物騒な手段を取らずに済むよう、これから建設的な話し合いを行いませんか」

建設的などとは言うが、つまりは自治権を許さないということだ。ほとんど脅迫である。

「もちろんそちらにも面子《めんつ》というものがあるでしょう。その点は考慮させていただくつもりですよ」

ロランの鞭《むち》と飴《あめ》との使い分けに、マルグリットは悔しそうに唸った。

「藪《やぶ》をつついて蛇を出してしまったわ……。いいえ、あなたは蛇どころか毒蛇だわ……」

ロランは「買いかぶりですよ」と肩を竦めた。そしてふと疑問を口にする。

「そういえばマルグリット殿、なぜ交渉の条件に王族の同席を頼んだのですか？　交渉だけであれば宰相殿だけで結構だったでしょう」

マルグリットは艶やかな笑みを浮かべた。

「万が一この場で暗殺されることがあれば、せめてもの復讐に王族を道連れにするつもりでした」

宰相が「な、なんと」と仰け反っている。マルグリットは微笑した。

「私はヴァールの女ですもの。刺し違える覚悟はいつでもできております」

ロランは内心、マルグリットの肝《きも》の座りように舌を巻いたが、今度は不敵な笑みを浮かべて、「こちらもそう簡単にやられはしませんよ」と返す。

一方で、アルディはロランの背後にドラゴンが、マルグリットの背後にはサーベルタイガーが牙《きば》をむき、威嚇《いかく》し合っている幻《まぼろし》を見た。

ヴァール側との話し合いがある程度まとまったのは、翌日の正午も過ぎたころのことである。

一息つこうと、ロランとアルディが会議室から出てくると、すぐさま待機していた私兵が駆け寄った。

「ろ、ロラン様、大変です。先ほど早馬で連絡があったのですが、奥様が……クロエ様が何者かに誘拐されました！」

「……なんだと⁉　詳しく話せ！」

ロランが私兵とともにいこうとするのに気づき、アルディが慌てて縋りつく。

「どちらへいかれるのですか⁉　こ、交渉はまだ妥結してはおりません！」

「ここまでくればあとは宰相殿おひとりででもなんとかできるだろう。いつまでも私ばかりに頼るんじゃない」

「そ、そんな……！」

「子どもじゃあるまいし、貴殿もいい年をしたオッサンだろうが。一体何年宰相をやっているんだ。というわけで私はもういくぞ。義理は果たしたから、あとは好きにしろ」

ロランは呆然とする宰相を振り払い、クロエの救出のために王宮をあとにした。

# 第四章　誘拐されました。大ピンチです！

――どれくらいの時が過ぎたのだろうか。

目が覚めたとき、クロエは見知らぬ場所にいた。藁《わら》と土の香りから察するに、どうやら農家の小屋の中のようだ。あたりが薄暗くよく見えないが、壁に鍬《くわ》や斧《おの》らしきものが立てかけられている。

後ろ手に縛られているみたいで、身体を自由に動かせなかった。拘束されているのかと驚いたとき、扉が開けられ視界が明るくなる。目の前にはもう二度と会うまいと思っていた、前夫のシリル・ドゥ・アルノーが青ざめた顔で立っていた。クロエは事態が把握できずに混乱する。そんなクロエにシリルはゆっくりと近づいてくる。

「しっ……シリル様？」

クロエはどうにか上半身を起こすと、シリルから遠ざかろうと身じろぎをした。しかし、すぐに肩が壁に当たってしまい逃げ場を失くす。

シリルは藁をかき分けその場に片膝をついた。そして青ざめたまま歪んだ笑みを浮かべる。

「俺の妻だったくせに……生意気なんだよ。お前が侯爵夫人？　ふざけるなって言うんだ」

シリルは「金がいるんだ」とぽつりと言った。

「金がいるんだよ。一フロルでもいいから、金がいるんだ」

その声はどこか強ばっており、追い詰められたような響きがあった。

「なのに、誰も貸してくれやしない……。エリーゼと赤ん坊はぎゃんぎゃんうるさいし……」

「し、シリル様……?」

ぶつぶつと呟き続けるシリルに、クロエは正気でないものを感じ、背筋がぞっと冷たくなった。シリルがクロエの目を覗き込む。

「お前に近づきたいって方々がいるんだよ……。お前のことを舞踏会で気に入ったからって……」

「……?」

クロエは何を言われたのかがわからなかった。

「その方たちがお前を連れてくれれば、金を用立ててくれるっていうんだよ……。だからさあ、ちょっと機嫌を取ってきてくれよ。妻だったころには役立たずだっただろう。今からでも働いてきてくれよ」

「なっ……!」

身勝手な言い分にクロエは言葉を失う。クロエが静かになったのを、シリルは諦めて従うものだと取ったらしい。唇を歪めて「それでいいんだよ」とまた笑った。

「お前はそうやって大人しくしていればいいんだよ」

クロエが反抗しないので調子に乗ったのだろう。シリルはクロエの顎を掴んで上向かせた。触れられただけでクロエは鳥肌が一気に立った。

「ふうん、確かに可愛くなったじゃないか」

シリルの目が欲望にぎらつく。

「昔は、泣いて『抱いてくれ』って言ってたもんな。ちょっと味見くらい構わないよなあ?」

「……！」

クロエは頭がカッと熱くなるのを感じた。

ロランに嫁ぐまでは、大切にされること、愛されることなど知らなかった。自分が尊重されるべき存在であることを知らなかった。教えてくれたのはロランだ。だからこの唇もこの身体も、この心もすべてロランのものだ。シリルにも他の誰にも指一本たりとも、二度と触られたくなどなかった。

「あなたなんか……」

「ん？」

「あなた、なんか……っ！」

これまで悲しみにも苦しみにも、ただ静かに耐えるしかなかった茶の瞳に、強く眩《まばゆ》い怒りの光がきらめく。そんな表情ができるとは思わなかったのだろう。シリルが手を離して一歩後ずさった。

クロエはその隙を見逃さず、

「だいっきらいよっ……！」

そんな雄叫びと同時に見事な頭突きを、シリルの腹部に食らわせたのだった。「ぐえっ」と蛙が踏み潰されるのと同じ声がした。

シリルは腐っても名家のお坊ちゃまである。殴られたことも蹴られたこともなければ、頭突きを受けたこともあるはずがない。その驚きも相まって、クロエの頭ストレートは、実に大きなダメージを与えた。シリルはもんどりうって俯せに倒れると、胃をやられたのかその場で吐いた。

その間にクロエはバランスを取って立ち上がると、屍《しかばね》同然のシリルを、今度は全体重をかけて踏み潰した。

まったく手加減できなかったが、無我夢中だったので仕方がない。ついでに体重が三キロほど増えていたので、効果が割増しだったのも仕方がなかった。

「ぐえええっ」

またもや蛙の踏み潰された声を上げ、シリルが気絶したのを確認すると、クロエは立てかけられていた斧で、縛られた手の間のロープを切った。ようやく自由を得てほっとすると、シリルには一瞥《いちべつ》すらくれずに小屋から抜け出す。あとには口から半分魂が抜け出て、吐瀉《としゃ》物まみれのシリルだけが残された。

よろめくように外へ一歩足を踏み出したクロエは、あたりをきょろきょろと見回した。

街と街とを繋ぐ道の間の農村のようだが、不気味なほどに人影がなく静まり返っている。なんらかの理由で廃村になったのかもしれない。クロエは近くの家を覗き込んだが、やはり中には人っ子ひとりいなかった。家々の向こう側には鬱蒼とした林があり、一気に心細くなってしまう。逃げ出したはいいものの、帰る道のりなど知らない。まだ太陽は沈んでいないものの、一向に不安を解消してくれなかった。

クロエはあたりを探りようやく一本の細い道を見つけた。女ひとりの歩きなど危険この上ないが、シリルが目を覚まさないうちに、とにかく逃げなければならない。そのとき、道の向こうから四、五人のガラの悪い男たちが、馬に乗ってやってくるのが見えた。

「……！」

クロエは身体から血の気が引くのを感じる。馬車を襲撃したあの連中だった。どこかに隠れなければ、と身を翻す。クロエは息を切らせて村に駆け戻ると、廃墟となった小さな教会へと逃げ込んだ。絶望的な状況に、神に救いを求めたかった。クロエは礼拝堂の奥の祭壇の下にうずくまった。「ああ、神様」と心のうちで祈る。

男たちは総出でクロエを探しているのだろう。窓の外からは男たちの声が聞こえる。シリルもようやく動けるようになったのか、押し潰された蛙のような声で命じていた。声は元には戻らなかったようだ。

「い、いいか……。見つかり次第、い、痛い目に遭わせてやれ。す、少しくらい傷が残ってもいい……」

「へへっ、それは俺たちもいい思いをしてもいいってことですかい？」

「す、好きにしろ……」

「……‼」

クロエは身を縮こまらせる。村はそれほど広いわけではない。見つかるのも時間の問題だろう。一分、五分、十分と過ぎていく中で、小刻みに震えながらロランに会いたいと願った。会って「好きです」と伝えたかった。私もあなたに触れたい、あなたに抱かれたいのだと――。

それからさらにどれだけの時が経ったのだろう。クロエはついに礼拝堂に踏み込む足音を耳にした。人数はひとりしかいないようだが、さすがに武器を持った男に敵《かな》う気はしない。足音は一歩一歩、祭壇に近づいてくる。

クロエは恐怖に固く目を閉じた。そして、他の男に身体を汚されるくらいなら、いっそ舌を噛み切ろうと覚悟を決めた。

胸で十字を切って手を組む。いざ死のうと口を大きく開けた、まさにその瞬間。男が腰を屈めて祭壇の下を覗き込んだのだ。クロエはそのままぽかんとし、穴の空くほど男を眺めた。逆光に輝くひとつに束ねた青銀の髪に、仮面越しでもそれとわかる美貌――。その人のすっとした唇が名を呼んだ。

「クロエ……？」

——ロランだった。

「ろ、ロラン様？」

ロランは「ああ、そうだよ」と頷くと、クロエの背に手を回してその場に立たせた。

「どこにも怪我はないか？」

呆然とするクロエの頬を覆うと、ほっと小さく溜め息を吐く。

「……無事でよかった。遠くではないと思っていたが、こんなところにいたとは」

クロエは信じられない思いで目を瞬かせた。つい先ほどまで死を覚悟していたのに、その仮面越しの優しい瞳を見た瞬間、そんな覚悟はきれいに吹っ飛んでしまった。

「本当にロラン様なんですか？　夢でも幻でもないんですか？」

ロランは「ああ、私だよ」とクロエの手を取った。右の頬にそっと当てて確かめさせる。

「触れられるだろう？」

「は、はい……」

ロランの頬は温かく乾いていた。それでもクロエはまだ信じられずに、ロランの肩に、腕に、最後に胸に手を当てる。そして確かにロランなのだと確信できた。途端に目の奥からじわりと熱いものが込み上げてくる。

「わ、私……」

これまでの緊張が一気に弾け、クロエは声を上げて泣き出した。礼拝堂に赤ん坊のような声が響き渡る。

「め、目が覚めたら知らないところにいて……」

「ああ、知っている。侍女や本来の護衛たちが教えてくれたんだ……すまなかった」

ロランは何度も頷きながら、優しくクロエを包み込む。

「む、ちゅうで、でも、怖くて……」

クロエはロランに縋りつき、その上着を熱い涙に濡らした。クロエは涙を浮かべたことはあったが、声を上げて泣いたことはなかった。泣いてもどうにもならないと、いつの間にか諦めていた。そうして溜まった一八年間の涙が、今、洪水となって押し寄せてくる。心を丸ごと洗われる気がした。

「もう大丈夫だ」

ロランはクロエの目元に唇を当てた。

「私がそばにいるだろう?」

拳で瞼を擦って涙はおさまってきたものの、嗚咽は止めようとしても止まらない。

「ごっ……ごめんなさっ……」

謝り、しゃくり上げるのとなんとか堪えようとしながら、クロエがやっとロランを見上げたそのときだった。不意に、軽い音を立てて唇にキスをされたのだ。突然の出来事にクロエの目がまん丸になる。ロランは悪戯っぽい笑みを浮かべた。

「ほら、止まっただろう?」

「え、えっ……」

クロエが待ってというまもなく、ふたたび唇を重ねられてしまう。続いて涙を吸われたときには、くすぐったさに思わず身体がびくりとなった。

「〜〜〜っっ。もう止まりました。なみだ、止まりましたっ」

それでも啄むようなキスは止まらない。ロランは身を放そうとするクロエを、ぐいと抱き寄せ腰と頭に手を回した。

「いいや、まだだ。君は嘘つきだな」

礼拝堂にちゅっちゅっと、罰当たりな音が実によく響く。クロエは恥ずかしさのあまり、その場で消えてしまいたい思いに駆られた。

「ロラン、さまっ」

「不安で心配で、おまけにもう何日も君に触れてなかったんだ。君への禁断症状で死んでしまいそうだったよ」

結局いつものお決まりのパターンで、最後に深く口づけられ、抱き締められてしまった。ロランはクロエの髪に頬を埋めていたが、やがて「よかった」とぽつりと呟いた。

「……君が無事で、本当によかった」

クロエはそのときになってようやく、ロランの心臓が早鐘を打っているのに気づいた。ロランも自分が攫われ恐ろしかったのだと驚く。

「君に何かあったら、どうしようかと思った」

ロランはもう一度強くクロエを抱き締めた。

「クロエ、お願いだ。二度と私のそばから離れないでおくれ」

その声はあまりに切なく苦しげで、クロエの胸も締めつけられそうになってしまう。クロエは「もちろんです」と答えようとしたのだが、その言葉はロランの耳に入ることなく終わった。三人の男たちの声と押し潰した蛙のような声、そして無遠慮な足音が礼拝堂に近づいてきたからだ。

「旦那、こっちですぜ。こっちから女の泣き声が……」

「お、おい、それは幽霊じゃないだろうな⁉」

聞き覚えのある声にクロエが振り返る。

「シ、リル様」

シリルの名にロランがぴくりと反応し、クロエを庇いつつ男たちの前に出た。想定外の人物の登場に仰天したシリルが、「なっ」とひっくり返った声を上げる。

「そ、その仮面は……。なぜグラス侯がここに⁉」

「夫が妻のもとにいて何が悪い……貴様らにも腹が立つが、私自身にもっとも腹が立つ。もっと警戒しておくべきだった」

すらりと腰から剣を引き抜くと、「ひっ」と一歩後ずさったシリルに、真っ直ぐに向け宣告する。

「仕返しと八つ当たりをまとめさせてもらうぞ」

頭上の割れた聖母のステンドグラスから、陽の光が差し込み、刃の切っ先がきらりと光る。それを合図にロランは三人のならず者、そしてシリルに向かって駆け出した。

「お、おい、お前たち、なんとかしろ！」

シリルは慌てるだけだったが、三人はそれなりの修羅場を潜り抜けてきたのか、腰から剣を即座に引き抜いた。

「散らばれ！」

素早くひとりとふたりの二手に別れるが早いか、一斉にロランに襲いかかる。ロランはまず、みずからひとりの男に突っ込んでいくと、腰を落として薙《な》ぎ払われた剣を避けた。ひょうっと刃が風を切るとともに、ロランの青銀の髪の一筋が宙に舞う。

「ロラン様……！」

ロランはクロエの声にも迷わず、腰を落とした姿勢のまま一歩前に踏み出し、無防備となっていた男の腿を切り裂いた。痛みに悲鳴も上げられないのか、男がどっと膝をついて倒れ込む。

「野郎っ……」

残ったふたりがうしろから襲いかかったが、ロランは同時に振り向いて態勢を立て直し、倒れた男を踏み台として、ふたり組のひとりの懐《ふところ》に飛び込んだ。肘《ひじ》を突き出し腹部に一撃を打ち込む。みぞおちを強打したのか、男は腹を抱えてうずくまった。胃液を石畳に吐き出し、涙目で咽《む》せ返っている。

ロランは残るひとりを前に間合いを取った。数分も経たない間に仲間ふたりをやられ、残されたならず者は「な、なんなんだよ」と一歩後ずさった。

「あ、んた、お貴族様なんだろう。軍人でもないのに、なんでこんな強いんだよ……！」

ロランは一歩前に踏み出し不敵な笑みを浮かべた。

「いつ殺されるかわからない環境に何年もいれば、多少は身を守れるようになるさ」

「……！」

ロランが相当の手練《てだ》れであり、敵うものではないと悟ったのだろう。ならず者は開け放たれた扉に向かって駆け出した。

「ま、待て！　雇い主を置いてどこへいく‼」

シリルもそのあとに続こうとしたが、ふたりの足は外に飛び出す間際に止まった。そして後ずさりで礼拝堂に逆戻りしてきた。クロエがどうしたのかと目を見張っていると、焦った様子のシリルとならず者の背後から、今度は武装の一団が踏み込んできた。逃げ出そうとするふたりをひっ捕らえる。

「シリル・ドゥ・アルノーだな？　よくもクロエ様を誘拐してくれたな」

どうやらグラス家の私兵らしい。一団は手際よくシリルとならず者をふんじばると、「こやつらをどういたしますか」とロランに問うた。

「とりあえず近場にまで連れていけ。この男には聞きたいことがたくさんある」

「はっ、かしこまりました」

シリルもようやく観念したのだろう。黙って私兵らに連行されていく。それでも最後に振り向きざまに、悔しそうにロランに尋ねた。

「な、なぜここがわかったんだ……」

ロランはサーベルを鞘《さや》に戻し、さらりとこう答えた。

「王宮から馬車で三日先の街まで、大人数で捜索に当たらせた結果、ここが怪しいとわかったけだ。金を使えばどうとでもなる」

財力の差だと言い切ったロランに、シリルはがっくりと肩を落としたのだった。

その後シリルは手足を拘束され、最寄りの街の宿屋の一室に放り込まれた。ちなみにこの日宿屋はロランによって、丸一軒貸し切りになったのだそうだ。宿屋とはいっても貴族や商人向けの、一泊一室金貨ウン枚という宿屋である。クロエの実家のショーメット家ですら、こんな散財はしたことがない。クロエは冷や汗を流しつつロランのあとについていった。

ロランは悠々とベッドに腰かけると、「君はどうする?」とクロエに尋ねた。

「この男の顔を見るのも辛いだろう。君は先に領地に戻ってもいい。護衛は二十人はつけるから」

「……いいえ」

クロエはシリルに目を向け、続いてロランに移すと、静かに首を振った。今度こそ本当の意味でシリルを忘れたかった。過去と決別してロランとともに歩いていきたかった。そのためにも、シリルを最後まで見届けたかったのだ。

ロランは「そうか」と頷き、クロエを隣に座らせる。一方シリルは観念したのか、あるいはロランの財力に恐れをなしたのか、すっかり大人しくなっていた。頭《こうべ》を垂れ、「俺をどうするつもりだ」と震えている。

「どうするつもりもない。いくつか尋ねたいことがあるだけだ。宮廷に引き渡す際に説明も必要だからな」

宮廷と聞きシリルは肩をびくりと震わせた。

貴族の犯罪者は宮廷に引き渡され、その後裁判にかけられ処罰される。シリルの罪状はクロエ、つまり侯爵夫人誘拐に人身売買未遂と、重罪ばかりであり言い逃れはできない。貴族がより上位の貴族や王族に対し、狼藉《ろうぜき》を働いた場合の処分は厳しい。爵位の剥奪で済めばよいほうだ。

シリルにもそれがわかっているのだろう。「どうしてこんなことに……」と呻いた。そしてはっと顔を上げ「エリーゼもだ!」と喚く。

「あいつがクロエを攫えと唆《そそのか》したんだ。そ、それにクロエをほしいと言っていた、伯爵や子爵も——捕らえるなら あいつも捕らえてくれ!」

ロランはやれやれと腕を組んだ。

「伯爵や子爵については、宮廷での取り調べで素性を聞かせてもらおうか。……公の場で確認したいことがある。ところで、お前の屋敷はすでに捜索したが、もぬけの空だったそうだぞ。エリーゼ本人だけではなく、息子と家財道具一式も消え失せていた。どうやらお前を唆すだけ唆して、自分はさっさと逃亡したらしいな」

「な、なんだって⁉」

「もちろん逃がしはしないが」とロランは呟いた。

シリルは妻にあっさり見捨てられたのが、よほどショックだったのだろうか。呆然と口を開けて宙を見上げている。クロエはさすがシリルが気の毒になった。ロランが「さてと」とシリルを見つめる。

「お前がクロエを飼い殺しにしていたわけ……それはエリーゼとの間に子をなし、その子を跡継ぎにするつもりだったからだな」

「そ、それがどうした……」

「そして、生まれたお前の息子はお前の一族にはない、黒髪に焦げ茶の瞳だった」

「……？　だ、だからなんだ。エリーゼは、自分の亡くなった祖父似だと言っていたぞ」

なんの疑いも抱かぬシリルの反応に、ロランは大げさに溜め息を吐いた。

「知らぬは亭主ばかりなりか。あるいは浮気者同士お似合いか？」

「な、なんだと」

「――調査によれば、エリーゼの祖父はエリーゼと同じ金髪だぞ」

シリルの目がまん丸に見開かれた。

「う、嘘だ」

「嘘ではない」

ロランは無情に新事実を次々と明かした。

「どうやらエリーゼはお前以外にも、複数の男と付き合いがあったようだ。それも金持ちや貴族ばかり。まあ、本人も赤ん坊が生まれて髪と目を見るまでは、誰の子かわからなかったのかもしれないな」

シリルの顔色はもはや真っ青を通り越して、真っ白である。そこに、扉が叩かれロランに声がかかった。

「ロラン様、エリーゼ・ドゥ・アルノーを捕らえました。部屋に入れてよろしいでしょうか？」

「ああ、連れてこい」

ロランが短くそう命じると、金髪に緑眼の美女が私兵に両手を拘束され、ふてくされた様子で入ってきた。

「エリーゼ……！」

シリルがよろめきながらも立ち上がる。エリーゼは夫であるはずのその男を目にし、小馬鹿にしたように鼻を鳴らした。

「あら、何よ。あなた、こんなところにいたの」

その腕に赤ん坊は抱かれていない。それに気づいたクロエは首を傾げた。ロランも同じことを思ったのか、「赤ん坊はどうした」とベッドから立ち上がる。

エリーゼは忌々しげに顔を背けていたが、「あんなの捨てたわよ」とあっさりと答えた。ゴミを捨ててきたかのような物言いだった。

「だってもう邪魔でしかないもの。アレの実の父親はもう結婚してしまったし……。ああ、どうしてうまくいかないのかしら」

母親と呼ぶことすら躊躇《ちゅうちょ》する非情さに、クロエは絶句するしかない。誰との間の子でも我が子には違いないだろうに、なぜそんなことができるのか――理解できず、したくもなかった。シリルはもはや赤ん坊の安否などどうでもいいらしい。私兵に取り押さえられながらも、「どういうことだ」とエリーゼに怒鳴りつけた。

「俺以外の男とも付き合いがあったとは本当か。なら、アルベールはいったい誰の子だと言うんだ⁉」

エリーゼの緑の瞳に苛立ちが過る。

「今さら誰の子だっていいでしょう。そもそもあなたが役立たずだからじゃないの」

「なんだと……⁉」

「子どもがちっともできなかったのは、あんたが種なしだったからじゃないの！　だから他の男からもらってきたってだけの話よ。一時でも我が子を抱く夢を見られたんだもの。感謝してほしいくらいだわ！」

シリルの身体が凍りつく。エリーゼはふふんと笑った。

「不思議に思わなかったの？　相変わらずおめでたいわね。あなたは節操なく他の女にも手を出していたみたいだけど、ひとりだって孕んだことはないでしょう。私は他の男だったらほんの数回でできたわよ」

「で、でたらめを……」

「医者に診せてみなさいよ。でも、プライドの高いあなたのことだもの。絶対に認めないでしょうけどね」

シリルは「馬鹿な」と首を振った。真っ白に燃え尽きただけではなく、そのままさらさらと灰になってしまいそうである。だが、最後の気力が怒りとなったのだろう。シリルはエリーゼを睨みつけると、「この売女《ばいた》が、呪われてしまえ」と呻いた。

「お前もお前の赤ん坊も呪われてしまえ。惨めに朽ち果てればいい――」

シリルの罵倒が終わる直前、ロランが大股で部屋を横切るなり、その胸ぐらを力任せに掴んだ。そして、まったくの手加減なく頬を殴りつけた。

「……っ」

シリルは呆気なくうしろに吹っ飛ぶと、壁にしたたかに背を打ちつける。エリーゼが「きゃあっ」と悲鳴を上げた。ロランは構わずシリルに歩み寄り、またもや襟首を掴み上げると、低い声でこう告げたのだった。

「今のは、クロエの三年間の苦しみのぶんだ」

シリルは口から血を流しながら、どうにか逃れようと身じろぎをした。

「はっ……離せっ」

だが、力でロランに敵うはずもない。ロランは「そして」とシリルの身体を宙に持ち上げた。首が締めつけられているのか、シリルの顔が苦しそうに歪んでいる。

「これは……私の怒りだ！」

ロランはシリルを壁に向かってぶん投げた。派手な破壊音と「うぎゃっ」という悲鳴とともに、シリルは壁にめり込んだまま気を失ってしまった。

ロランはシリルを見下ろしつつ、「どいつもこいつも」と大きく溜め息を吐く。

「我が子を道具か玩具だとしか見ていない。……しばしば親という生き物は、子も人間だということを忘れるようだな」

最後に「反吐《へど》が出る」と言い切ると、控える私兵にこう命令したのだった。

「夜になれば狼もうろつく。すぐ赤ん坊を探してこい」

シリルとエリーゼは拘束されたまま、ふたりそろって宿の別室に放り込まれ、翌朝まで過ごすことになった。明日には王宮の騎士団に引き渡され、牢獄で裁判を待つ身となる。

誘拐とその共犯に人身売買未遂に加え、不保護罪、不貞、診断書の偽造の疑い……と、ふたりとも罪は決して軽いものではない。今夜はお前が悪い、いいやあなたが悪いと、罵《ののし》り合いの一夜となるのではないだろうか。

クロエはそのころにはシリルのことはどうでもよくなっていて、ひたすら捨てられた赤ん坊だけが心配だった。

私兵団によって無事発見されたと知らされたときには、安心して身体中の力が抜けてしまったほどだ。

当の赤ん坊は外にひとりで放り出され、恐怖のあまり泣き続けていたらしい。私兵に抱かれて連れてこられたときにも、宿屋中に響き渡る大音量で号泣していた。

「ろ、ロラン様、この赤ん坊をどういたしましょうか……と、とりあえずミルクは飲ませたのですが、それでも泣き止まないのです。おしめも無事なようなんですけど」

「アアン……アアァァァァン‼」

独身らしき私兵は困り顔である。ロランも赤ん坊は未経験らしく、珍しくおろおろとしていた。

「どうって……どうすればいいんだ？」

「あ、あの……」

クロエは途方に暮れる男ふたりの前に、気づくと進み出ていた。

「私に任せていただけませんか。弟を何度か世話したことがあるんです」

私兵がほっとした表情になる。

「で、では、あとはよろしくお願いします」

すぐさまクロエに赤ん坊を渡すと、やれやれと部屋を出ていった。クロエは赤ん坊を柔らかな胸に包み込む。

すると、赤ん坊は途端に泣き止み、しゃくり上げながらクロエを見上げた。

「よしよし、いい子ね」

クロエは軽く揺すぶり赤ん坊をあやした。赤ん坊も落ち着きを取り戻したのだろうか。五分もそうして抱かれていると、今度はうつらうつらとし始め、やがて鼻を動かしつつ眠りに落ちた。クロエは用意していた揺り籠に赤ん坊を寝かせ、起こさぬようそっと上から布をかけた。ロランが感嘆の声を上げる。

「さすがは女性だな。私にはできない芸当だ」

クロエは赤ん坊の頭を撫でながら、「ロラン様」と隣にきたロランを見上げた。

「この子はどうなるのでしょう」

エリーゼはもう赤ん坊を育てる気はないだろう。彼女の言では実の父親は結婚しているというし、引き取ってもらえる可能性は低かった。

「そうだな……」

ロランは少し考えこんだのちに、クロエの肩を抱いた。

「私の親族に長年子がおらず、養子を考えている夫婦がいる。ちょうど夫は黒髪、妻は焦げ茶の瞳だ。その夫婦に引き取る気はないか尋ねてみよう。きっと頷くと思うよ」

クロエはぱっと顔を輝かせた。

「あ、ありがとうございます。ありがとうございます……」

赤ん坊の髪に軽くキスをすると、「よかったわね」と微笑む。そんなクロエを眺めてロランもまた微笑んだ。

「君は、優しいな」

「えっ……」

「この子は君が離縁されるきっかけになった赤ん坊だろう？」

クロエは赤ん坊を見下ろし、揺り籠の縁を知らず握り締めた。

「……いらない子なんて、愛されない子なんて、ひとりもいてほしくないだけです」

自分以外には、ひとりもいてほしくはなかった。

「クロエ……」

肩に回されたロランの手に力が込もる。クロエもロランの肩に頭を預けた。ふと、今なら言えるとロランを見上げる。こんなところでとも思ったが、人生とはいつ何時、何が起こるのかわからない。明日には会えなくなっているかもしれないのだ。今回の事件でそう思い知らされた。だったら、やはり今でなければならないと思った。

「あの、ロラン様……」

「ん？　なんだ？」

クロエはロランを真っ直ぐに見つめた。

「私、ロラン様が好きです」

ロランはきっちり一分間、その場に固まっていた。自分の耳が信じられないのか、クロエの肩に手を置き、目を瞬かせる。クロエは声が小さかったのかと慌て、今度は一際大声でこう宣言した。

「わ、私は、ロラン様が好きです。……大好きです‼」

口にした途端に顔から火が噴き、クロエは頬を押さえて下を向いた。きっと夕陽よりも真っ赤になっているだろうと思う。照れくささにロランの目を見られない。だが、「クロエ」と優しく名を呼ばれ、おそるおそる顔を上げた。

——仮面越しでも優しい眼差しがそこにあった。

ロランはクロエの頬をそっと包み込み、内緒話をするかのようにその耳元に囁いた。

「可愛いクロエ、もう知っているかもしれないが、私も君を愛しているよ」

「……っ」

美貌を間近にして聞く「愛しているよ」は、想像以上の破壊力があった。蕩けてしまいそうなクロエを、ロランがくすくす笑いながら包み込む。

「大丈夫かい？　立てるかい？」

クロエは恥ずかしさに死んでしまいそうだったが、ロランの胸に縋りつき体勢を立て直すことができた。自然と抱き合うかたちになりまた恥ずかしくなる。だが、逞しい胸は温かく心地よく、つい目を閉じて身を任せてしまった。ロランが困ったような声でぽつりと呟く。

「……君は私の理性をなくすのがうまい」

クロエが「えっ？」と顔を上げた、次の瞬間のことだった。あっという間に腰を攫われ、軽々と横抱きにされてしまう。

「きゃっ」

思わずロランの首に手を回す。ロランはクロエをベッドに連れていくと、ガラス細工を扱うようにそっと下ろした。額にかかった茶の長い髪をゆっくりと払う。

「クロエ……」

ベッドがかすかに軋んだ音を立てた。クロエの心臓は一度大きく鳴ったと思うと、そのまま早鐘を打ち始める。思わず目を閉じたその額に、ロランが唇をそっと押し当てた。圧しかかられているので重みを感じる。けれども、決して嫌な重さではなかった。

ロランはクロエを見下ろしていたが、やがて大きく溜め息を吐いて身体を起こした。なんとなくがっかりしてしまい、クロエは「ろ、ロラン様?」と声をかける。ロランはベッドの縁に腰をかけると、逞しい背をしゅんと縮めて顔を覆った。

「私はどうしようもない男だな。約束を忘れてしまいそうになる」

「約束……?」

「君が、可愛すぎて……」

クロエははっといつかのロランの言葉を思い出した。

——君がいいと言うまで、二度と君には手を出さない。

ロランは律儀に約束を守ろうとしていた。クロエはその真心に胸を打たれ、思わず背からロランに抱きついていた。

「く、クロエ?」

背に頬を押し当て「……だ、大丈夫です」と伝える。こんな大胆な真似をしたのは初めてであり、心臓が破裂してしまいそうだ。それでも伝えなければと必死で言葉を紡いだ。

「私、もう大丈夫です。わ、私も今こうしているように、ロラン様に触れたいんです」

「……本当に？」

クロエが「本当です」と答えた次の瞬間だった。ロランが振り向きざまにクロエを押し倒したのだ。

「そんなことを言われてしまっては、私も自分をもう止められないよ……止める気もないが」

ロランは妖艶に笑った。

「え、ええっ、今すぐ、ですか⁉」

「当然だ。今でなければいつ君を抱けるんだ？」

こんなに急展開になるとは思わなかったクロエは視線をさ迷わせ、揺り籠に目を向ける。

「あ、赤ちゃんが！」

中ではすやすやと赤ん坊が眠っていた。

「赤ちゃんが、います……。だ、だから……」

「そうか。赤ん坊が気になるのか」

ロランはそう呟くが早いか、ふたたびクロエを横抱きに抱き上げた。揺り籠を横切り赤ん坊の無事を確認すると、扉を足で軽く蹴り、部屋を出る。そして扉の前に控えていた私兵に言った。

「これからしばらく私は取り込み中だ。赤ん坊の面倒を頼む」

そう言って向かった先は三つ隣の部屋だった。つくりはほぼ同じであり、やはり壁にベッドがつけられていたが、ロランはそこにクロエをそっと下ろした。

「これでいいだろう?」

「い、い、い、いけません。ほ、他のお客様が……」

ところがロランは爽やかな笑みを浮かべるばかりだ。

「クロエ、この宿屋は今日は貸し切りだよ」

素早くベッドに上り込み、それ以上の言い訳ができなくなったクロエの、白く滑らかな頬を包み込む。

「今夜は逃がさない」

そしてクロエを逞しい胸に掻き抱き、シーツの上に力任せに押し倒した。柔らかなベッドとは言え後頭部への衝撃に、クロエは数秒ではあるが頭がくらりとなった。

「やっ、ロラン様……っ」

クロエは下半身を捩ったが、ロランが腰で腰を押さえつけ、身体を起こすことすらできなかった。

ロランはその間にもドレスのボタンを胸元から外していく。やがてすべてを外してしまうと、左右に分かれた絹地を取り払い、月明りの下に滑らかな肌をさらけ出した。衣服から自由になったささやかな膨らみが、誘うかのように薄紅色に色づいている。

「や……」

制止の言葉は無理やりに口づけられ、そのまま飲み込まれてしまった。

「ん……ぅ」

ロランの唇がふと離れ、クロエの上唇を軽く食む。甘い菓子を味わうかのように、ロランはぺろりと舐め、また食み、ふたたび深く口づけ、力尽くで唇の間をこじ開けた。

華奢な肩がかすかに震えた。ロランの唾液が流れ込んだが、クロエは咽せそうになるのを堪え、飲み下すしかない。続いて吐息を喉の奥にまで吹き込まれ、クロエはその熱さに涙が滲むのを感じた。

「……ん、ふ」

ロランの呼吸に合わせ、クロエの胸がゆっくりと上下する。片側の乳房にロランの手がかかった。押し倒すまでの強引さとは裏腹に、ささやかな膨らみをじっくりと丁寧に愛撫していく。

「……ん。……んん、う」

下から上に何度も寄せ上げられ、時折感触を確かめるように、やわやわと揉み込まれる。かと思えばぐっと強く鷲掴みにされ、握り潰され肌に赤みが残った。痛みを感じるはずのその動きも、ロランだというだけで、心地のよさを覚えてしまう。

続いて触れるか触れないかの位置から、肌の表を指でくすぐられたときには、もっと強く揉んでとねだりそうにすらなった。だが、手首を拘束され、口づけられているために、吐息すらままならない。ロランが手の位置を変え、クロエの乳首を指先で摘まんだ。

「……っ」

押し潰され、こね回され、最後に軽く弾かれる。

薄紅色の尖りがみるみる固さを増し、下腹部の奥に甘い疼きが走った。胎内から蜜がかすかに滲んだのを感じ、クロエは恥ずかしさにたまらず瞼を閉じる。抵抗しなければならないと思うのに、身体が次第に熱を帯びてしまうのだ。火照った体は心臓の鼓動を速め、より多くの呼吸を求めた。

クロエが酸素不足に陥っていたのだと、ロランもやっと気づいたらしい。

「はっ……」

ようやく唇が離れクロエは大きく息を吸った。白い喉元が軽く仰け反る。ところが今度はその喉元に口づけられてしまったのだ。

「やんっ……」

背筋が一瞬強く引き攣った。舐められ、肌に軽く歯を立てられたので、クロエは食べられてしまうのではないかと怯える。以前読んだ『禁断の愛短編集』では、鋭い牙を以って乙女の血を吸い、闇の世界へと連れ去る吸血鬼の恐ろしさが語られていた。

「クロエ、なんて可愛いんだ」

ロランはクロエを見下ろしながら、ふたたび唇を落とし滑らかな肌を貪り始めた。

「君のすべてが私を狂わせる」

唇が喉元から鎖骨へと下り、儚い線の浮かぶ箇所を繰り返し吸う。クロエはかすかな痛みを感じ、「う……ん」と顔を背けた。紅い印が次々と刻み込まれていく。唇が胸の間の近くにまできたところで、ロランは身体を起こした。

「クロエ……」

ゆっくりと服を脱ぎ捨てたあとに、首筋に戻り、また鎖骨に、乳房に、腹部に、脚のつけ根に次々と口づけの雨を降らしていく。足首を恭しく取られ、甲に唇を落とす様は、おとぎ話の騎士にすら見えた。だが、クロエはロランほどの男が足に口づけるなど、そんなことは許されないと首を振る。

「ロラン様っ……。あなたが、そんなことしちゃ、駄目……。足、キスしちゃ、駄目ぇ……」

とはいえ、ロランがクロエの訴えを受け入れるはずもなかった。クロエが身をくねらせるごとにシーツが乱れる。ロランが口づけた箇所からは熱が溢れ、周囲にじわりと広がっていった。淫らな感覚に茶色の双眸に涙が滲む。その涙が滴となる前に、ロランはクロエの腿をぐっと掴んだ。柔らかな肉に親指の爪が食い込む。

「あ……やぁっ」

ロランは開かれた熟れた桃色のそこに、顔を埋め熱せられた舌で花芯をねぶった。

「あ……あふっ。あんっ……あ……やぁっそんなところ……！」

敏感な箇所を絡め取られ、快感が身体の奥底から込み上げる。クロエは身も世もなく喘いだ。あられもないおのれの嬌声に恥じ入るのだが、喘ぎ声と荒い吐息以外出せなかった。

ロランの唾液に溢れ出た蜜が混じり、くちゅりと聞くに耐えない淫らな音を立てる。

クロエはかぶりを振りシーツに涙を散らした。

「あっ……あっ……。ダメ、汚い……」

だが、か細い泣き声はロランの情欲を煽っただけだった。花芯を唇で食まれ、ちゅっと吸われてしまい、クロエの背筋に電流が駆け抜ける。次に強く吸引されたときには、一瞬意識が飛んだ。甘く切ない感覚を絶え間なく与えられ、自分が自分であることすら、忘れてしまいそうだった。ロランが感慨深げにぽつりと呟く。

「いい子だ、クロエ。よく感じるようになったね」

ロランの台詞と過激な前戯の中断に、クロエは今日はこれで終わりなのかと胸を撫で下ろしかける。前戯だけでもこんなに感じてしまうのに、身体まで繋げてしまえば、狂ってしまう、と恐れていたからだ。口ではどう言っても、最後にはロランの腕の中でよがり狂う。クロエはそんな自分を、これ以上知りたくはなかった。

ところがその期待は、呆気なく裏切られてしまった。ロランに身体を俯せに返され、背後から圧しかかられてしまったのだ。

「きゃっ……！」

悲鳴とともに白い背が月影の下に曝《さら》け出される。背筋に続く儚い線が括《くび》れを描き出した。ロランはクロエの腰を抱え、猛る欲望を背後からあてがった。

クロエは下半身を持ち上げられ、上半身を支えるかたちで肘をつかざるをえない。

「やっ……。こんな、格好……」

ロランは甘い溜息を吐いた。熱い固まりが蜜口に、ず、と入り込む。ぬるりとした先走りの体液が、桃色の秘所を熱く濡らした。背後より犯される、その目に見えぬ恐怖が、華奢な身体を強張らせる。

「ああっ……」

クロエの背筋が大きく引き攣った。熱い大きな塊が、水の音を立てつつ媚肉を割り、徐々に胎内へと侵入してきたのだ。ゆっくりと、確実に、その存在を思い知らせるかのように。

「あ、あんっ……」

クロエは固く目を閉じ、背徳的な官能を喘ぎに乗せた。圧倒的に征服され蹂躙《じゅうりん》される——。その感覚に視界が滲む。だが同時に、窺い知れぬ身体の深く暗い奥底より、身も心も組み敷かれることへの淫靡《いんび》な快感が、子宮を疼かせるのを感じた。欲望は半ばで束の間動きを止め、一気にクロエの奥にまで突き入れられた。

「いや、ああっ……！」

ロランの分身がクロエの胎内に完全に収まる。胎内を満たす灼熱にクロエの白い喉が上下し、口が空気を求めかすかに開いた。唇の端から透明の滴が糸を引きながら落ち、蜜と汗に濡れたシーツの上に音も無く落ちる。ロランはなおも貪欲に欲望を捻じ込み、耐え切れない感覚に咽び泣くクロエに囁いた。

「不思議なものだな。君はこれほど小さく、細いのに私をこうして呑み込んでいる」

呑み込むという言葉にクロエの羞恥心が辛《かろ》うじて働く。クロエは蚊の鳴くような声で「お、おねがい、もう、許してぇ……」と懇願した。ロランの肩がピクリと動く。

「クロエ、そんな声ではおねだりにしか聞こえないよ」

ロランはロランはクロエの腰を引き寄せ、欲望をクロエの子宮口に突き当てた。内臓を直に責められる感覚にクロエは言葉を失う。

「……っ‼」

見開かれた茶色の目の端から一筋、涙が零れる。

「クロエ、もっと君の声が聞きたい」

歌うような口調でロランは告げ、腰を巧みに動かし始めた。

「あっ……あっ……」

クロエの身体がロランの動きに合わせ、前後に揺すぶられる。華奢な白い背が薄桃色に染まり、その肌の上にロランの汗が一滴落ちた。汗は胎内に埋め込まれた欲望と同じ熱さであり、クロエは身体の奥底だけではなく、肌にもロランの所有物であると刻印された気がした。

クロエは途切れ途切れの息を吐き、背と胎内に繰り返し走る快感の波を堪えた。ロランは動きを止めない。汗をさらにクロエに落としながら、腰をさらに激しく動かす。

「君は私だけを見て、私だけを感じて、私だけを愛していればいい」

クロエは官能の嵐の最中に放り出されており、ロランの言葉は耳に届かなかった。ただ荒い呼吸を繰り返すばかりだ。蜜が胎内より溢れ出し、繋がる部分より漏れ出す。

「……君は私のものだ」

「あぁんっ……」

信じられない深さにまで貫かれ、クロエは横を向き、甘い悲鳴とともに息を吐いた。

「……私だけのものだ」

ロランのものは貪欲にクロエの最奥を責める。突き、抉り、ときにすべてを抜き、ふたたび根本まで入れた。

「あっ……ロラン様ぁ……あっ」

腰を強く引き寄せられ、クロエは悦楽の悲鳴を上げた。崩れそうになる身体を辛うじて支える。

「もっ、もう、これ以上は……」

クロエは必死にロランに訴えた。すると、何を思ったのか、ロランが突然ずるりと欲望を引き抜いた。その感触にひっと息を呑み、ベッドに倒れ込むクロエの身体を返す。

「な、何を」

クロエが驚くまもなく、脚を大きく開かせたかと思うと、ふたたびずんと一物を一気に突き入れた。クロエの身体が引き攣り、細い背が仰け反る。

「あっ……あっ……あっ……」

クロエは執拗に、同じ調子で繰り返される刺激に身体が震え、子宮が次第に降りていくのを感じた。ロランはその入り口を素早く捉え、さらに奥へ、奥へと腰を進める。

「クロエ、クロエ、君だけが好きだ」

ロランが愛を語るが、もはやクロエには聞こえない。

「ひ、あぁっ……だめ、こわい、ロラン様……なにか、きちゃう……っ！」

全身が子宮と胎内の感覚に支配されている。ロランの指一本の動きすら、感じてしまう有様だった。

「クロエ、愛している」

長い指がクロエの腰に食い入る。ロランはさらに激しく腰を叩きつけた。

「だから君も私だけのために啼いておくれ」

それから先はベッドの軋む音と喘ぎ声、激しい息遣いだけが室内を支配した。

やがて月明りの差し込む位置が傾くころ、ロランは低く呻き、クロエを強く抱き締めようやく果てた。クロエはすでに限界を迎え、とうに意識を失っていた。


それから数時間後。クロエを目覚めさせたのは、明朝の小鳥の鳴き声ではなく、深夜の赤ん坊のぐずり声だった。クロエはベッドから慌てて飛び起きると、ガウンを纏って赤ん坊のいる部屋へ飛んでいき、宿屋の女主人を呼んで温めたミルクを持ってこさせた。

子を三人育てたという女主人に教えられながら、ベッドに腰かけぎこちない手つきでミルクを飲ませる。ようやく寝つかせ、揺り籠に戻したときには、ロランも目を覚ましてクロエのそばにきていた。ガウンの合わせからは逞しい胸筋が見え隠れしている。

「お、起きていらっしゃったんですか？」

ロランはクロエの隣に腰を下ろし、目を細めた。

「君は、いい母親になりそうだ」

「えっ……」

いい母親になると言われて、クロエの脳裏に浮かんだのは、ロランによく似た青銀色の髪の、赤ん坊を抱く自分の姿だった。隣には微笑んでいるロランが立っている。

「なんて妄想を」とすぐさま振り払ったが、おかしなことではないのだとはっとなった。今日のように抱かれ続けていれば、そんな日がくるのも夢ではないのだ。愛する人と家族を作る――それがクロエの唯一の、だが叶わぬと思い込んでいた夢だった。

クロエは「あの」ともじもじとロランに話しかける。

「ろ、ロラン様は、あ、赤ちゃんは、ほしいですか……？」

ロランが仮面の向こうの目を見開く。そして、なぜか顔をクロエから背けた。

「赤ん坊か……。そうだな……」

だが、そうしたのはほんの一瞬で、いつものように優しく微笑む。

「クロエに似た子ならたくさんほしい。茶色の髪で、茶色の目の女の子だ。ああ、でも、嫁がせるのが嫌になりそうだな」

本気で唸るロランに笑いつつ、クロエは赤ん坊を揺り籠に戻すと、ロランの隣に腰かけその顔を覗き込んだ。

これ以上隠してはおけないと覚悟を決める。

「わ、私は……ロラン様によく似た、あのきれいなお顔の男の子もほしいです」

「クロエ、君は……」

ロランは「あのきれいなお顔」という表現で、クロエが自分の顔立ちを知っていると気づいたのだろう。クロエは頷いたあとで、「ごめんなさい」とまずは謝る。

「私、前ピクニックにいったときに、ロラン様のお顔を見てしまったんです。そして先日国王陛下に謁見し、陛下のお顔を見て、とても驚きました。ロラン様は、きっと陛下と血の繋がりがある方なんだって……」

クロエは告白した。

ロランはクロエを穴が空くほど見つめていたが、やがて「そうか」と溜め息を吐いた。その声に怒った色は少しもなかった。

「いずれにせよ、一部の人間には知られていることだ。妻である君に、いつまでも事情を打ち明けないわけにもいかないな」

ロランは髪を掻き上げつつ、「それにしても」とクロエに目を向ける。

「君は、嘘がつけない娘なんだな」

浮かんだ笑みとからかうような口調に、クロエは何がおかしかったのかと慌てた。

「クロエ、そんな真っ直ぐな君が好きだよ」

ロランは「おいで」とクロエを抱き寄せると、仮面を片手でゆっくりと外した。

「クロエ、私は国王陛下の隠し子だ。だが、この仮面をつけている理由は、顔立ちを隠すためだけではない。悪魔の色と呼ばれ、母に魔女の烙印を押し、牢獄で死なせる原因となった、この瞳を隠すためなんだ」

端正な美貌が露わになるのと同時に、『悪魔の色』と呼ばれた、ロランの二つの瞳も晒される。クロエは息を呑んだ。

それはたった今流れた血を思わせる、鮮やかで深みのある紅だったのだ。確かに聖書では、悪魔は赤い瞳であり、不吉の象徴だと書かれている。

「三人目の妻には、悪魔の遣いだと罵られた。君は、どう思った……？」

ロランの声が徐々に小さくなっていく。瞳の色が深紅であったばかりに、辛酸《しんさん》を舐めてきたのだろう。

だが、クロエにとってその深紅は、ようやく思いの通じ合った、愛しい人のものでしかなかった。指先でロランの目元に触れ、手のひらで乾いた頬を覆う。

「きれいです」

心からの言葉だった。なぜなら深紅はクロエにとって、決して血の色というだけではない。

「夕焼けの色……ラズベリーの色……雛罌粟《ひなげし》の色……どれも私の大好きな色です」

だから、心から美しいと感じたのだ。

ロランは頬に置かれたクロエの手に、みずからの手を重ねて微笑んだ。

「君は、昔もそう言ってくれたんだよ。まだ、ずっと小さかった」

クロエは目を瞬かせた。幼いころにロランと会った記憶などなかったからだ。

「ロラン様、それはいつですか？」

ロランが口を開きかけた瞬間。突然、扉が強く激しく五度叩かれる。

仮面をつけ直し、ロランは立ち上がった。

「赤ん坊が起きてしまうではないか」

ところが、私兵の報告はロランだけではなく、クロエをも仰天させることになる。

「ロラン様、王太后様のもとにいる侍女からの情報です。シャルル王太子殿下が王宮を脱走し、あの町娘のアンジェルと国外へ駆け落ちされたそうです」

「駆け落ちだって⁉」

ロランは「なんてことだ」と苛立たしげに頭を掻いた。

「おそらく、隣国のシャイルズを抜け、リベール共和国に逃亡するつもりなのではないかと思われます。あの国は亡命者の受け入れを表明していますから」

ロランは唸った。

「金を積めばどうにかなるとでも考えているんだろう、あの箱入りは……。そんな甘いものではないぞ」

顔を上げるが早いか、私兵に命じる。

「すぐに私は王宮へ向かう。浮気者の夫婦ふたりも叩き起こしてこい。半日早く牢獄いきだ」

「はっ！」

ロランは私兵が立ち去るのを見送り、クロエの方へ振り返った。

「クロエ、君はあの赤ん坊を連れて、先に領地に戻ってくれないか。いずれにせよしばらく面倒を見ることにはなるだろう。養父母候補には私から連絡しておく」

「か、かしこまりました」

クロエは不安に駆られつつも、ベッドから降りロランを見上げた。

「ロラン様はいつお戻りになるのですか？」

「もちろん、あの連中を送り届け次第、すぐに戻る」

ロランは「留守を頼むよ」と笑い、クロエの耳元にこう囁く。

「帰ったら、今度は一晩中離れずに愛し合おう」

クロエは一瞬目を見開いたが、頬を染めて「はい」と頷いた。そしてロランの袖をくいと引っ張る。

「そ、その前に……腰をかがめてくださいませんか」

「うん？　なんだい？」

ロランがそのとおりにすると、クロエはちゅっとロランの頬に軽くキスをした。ロランがポカンとクロエを見下ろす。クロエは照れくささに頬を押さえ、やっとの思いでこう言った。

「……早くお戻りになってくださいね」

「クロエ……」

長い腕が伸ばされ細い腰を素早く攫う。

「ろ、ロラン様……」

「ああ、一刻も早く戻ってくるよ」

ロランは戸惑うクロエの唇を奪い、一旦離すとさらに深く口づけた。クロエは目を閉じその熱に酔いながら、なぜか不吉な予感を覚えていた。

その予感が予感に終わらず、宮廷を巻き込む波乱となるのは、それからしばらくあとのことになる。

◇◇◇

王宮に到着してシリルらを引き渡すなり、ロランは王太后に呼び出された。内密に、と連れていかれた場所は、王宮の最奥にある王太后の私室だった。

ロランは、私兵の報告は真実だったのだと唇を噛み締める。王太子が平民の娘と駆け落ちをするなど、フロリン王国の歴史始まって以来ではないだろうか。

王太后は窓辺の椅子に腰かけるなり、「話はもう聞いていますね」と力なく尋ねた。

「シャルルが、あの娘と逃げてしまいました。よりによってシャイルズに……追っ手はかけましたが、シャイルズの国境で止められてしまいました」

床に目を落とし、深く重い溜め息を吐く。

「あの子がシャイルズを無事に通過できればいいのですが、その可能性は低いと言わざるをえません。恐らく、かの地で拘束されているものと思われます」

ロランは頭が痛むのを感じた。シャイルズ王国はフロリン東にある隣国の一国である。自国至上主義のシャイルズと、フロリンとの関係は、敵国というほどでもないが良好とも呼べない。そんな中で相手国の王太子がのこのこやってきたのだ。人質として利用するのが定石ではないだろうか。

王太后も同じことを考えているのだろう。再度溜め息を吐く。

「シャルルは人を束ねるのに向かない子でした。だからこそマルグリットを配偶者に選んだのです。辺境伯の娘だからというだけではありません。彼女には上に立つものの才能がある。それが……まさかこんなことになるとは……」

ロランは王太后のシャルルに対する評価を、「それは違います」ときっぱりと否定した。

「殿下はもとは決して暗愚ではなかった。伯父であるシュリュー大司教に自分で何も考えないように教育されたのではありませんか。大司教は将来殿下が国王となったときに、自分が国政を操るつもりだったのでしょう」

王太后は言い返しすらしなかった。代わりに顔を覆う。

「あなたがそうして仮面をつける羽目となったのも、シャルルが愚かな王子となったのも私の責任です。息子を諫めきれなかっただけではない、教会の圧力に抵抗することもできなかった……」

「お祖母様」

ロランはそこで初めて王太后を祖母と呼んだ。

「教皇から破門をちらつかされれば、逆らえる者はあのころにはいなかったでしょう。神の名のもとに俗世にすら手を伸ばす、腐りきった教会という組織に咎《とが》があります」

王太后は「そうかも知れないわね」と弱々しく呟いた。そしてテーブルに手をついて立ち上がる。

「いずれにせよ、王家は決断しなければなりません……」

ロランはその言い回しに不吉な予感を覚えた。

「決断、と申しますと？」

王太后は祖母としての顔を捨て、国母として高らかに宣言する。

「いいですか、ロラン。シャルル王太子は駆け落ちなどしておりません。シャイルズなどにもいっておりません。流行り病にかかって急逝《きゅうせい》してしまったのです。今、シャイルズにいるのはどこの馬の骨とも知れぬ、王太子に似ているだけの少年です。国民には、そう説明します」

「なっ……」

それはつまり、王太子は『すでに亡き者』であるという――シャルルを見捨てるという宣言だった。

王太后は凜と背を伸ばすと、もうひとりの孫息子に目を向ける。

「ロラン、あなたにも覚悟をしてもらわなければなりません」

# 第五章　逃亡しました。離れ離れです。

クロエがグラス領の屋敷に戻り、ロランが王宮に残って二ヶ月が過ぎた。再婚してからこれほど長く離れていたのは初めてだ。

クロエは不安に任せて、何通もの手紙を書いた。赤ん坊が無事に親族の夫婦に引き取られ、夫婦が自分たちによく似ていると喜んでいたこと。庭園の薔薇が見事に咲き誇っていること。最近、お菓子や食事ですっかり太ってしまい、ドレスがきつくなったことまで――。

ロランも一ヶ月半の間はまめに返事を書いてよこした。今回の事態への対応と重鎮らとの協議が長引き、なかなか帰れないのだという。ひとりで寂しいだろうが、もう少しだけ待ってくれとあった。政情が不安定となって危険なので、決してグラス領から出てはいけない、とも。

ところが、七週目から、ぴたりとやり取りが止まってしまったのだ。執事を通じて何度か王宮にかけ合ったものの、「個人の手紙については、王家も宮廷も一切関知しない」――そんな埒《らち》の明かない答えばかりが返ってくる。

何かがおかしいと思い始めたころ、ようやくロランからの手紙が届いた。すぐさま封を切って手紙を取り出し、クロエはその内容に絶句した。

『何も言わずに離婚してくれ』

――たった一行、そう書いてあるだけだったのだ。さらには離婚届が同封されている。クロエは足の力が抜け頽れそうになった。

「……いいえ、待って」

クロエはもう一度手紙の文字を注視した。よく似てはいるが、一部の文字の書き方が微妙に違う。ロランの文字に慣れた者にしか、きっとわからなかっただろう。クロエは急いでガストンを呼び出し、手紙の読み直しをしてもらった。

「ガストンはどう思いますか？」

「……ロラン様の筆跡ではありませんね」

執事は手紙を穴の空くほど眺めていたが、やがてそう判断を下した。

「つまり、ロラン様は私との手紙を止められている、あるいはどこかで差し替えられているということですね」

「そういうことになりますね」

ロランの身に何かあったのではないか。クロエは、不安が一気に心配に塗り替えられるのを感じる。クロエはぴんと背筋を伸ばすと、「ガストン！」とぐいと彼に迫った。ガストンが目を白黒させ慌てる。

「い、い、い、いけません、クロエ様！　奥様と執事のイケナイ関係なんて、旦那様が留守中の馬小屋での密会なんて、そりゃあ小説を読んでちょっとは憧れましたけど、やっぱり絶対に断じていけません！　私はまだロラン様に殺されたくはありません。独身のまま死ぬなんて嫌なんですぅ！」

ガストンは、つい昨今の趣味を暴露したが、そんなもの聞こえていないクロエはさらに詰め寄った。

「私、王宮に参ります。私兵の方々に準備をするよう言っていただけませんか」

「……は？」

執事はぽかんとクロエを見つめる。

「く、クロエ様、何をなさるおつもりですか？」

クロエは一歩下がって俯くと、「直接確かめにいくんです」と告げた。

「ロラン様本人にお会いして話したいんです。無事と本心を確かめたいんです」

これにはガストンも仰天したらしい。冗談ではないと大きく首を振った。

「おやめください！　ロラン様もグラス領から出てはならないとおっしゃっていたではございませんか」

「それでも私……もう嫌なんです！」

クロエの力強い声に、ガストンは、はっと息を呑む。

「もう、ただ泣いて待っているだけなのは嫌なんです」

茶の瞳にはこれまでにはなかった、強い意志の光が瞬いていた。


今度は何者に襲撃されても対応できるよう、クロエは三十人の屈強な私兵を同行者に選んだ。

王宮は二ヶ月前の舞踏会とは異なり、どこかものものしい空気に包まれている。門の前にも大勢の衛兵が控えていた。クロエたちの馬車は一旦そこで止められた。

「何者だ？」

クロエは馬車から降りると丁寧に一礼をし、「ロラン・ドゥ・グラスの妻、クロエ・ドゥ・グラスです」と名乗る。もうロランの妻を名乗るのに躊躇《ためら》いはなかった。身元の保証のためにロランから贈られていた、グラス家の家紋入りの指輪を見せる。

「夫に会いに参りました。夫は領地に二ヶ月も戻らず、執事と私の裁量だけでは運営にも限界があります。それほど長い時間はかかりませんので、夫を呼び出していただけないでしょうか」

「しっ……少々お待ちくださいませっ！」

衛兵のひとりが王宮にすっ飛んでいった。それから十分後、衛兵はなんともいえない表情で戻ってきた。

「申し訳ございません。グラス侯は現在、宰相閣下やその他大臣の方々と協議中です。侯爵領にお戻りになるには、もうしばらく時間がかかるのではないかと思われます」

クロエはぐっと言葉に詰まったが、負けるわけにはいかないと食い下がった。

「五分、十分の時間も取れないということはないでしょう。とにかく今すぐ呼び出してください！」

大人しそうなクロエが引き下がらず、むしろ迫ってきたのに驚いたのだろうか。衛兵は「し、しかしですね」と後ずさる。

「いいから早くお願いします！」

必死なクロエは、衛兵の制服の襟元を掴むと、意外な力でぎりぎりと締め上げた。どうやらシリルへの頭突きで覚醒したらしい。アルノー家では荷物運びや掃除など、自分のことは自分でやってきたからか、あるいはもともとの能力だったのか、クロエは令嬢とは思えぬ力持ちだったのだ。

「で、ですから、グラス侯は大変お忙しく……ぐえっ」

締めつけに悲鳴を上げた衛兵を見て、ついに仲間の衛兵が止めに入る。

「こ、侯爵夫人、落ち着いてください！」

「落ち着けません！　もうずっとお会いしていないんです！」

クロエと衛兵が揉み合っているのを、通行人や来客も気づいたらしい。

「おい、何やってんだ？」

「女が男を襲っているぞ」

「おっ、そりゃあ見ものだ」

ぞろぞろ見物に来た野次馬に、衛兵らが「まずい」と慌てる。すると、屋敷の中から落ち着いたたたずまいの、侍女であろう壮齢の女性が現れた。

「グラス侯爵夫人、はるばるようこそおいでくださいました。どうぞお入りくださいませ」

どうにか門の中には入れてもらえたが、私兵は王宮の玄関で止められてしまい、クロエはひとり王宮に案内されることになった。

ロランはどこにいるのだろうか。クロエは侍女に案内されながら、いつ、どうやってこの場を抜け出し、ロランを探し当てたものかと、頭を目まぐるしく回転させていた。

何せ王宮は、町を三つ飲み込むほど大きい。おまけに三階建てになっている。王族用の隠し通路などがあるとしたら、その面積はもはや考えるのも億劫だ。衛兵は重鎮らと協議中と言っており、その言葉どおりなら会議室なのだろうが、どこまで信用できるかわかったものではない。

侍女は廊下をどんどん歩いていく。クロエは不吉な予感がした。

王宮に到着した者は、通常はまず応接間に通される。そこで謁見や舞踏会、会議の開始を待つのだ。王宮には応接間がいくつかあるが、正面の玄関の近くにあることが多い。来客を疲れさせてはいけないという配慮からだ。

ところが、侍女は奥へ奥へと向かおうとする。クロエの足音が途切れたのに気づいたのだろう。侍女が振り返り「どうしました?」と首を傾げた。

「……どちらへいくのかと思いまして」

「侯爵夫人にぜひお会いしたいとおっしゃる方が、こちらにいらっしゃいます」

「私に会いたい方?」

クロエには、それはロラン以外思い当たらなかった。迷ったものの、ここまでくればと覚悟を決める。万が一別人であり、危害を加えられそうになれば、シリルのときのように、力の限り戦うつもりだった。

そうして侍女とともに五分ほど歩き続けた。階段をいくつか上がり、クロエが、自分が今どこにいるのか見当もつかなくなったころ、不意に、豪奢な装飾が施された観音開きの扉が現れた。クロエはその装飾が、盾と百合の意匠の、王家の紋章であることに気づく。

まさか、自分に会いたいお方とは――。驚きに目を瞬かせたところで、侍女が「お連れいたしました」と中に声をかける。

「お入りなさい」

扉の内側から、しわがれてはいるが凛とした声がクロエに命じる。クロエは緊張したものの、負けてはならないと背筋を伸ばした。ロランとふたたび会うためであれば、どんなことでもするつもりだった。

――この王宮の第二のあるじの、王太后の部屋に一歩足を踏み入れる。

部屋には片隅にチェンバロが置かれており、中央には小さな丸テーブルと、それを取り囲むかのように、布張りの椅子が並べられている。王太后はそのひとつにゆったりと腰かけていた。

クロエはドレスの裾をつまむと、「お久しぶりでございます」と頭を下げた。ところが、以前の友好的な様子とは異なり、王太后は挨拶に返事も返さない。それどころかしばらくの沈黙ののちに、溜め息とともに眉間にしわを寄せたのだ。

「どうしてここにきたのですか。ロランからの手紙を読まなかったのですか？」

クロエは無言で首を振った。

「ロラン様とよく似た筆跡の、別の方からならいただきました」

王太后は息を呑む。そして、「見かけによらないこと」とぽつりと呟いた。

「それともさすがは妻だというべきなのかしら。ただ可愛いだけの娘ではなさそうですね」

クロエはその言葉から、手紙の差出人が王太后、あるいはその手の者なのだと察した。思わず王太后を凝視してしまう。

「穏便に済ませたかったのですが……単刀直入に言います」

王太后はまた溜め息を吐くと、威圧するかのようにクロエを見据えた。

「あの子と、ロランと離縁してほしいの」

クロエは目を見開く。以前までならそのまま、「わかりました」と、力なく項垂れていただろう。しかも相手は二番目の、いや、実質でいえばフロリン王国一の権力者、王太后である。恐れ多さに一も二もなく頷いていたはずだ。

——だが、今のクロエは違った。

声が震えるのを感じながらも、はっきりと告げた。

「お断りします。ロラン様から直接言われない限りは承知しません。だって私は……」

言葉を切り、王太后を真っ直ぐに見つめる。

「私はロラン様を心からお慕いしているんです。たとえ王太后様のご命令でも、簡単には諦められません」

予想外の返答だったのだろう。あるいは、命令が聞き入られなかったことなど、そうそうなかったのか。王太后は目を見開き、「聞き分けのない子ね……」と、やっといったふうに呟く。そして、攻撃方法を変えた。

「あなたは、一度夫から離縁された身だそうですね。男はともかく、女にとって離縁されるなど、恥でしかありませんよ。自分が、あの子に相応しくないとは思わないのですか」

クロエは「思いません」とやはりはっきりと答える。

「ロラン様にどのような女性が相応しいかは、あの方が決めることです。……私は私を選んでくださったロラン様を信じています」

クロエの揺るぎのなさに、さすがの王太后も舌を巻いたのだろう。白い睫毛をそっと伏せた。

「あなたを見くびっていたようです」

ふたたび顔を上げるとクロエを見据え、手すりに腕を置く。

「事情を説明しましょう。シャルルとマルグリットが婚約を破棄したことは知っていますね」

「はい。すぐに協議が行われ、無事決着がついたと……」

「実はその後、シャルルが病に倒れてしまったのです。混乱を避けるために内密にしておりますが、すでに三日前に亡くなってしまっており、現在、我が国には後継者がいない状況です」

「ええっ……」

衝撃的な告白にクロエは目をむいた。舞踏会で見かけたシャルルは、頭はともかく、身体はいたって健康に見えたからだ。それに、ロランの話ではシャルルはシャイルズに駆け落ちしたのではなかったか。いつの間に命を落としてしまっていたのだろう。

「で、では、今後は一体どなたが後継者に――」

そこまで口にしたところではっとなる。

国王には子が少ない。亡くなったばかりの王太子と、そう、隠し子であるというロランだけなのだ。

「まさか、ロラン様を王太子に……？　王太后様はそうお考えなのですか？」

「まあ、ロランはそこまであなたに打ち明けていたの……」

王太后は答えの代わりに小さく頷いた。

「あの子はもともと正統な王子です。それが、教会の陰謀により廃されてしまいました。ですが、教会が新教の台頭により弱まった今なら、きっと復帰させられる」

クロエは自分のそ知らぬところで、思いがけない事態となったことに絶句する。

王太后はクロエの目をじっと見つめた。

「あの子が生まれたころに何があったのか話します。あなたにも知る権利があるでしょうから」

◇◇◇

――王太后は語る。

もともと現国王にはふたりの王妃候補がいた。グラス侯爵家令嬢・クリスティーヌと、シュリュー公爵家令嬢のリディアーヌだ。グラス家は先祖代々フロリン王家に仕え、宰相や大臣などの重役を担ってきた。一方、シュリュー家は子息をアイオン教会に送り込み、その要職につくことで台頭してきた一族だった。

今から約三十年前には、教会は「まだ」厄介な存在だった。フロリンのみならず、西方の国々ほぼすべての国教であり、人々の精神を支配していたからだ。教会から破門されることは、神から見放されることを意味し、すなわち破滅だった。

各国の支配者は破門を避けるためこぞって、教会に寄付、あるいは土地を寄進することになる。これが教皇、聖職者らに驕《おご》りと欲をもたらした。聖職者らは各国の国王に教会の息がかかった王妃を娶らせ、国政を意のままに操ろうとしたのである。これはフロリンも例外ではなく、シュリュー家出身の大司教が、妹であるリディアーヌを王妃の座につけようと目論《もくろ》んでいた。

これに危機感を覚えたのが前国王と現王太后夫妻だった。このままでは国家と王家が教会の傀儡《かいらい》となってしまう。だからこそ根回しに根回しを重ねて、グラス侯爵家のクリスティーヌを妻として選んだのだ。

グラス侯爵家は王家に忠実であり、政治家として有能な一族である。また、クリスティーヌも聡明な令嬢で、自分に課せられた役割をよく理解していた。すなわち、当時王太子であった現国王を補佐し、フロリンにおける教会の勢力を、年月をかけて徐々に削いでいくことだ。

ところがその計画は、先代の国王が亡くなって現国王が即位し、クリスティーヌが王妃となった数年後、大司教らによって頓挫させられることとなる。きっかけは第一王子・ロランの誕生だった。

ロランは疑いようもなく、国王に瓜ふたつの美しい御子だった。そして、若き日の王太后と同じ青銀の髪――

ところが瞳の色は、ルビーを思わせる紅だったのだ。

フロリンにおいて紅い瞳は珍しいが、まったくないわけではない。海沿いに暮らす少数民族にはごくまれにおり、おそらく王家、またはグラス家の祖先に、その地域出身の者がいたのだろう。

ところが、シュリュー大司教はそうは取らなかった。いや、難癖をつけるためなら何でもよかったのだろう。ロランの瞳の色は、クリスティーヌが子を授かるため、悪魔に魂を売った代償であり、彼女は魔女に違いないと決めつけたのだ。

クリスティーヌはもちろん否定した。だが大司教は、魔女ではないというのなら、魔女ではない証拠を見せろと迫ったのだ。まさしく悪魔の証明である。

大司教は教皇から魔女裁判の開廷の許可を得ると、出席しなければ魔女と認定すると脅し、クリスティーヌを連れ去った。そして王太后には、この件を公にされたくないのなら、悪魔の息吹がかかって生まれたロランを渡せと迫った。

このとき、クリスティーヌは産後の肥立ちが悪く、医師がついていなければ危ない状況だった。王太后は、なんとかクリスティーヌを救わなければならないと、大司教にも教会にも何度もかけ合った。一刻の猶予《ゆうよ》もならなかった。だが、大司教は聞く耳を持たない。

息子である国王もとんと役に立たなかった。いつの間にか、リディアーヌに色仕掛けで籠絡されていたらしい。クリスティーヌが妊娠のために国王の相手ができなかったところを狙われたのだろう。リディアーヌを王妃にしたいとまで言い出していた。

ここで王太后までもが大司教の言いなりになっていたら、生まれたばかりのロランは殺されていただろう。だが、王太后は頑としてロランを渡そうとはしなかった。そして、度重なる交渉のすえに、どうにかクリスティーヌと面会できることになる。

クリスティーヌはなんと教会の牢獄に入れられていた。彼女は、格子ごしに国王を繋ぎ止められず、申し訳なかったと王太后に謝った。また、自分はもう長くはないだろう。どうかロランを頼むと言い残したのだ。王太后は口惜しさに歯ぎしりをしながら、ロランだけは必ず立派に育ててみせると誓った。物言わぬ躯《むくろ》となったクリスティーヌが、粗末なドレスを着せられ王宮に送り返されたのは、それから一週間後のことだった。

王妃の死は、流行り病での病死だと発表された。だが、人の口に戸は立てられないものだ。宮廷ではクリスティーヌは教会に捕らえられ、魔女だと弾劾《だんがい》された挙句、拷問死したという噂が立った。

シュリリュー大司教としては、クリスティーヌを人質にロランを亡き者とする予定だったのだろう。ところがクリスティーヌに早々に死なれ、ロランを捕らえられなかっただけではない。教会と大司教に、貴族たちが敵意を抱いたのだ。

クリスティーヌは生前、公平かつ博愛に満ちた王妃であり、宮廷でもよく慕われていた。そのクリスティーヌが理不尽に命を奪われたのだ。このころから宮廷では反教会派が水面下で徐々に広まっていった。

一方で、王太后はロランを大司教の魔の手から守るため、ロランもクリスティーヌと同じ病にかかり、この世を去ったのだと発表した。赤ん坊のロランを信頼できる臣下、乳母とともに、彼らの子だと偽って遠方へ逃したのだ。

王太后はクリスティーヌの父親、当時のグラス侯には真実を明かし、謝罪した。

先代のグラス侯にとって、クリスティーヌは一粒種だった。侯爵家はクリスティーヌが何人かの子を産んだ場合、ひとりを養子として迎え入れ、グラス家を継がせると約束されていた。クリスティーヌの死は、グラス家の未来も奪ったのである。

ところが、グラス侯は静かに首を振ってこう答えた。

「娘は覚悟していたでしょう。あの子には王家に嫁ぐ前、何があろうとまずは王家の血統を優先しろと教えてまいりましたから」

そして、王太后の前に突如として片膝をつき、胸に手を当てたのである。

「王子の……孫の……孫の命だけでも助けていただいて、ありがとうございます……」

グラス侯はそれ以上耐えきれなかったのだろう。王子ではなく孫と言ったところに、苦しくも切ない心が表れていた。王太后はグラス侯の肩に手を置いた。


クリスティーヌが死んだ一年後、シュリュー大司教の思惑どおり、リディアーヌが次の王妃になった。こうしてフロリンは教会の勢力下に置かれたかのように思われた。

ところがまさしく天罰だったのか、リディアーヌは流産を繰り返し、十年近く子が生まれなかった。それだけではない。怪しげな不妊の治療薬を飲み続けたことが祟《たた》ったのか、ようやく王子をひとり産んだはいいものの、身体を壊して死ぬまで寝たきりとなった。

また、王太子――シャルルが生まれて五年後、アイオン教会にとっての大事件が発生する。

貴族出身のとある聖職者によって、フロリンの東にある国で宗教改革が起こり、アイオン教会に対立する新教が設立されたのである。

教会に逆らう勢力が現れたことに、教皇は神への裏切り行為だと激怒した。新教の開祖となった聖職者に、天の怒りに触れたくなければ、すぐさま改革を止めろと忠告した。ところがその聖職者は一切を無視したのである。

教皇はついに、その聖職者を破門した。民衆は聖職者に天罰が当たると、固唾を飲んで見守ったが、聖職者には雷が当たることはなく、病に苦しんで死ぬこともなかった。いっそう精力的に改革に励んだのだ。

この結果から諸国にこうした噂、いいや事実が広まっていく。

――教会の権威とは、神の名を借りた脅迫だったのだ。

神はアイオン教会を見捨てているのではないか。神の意志は新教にあるのではないかと、人々は口々に囁き合った。教会は躍起になってその声を抑えようとしたが、もはや教会への不信は覆せないものとなった。

そして、ある小国が新教を国教とすると宣言したのをきっかけに、西方の国々には瞬く間に新教が布教されていった。フロリンにおいても貴族を中心に新教徒が増え、アイオン教会がその者たちを破門する時間がなくなったほどだ。

シュリュー大司教は焦った。いくら王太子が甥であろうと、まだ子どもで即位には時間がかかる。国王は無能だが忌々しいほど健康だった。また、政治の実権は王太后が握っており、大司教が摂政として権力を振るえるのは当分先だ。その間に新教徒はフロリンにますます増えていくだろう。

同時に王太后は王太后で、先を見越して動いていた。一八歳になったロランを密かにフロリンに呼び戻し別人に仕立て上げ、グラス侯に養子として迎え入れさせたのである。

育ての親からは常々、ロランは聡明な少年だと報告を受けていた。ロランが次期グラス侯となったあかつきには、大臣などの高い地位に就任させ、自分に代わって政治の実権を握らせる算段だった。

宮廷でロランの地位確立に協力させるために、宰相のアルディや騎士団長のリュバックなど、信頼できる貴族にはロランの正体を打ち明けた。ただし、自分の息子であり、ロランの父親である国王には知らせなかった。

国王は誰に似たのか遊び好きの女好きで、口が軽く流されやすい性格である。何度も矯正しようとしたが治らなかった。これではいつどこで誰に口を滑らせ、シュリュー大司教に伝わるかわからなかったからだ。

その後王太后はロランを有力者の娘と結婚させようとした。良家との縁は、中央への進出に重要な布石となってくるからだ。しかし、ロランはグラス侯となることは了承したが、重鎮となることと結婚ははっきりと拒んだ。

ロランは王太后にこう告げた。

自分の出生の秘密とともに、母が亡くなったのはこの瞳が原因であると、育ての親から聞いている。だからこそ、自分は結婚したくはない。妻となる人を不幸にするかもしれないからだ。現在こそ新教が優勢となっているが、もしも教会が復権した場合、真っ先に狙われるのは自分だけではなく、その家族もだろう。無関係の女性を、母のような目に合わせたくはない。

グラス家には今後は親族から養子を取ればいいだろう。その養子の教育は、しっかりとするつもりだ——。

だが、ロランの言い分を聞いた王太后は、皮肉にもかえってその優秀さに感心していた。

重い秘密を打ち明けられても、ひとりで耐え抜く精神の強靭《きょうじん》さ。自分が不幸となっても忘れない、他者への優しさと思いやり。いつ何時も状況を甘く見ず、あらゆる可能性を考えられる用心深さ。まさにクリスティーヌの美点を受け継いでいた。

——ロランになら安心してフロリンを任せられる。

王太后はこの瞬間、決意した。のちにどれだけ恨まれることになろうと、ロランにもフロリンの礎となってもらおうと。そのためにはやはり、有力者の娘と結婚させなければならない。王太后はロランをどう説得したものかと悩んだが、数年後絶好の機会を手にすることになる。ロランの乳母が重い病に倒れたのである。ロランにとっては母親にも等しい存在だった。ロランは王太后にどうか乳母を助けてくれと懇願した。

王太后は最高の医療と宮廷医の派遣を約束した。ただし、それらと引き換えに、すぐに用意した相手と結婚しろと命じたのだ。こうしてロランは悩みながらも二一歳のとき、短く不幸な結婚をすることになる。

ロランのひとり目の妻は父が大臣のひとりであり、とある伯爵家の二女に当たる令嬢だった。

結婚式は、それは盛大に開催されたが、王太后は令嬢に不吉な予感を覚えた。清楚な花嫁だったが、今にも消え入りそうに儚く見えたからだ。ロランは式後に、一度こうと決めた以上は、彼女とうまくやっていきたいと語った。彼の言葉に、王太后は不安を無理に呑み込んだ。

ところが、それから一年も経たぬうちに、花嫁が不治の病で亡くなったという知らせが王宮に届いた。手紙には、故人の遺言により葬儀は密葬で終えた。事後報告になり申し訳ない、とあった。

王太后は身体中から力が抜け落ちる気がしたが、すぐさまロランに次の妻を娶らせた。今度は亡くなった花嫁の従妹《いとこ》に当たる令嬢だった。しかし、二番目の花嫁は翌年に実家へ帰省する途中で、馬車が崖から転落し、事故死してしまう。

グラス家の花嫁の不運はふたりでは終わらなかった。三人目の花嫁は王太后の親族から迎えられたが、半年後になんの前触れもなく姿を消してしまったのだ。宮廷ではロランが手をかけたのだろうと、面白おかしく噂するようになった。さすがに三人の花嫁が夭折《ようせつ》したとなると、貴族らも不吉なものを覚えたのだろう。たとえ王太后の要請とあっても、娘を嫁がせるのを躊躇った。

王太后もこのころになると、ロランの出世を諦めるようになった。ロランの望みは穏やかに暮らしていくことなのだ。無理な結婚も二度とさせまいと手を引いた。

それから何年もの歳月が過ぎて、二九歳になったロランが電撃的に四人目の花嫁を迎えた。初めてみずから望んでの結婚である。花嫁は貴族としては身分の低い、成り上がりの男爵家の出身だった。おまけに不妊が原因で離縁されたのだそうだ。

以前ならば大反対していただろう。だが、王太后はロランが選んだのだからと、もう文句をつけるつもりはなかった。何よりロランがその花嫁を、宝物のように大切にしていたからだ。

そう、王太子シャルルがマルグリットとの婚約を破棄するまでは——。

◇◇◇

話し終えた王太后は息をつき、ゆっくりと立ち上がった。

「シャルルが無事に即位すれば、それはそれで仕方がないと思っていたの。マルグリットであれば教会を抑え込めると思っていたから……」

王太后は窓の縁に手をかける。

「けれども、今なら……いいえ、今が好機なの。今なら宮廷の誰もがあの子の能力を知っている」

クロエは知らず一歩後ずさっていた。王太后はそんなクロエにこう告げる。

「ロランを王太子とするために、マルグリットと結婚させます。どうか身を引いてちょうだい。代わりに金銀でも、宝石でも、領地でも、望むものをすべて叶えましょう。マルグリットは有能よ。あの子とロランが一緒になれば、どんな強力な国王と王妃になるか、私ですら想像できないわ。フロリンは教会を追い出せるだけではない。西方を支配することだって可能かもしれない」

クロエは憑かれたように語る王太后を目にし、なぜか哀れなものを感じてしまった。

王太后はフロリンにその人生を捧げてきたのだろう。なぜそうなったのかはわからないが、王太后にとってはフロリンの維持と繁栄こそ、正義であり、人生なのだ。

だが、クロエにとっての正義は違った。いいや、正義などどうでもよかった。クロエにとっては正義などよりも、ロランと一緒にいることが大切なのだ。毎日お互いをそばに感じることこそが、人生だった。

だから、クロエはこう答えた。

「私はロラン様以外いりません」

息を大きく吸い込むと、淀《よど》みなく王太后にこう語る。

「王太后様にとってこの国と同じように、私はロラン様がもっとも大切なのです」

〝この国と同じように〟という言い回しに、王太后が虚を突かれたように目を見開く。

「王太后様も金銀、宝石、領地のどれとも、フロリンを交換できるとは思わないでしょう?」

王太后の双眸から感情が消えた。「そう」とやはり感情の籠らぬ声で呟く。そして、無となった表情のままで手を二度叩いた。

「手荒な真似はしたくなかったのだけれど……」

直後に扉が荒々しく開かれ、五、六人の兵士が押し入ってくる。

「……⁉」

王太后は深く黒い穴のような目を、クロエに向けた。

「安心なさい。殺すつもりはないわ。ただ少し遠くへいってもらうだけ。……ロランがあなたを諦めるまで」

クロエは震え上がって身を翻すと、素早く窓辺に駆け寄った。窓を開けて見下ろすと、はるか下には水を湛《たた》えた堀があった。深さはここからではわからず、運が悪ければ墜落死か溺死だろう。

それでもクロエは迷わなかった。この場で自分が捕えられ、ロランが別の女性を妻として迎えるのを知らされるくらいなら――その世界こそ、地獄より辛かったのだ。「えいっ」という掛け声とともに身を乗り出す。

悲鳴を上げたのは、クロエではなく王太后だった。

「あ、あなた、何を……！」

小さな身体が一瞬ふわりと宙に浮いたかと思うと、真っ逆さまに堀に落ちていく。

クロエは上下逆になった視界に、銀髪にサファイアブルーの瞳、紺色のドレスの美女とひとりの青年が、堀の向こう岸にぽかんと口を開けている姿を見た。

「ま――」

マルグリット様と名を呼ぶ前に、クロエは緑に濁った水に頭から落ちた。水柱と水飛沫《しぶき》が一瞬大きく立つ。

「ガボガボガボゲボゲボゲボ……」

手足を必死に動かすのだが、ドレスが絡みつく。目の前をナマズが一匹悠々と泳いでいった。水面上からはマルグリットと男性の声が聞こえる。

「ちょっと！　セルジュ、あなた泳げたでしょ。助けにいって！」

「あー、わかった、わかった。わかったからギャーギャー喚《わめ》くな」

「ギャーギャーとは何よ、ギャーギャーとは！」

クロエが一巻の終わりかと覚悟したとき、いきなり首根っこを掴まれ、力尽くで岸に引っ張り上げられた。

「う……うえっ、げほっ」

その場に四つん這いとなり、生臭い水を吐き出していると、汚れのないハンカチが差し出される。

「ちょっと……あなた大丈夫⁉　何が降ってきたのかと思ったら、女の子だったからびっくりしたわよ！」

クロエはやっとの思いでその名を口にした。

「ま、マルグリット様ぁ……」

どうにか溺死を免れ一息ついたものの、クロエは思わずマルグリットを見つめた。

王太后はロランを自分と離婚させ、マルグリットと結婚させたいと望んでいる。マルグリットは王太后からどこまで聞かされ、ロランをどう思っているのだろうか。もし、マルグリットが王太后の意志に添うつもりなら、神話に登場する月光の女神のような、こんな美しい女に敵うとは思えなかった。ロランの隣に並べば、美形同士でさぞかし絵になるだろう。

想像し、落ち込んだクロエの心境などつゆ知らず、マルグリットはクロエの顔を拭き続ける。その手つきは妙に熱心であり、クロエは「あ、あの」と遠慮がちに申し出た。

「も、もう大丈夫です。ありがとうございます」

「あら、ダメよ。まだびしょ濡れじゃない。それにしてもあなた可愛いわね～。ちっちゃくてふわふわで女の子らしくて……。こんな子が妹にほしかったわ～。うふ、うふふ……」

マルグリットの目はなぜか妖しく輝いている。クロエが少々引いたところに、不吉な足音を立てつつ兵士が駆けつけた。先ほど王太后の部屋にいた兵士たちだ。

「おい、いたぞ！」

「その娘を渡せ！」

クロエは怯えたが、マルグリットは至福のときを邪魔されたかのように、たちまち不機嫌な表情になった。

「こいつらなんなのよ」

セルジュと呼ばれた青年が、水を含んだ服を絞りながら立ち上がる。

「どちらにしろ平和な連中じゃあなさそうだな」

「ま、なんでもいいわ。とにかく逃げればいいんでしょ？　セルジュ！」

マルグリットが声をかけると、セルジュは「言われなくても」と言うが早いか、クロエをひょいと小脇に抱え上げた。マルグリットはしとやかなドレスの裾を、その美しい脚が見えるまでたくし上げる。令嬢にはあるまじき所作だった。ふたりは呆気に取られる兵士にくるりと背を向けると、満面の笑みとともに駆け足でその場から逃げ出した。

「え、ええっ……!?」

思いがけない事態にクロエは目を白黒させる。ふたりは息を少しも乱さず軽やかに走っていく。必死に追跡する兵士との距離はどんどん開いていった。

「待て、待たんか‼」

「待てと言われて待つバカがいると思うか？」

「そんなこと言ってるヒマがあれば足を動かせって感じよね〜」

マルグリットとセルジュの息の合いようと、王都の兵士すら撒く足の速さにクロエが舌を巻く間に、ふたりはいつしか道を抜け裏の門にたどり着いていた。門番は当然「止まらんか！」と槍《やり》を構えたのだが、マルグリットたちは、その槍を踏み台にして門番の肩に乗り移り、門そのものを軽々と飛び越えてしまったのである。

隠密や暗殺者顔負けの逃亡術に、クロエの目がまん丸になった。

兵士たちを撒いたマルグリットとセルジュは、王宮から離れたひと気のない林へクロエを運んだ。セルジュが肩からクロエを下ろし、そこで初めてマルグリットが「あらっ」と首を傾げる。

「どこかで見かけた気がしていたけど……あなた、もしかしてグラス侯爵夫人？」

「は、い。そうです……」

「追われるようなことをする人には見えないけど、いったい何があったのか教えてくれる？」

クロエはマルグリットの暢気《のんき》な様子に、彼女はまだ何も知らないのではと感じた。

「あ、あの兵士たちは、王太后様の手の者です」

「王太后？　ああ、あのいけ好かない婆《ばあ》さんね」

「ば、婆さんって……」

伯爵家の令嬢というよりは、山賊の女頭のような物言いに、クロエはさすがに絶句した。それでも勇気を振り絞って尋ねる。

「マルグリット様はご存じないのですか？　王太后様はロラン様を私と離縁させて、マルグリット様を娶らせたいようです。ロラン様を王位につけたいようで……」

「グラス侯とけっこぉん⁉」

マルグリットは悲鳴を上げた。うしろでセルジュも目を丸くしている。

「冗談じゃないわよ！　あんな、自分を男にしたみたいなタイプの野郎と結婚なんて気持ち悪いわ！　私の好みは可愛くて内気な男の子なんだからっ！」

マルグリットのあけすけな絶叫を聞いた途端、隣のセルジュがなんとも複雑な面持ちになった。ロランへの「気持ち悪い」との評価を聞いて、ほっとしていたようなのだが、好みのタイプを聞くと、ちょっぴり傷ついた目になったのである。

クロエはふたりを交互に眺めた。

セルジュはまさか……と思うクロエの戸惑いを無視して、じゃじゃ馬令嬢・マルグリットはなおも突っ走る。

「急に私を王宮に呼び出したのも、グラス侯との話を持ちかけるためね？　あの婆さんったら何を考えているのかしら。シャルルは、顔は可愛いけど生意気過ぎたし、グラス侯は腹黒すぎるし……」

セルジュがここでようやく口をはさんだ。

「マルグリット……お前の理想の男なんてこの世のどこにもいないと思うぞ……。ウブで内気で恥ずかしがり屋で、でも自分だけには素直に甘えてくれて、ぬいぐるみみたいに可愛くて、抱き枕みたいに触り心地がいいとか……条件はせめて三つ以下に絞れよ……」

「いやよ。あの顔だけボンクラの世話を、十年近くガマンしてきたのよ。婚約破棄した今、理想を追い求めて旦那様をゲットするの！　代わりにヴァールは私がしっかり支えるわ。フロリンの王族に取り込まれるようでは、ヴァールは本当の意味で独立なんてできないわよ」

マルグリットは高らかに宣言するが早いか、「ねえ、あなた」とクロエにずずいと迫った。

「は、はいっ⁉　な、なんでしょうかぁ⁉」

つい声が裏返ったクロエの手を、しかと握り締めて「うふっ」と笑う。なぜか指をしっかり絡めている。

「私はグラス侯にハエの卵ほどの興味もないし、結婚する気はダニのフンほどもないわ。こんな話ぶっ潰してしまいましょうよ」

クロエは『ハエの卵』『ダニのフン』『ぶっ潰す』のパワーワードに、声を失いつつもこくこくと頷くしかなかった。マルグリットは女神もかくやという美しさで微笑む。

「ところであなた、お兄さんか弟さんはいない？」

「……お、弟はいますけど……」

「まああ！」

ただし現在四歳だという前に、クロエはセルジュに目を向けた。セルジュはすでに達観した、修行僧のような眼差しである。クロエは心からセルジュに同情し、彼の心の平穏を願ったのだった。

◇◇◇

「……くしゅんっ」

風邪など引いていないはずなのに、大きなくしゃみが出た。どこかで誰かが自分の噂をしているらしい。クロエだったらいいのに、と思いつつ、ロランは口元をハンカチで拭った。

早く帰ってクロエに思う存分口づけをし、その温かな肌に触れたかった。つくづく自分はクロエ中毒にかかっているると実感する。だが、まずは目の前の問題を片づけなければならない。

作戦の根城としている宿屋の窓の外から、午後六時を告げる教会の鐘の音が聞こえてくる。ロランは懐から懐中時計を取り出した。一分一秒の狂いもなく正確である。シャイルズは何事にも正確な国家だと聞いていたが、確かにこの半月で鐘の音に遅れが出たことは一度もなかった。

――そう、ここはシャイルズの、フロリンとの国境沿いの街である。

ロランは穀物の取引を理由として、ひそかにシャイルズに入国していた。王太后には、シャイルズへいまだ行方知れずのシャルルの捜索にいくと言ってある。クロエには手紙で「王宮でしばらく仕事がある」と嘘をついていた。自分がシャイルズにいくと打ち明ければ、危険だと引き留められるかもしれないし、心配をかけるかもしれない。だが、ここ最近は手紙とやり取りも遅れている。

王太后はもうシャルルを見つけ出すことは不可能だと思い込んでいるのか、「やれるだけやってみなさい」と肩を竦めただけだった。祖母は、人間の意志を舐めすぎだとロランは溜め息を吐いた。

切り捨てられてよい人間も、駒のように扱われていい人間も、この世のどこにもいないとも思う。言われるままにはいそうですか、と伴侶を交換できるはずがない。それ以前にあんな自分を女にしたような、マルグリットとの結婚などごめんだった。国王などになる気もない。だからこそ、ロランは公式にシャルルが病死したと発表されるまでに、是が非でも本人を皆の前に連れ帰らなければならなかった。

そこでロランは、シャイルズ在住のフロリン人の商人と連絡を取り、シャルルたちの居場所を探し当てさせた。

そして彼らが拘束されている地下牢の番人のひとりを買収し、シャルルとアンジェルを脱獄させ、この宿屋に連れてくるよう手配したのだ。今日の六時には結果を出せるだろう、と協力者らは報告していた。

ここまでくるのに一ヶ月以上かかった。王太子死去の発表は今月末だというから、シャルルたちを保護したらすぐに王宮に戻らないといけない。そう考えていると、扉が小さく叩かれる。ロランが「入れ」と命じると、ゆっくりと扉が開けられた。

両脇を私兵に抱えられた青年――シャルルが、力なく顔を上げロランに目を向ける。監禁されていただけのようで、多少痩せはしたが健康に問題はなさそうだ。だが、アンジェルの姿がない。

「娘はどうした？」

ロランの問いに、私兵は首を振った。

「申し訳ございません。娘はすでに別の牢に移されていたようで……殿下を救出するのが精一杯でした」

「……そうか。ご苦労だった」

ロランは私兵を部屋から退出させると、シャルルに歩み寄り片膝をついた。血を分けた兄弟であっても、当のシャルルはそれを知らない。今の自分たちは王太子と一貴族の侯爵という関係に過ぎない。

「シャルル王太子殿下でいらっしゃいますね」

シャルルはぶっきらぼうに「ああ、そうだ」と頷いた。

「私はロラン・ドゥ・グラスにございます。お迎えに上がりました」

シャルルはなぜかしばらくためたのち、ロランを驚愕させる一言を発した。

「ああ、知っている……。僕の……兄上だろう」

ロランは仮面の下で目を見開いた。母のクリスティーヌを慕っていた重鎮には、祖母が密かに知らせていたために、自分が第一王子だと知っている者もいる。だが、シャルルが把握していたとは気づかなかった。時折出席していた宮廷の式典でも、シャルルが自分に興味を示したことなど、ただの一度もなかったからだ。

「……いつからご存じだったのですか？」

ロランはそれでも臣下の姿勢を崩さぬまま尋ねる。シャルルは「そんなに前の話じゃない」と唇を歪めた。ロランの脇を通り、ベッドの端にどさりと腰をかける。

「マルグリットとの婚約破棄が正式に決まったあとかな……」

シャルルは王太后の私室に呼び出され、厳しい叱責を受けた。フロリンの王太子として失格だ、何を考えて生きてきたのかとひとしきり説教をしたあと、王太后は溜め息とともに、こう漏らしたのだ。

『ロランだったら……あの子だったらこんな愚かな真似はしなかったでしょうに』

シャルルはロランとは誰かと顔を上げたが、王太后は説教を再開してしまい、それ以上追求することはできなかった。だが、〝ロラン〟がどうにも気になって仕方なかった。そこで教会を訪問し、伯父であるシュリュー大司教に、王太后の知人であるロランという人物に心当たりはないかと尋ねたのだ。

シャルルはシュリュー大司教が王太后に次いで苦手だった。王太后は孫相手にも容赦なく厳格だが、シュリュー大司教にはいつも自分を見下しているような、傲慢な態度が感じ取れたのである。しかし、マルグリットとの婚約破棄で大半の貴族から見放されていた自分には、宮廷に詳しく、他に答えてくれそうな相手と言えば、もはや彼しか思いつかなかった。

シュリュー大司教は立ち上がりもせず、書斎の椅子から苛立たしげにシャルルを睨みつけた。

「……お前のおかげであの男が表舞台に出るのを許す羽目になった。どう責任を取るつもりだ？」

「あの男……？」

誰を指しているのかとシャルルは首を傾けた。だが、それより前に、どうしても気になったことがあった。いくら伯父であり、教会で大司教という地位にあるにしろ、一国の王太子に対する態度、言葉遣いではない。さすがに抗議しかけたシャルルを、シュリュー大司教の怒鳴り声が遮った。

「グラス家に再び政治の実権を渡すなど、断じて許してはならん！」

シャルルはようやく王太后の言っていた「ロラン」が、ロラン・ドゥ・グラスなのだと思い至ったものの、なぜそこで彼が出てくるのか理解できなかった。

「伯父上、グラス侯は一体何者なのです」

シュリュー大司教は軽蔑しきった眼差しをシャルルに向けた。

「そのほうが扱いやすいからと、お前を愚かに育てすぎたな」

「なっ……」

無礼どころではない、これまでの自分を否定するかのような言動に、シャルルは衝撃を受け、その場に立ち尽くす。シュリュー大司教はそんなシャルルに追い打ちをかけた。

「あの男は忌々しい前王妃が産んだお前の腹違いの兄だ。……まったく厄介な相手になってくれた」

シャルルは苦笑しながら語る。

「――昔から、お祖母様に誰かと比べられている気はしていたんだ。でもまさか、グラス侯、それがあなただとは思わなかった」

てっきり出来のいいマルグリットと比較され、呆れられているものだと思い込んでいた。だからこそ、マルグリットに劣等感と嫉妬を抱き、彼女に攻撃的な態度を取っていたのである。

ところが、事実はもっと残酷だった。自分はたったひとりの王子ではない。血統としても能力としても、到底敵わない兄がいる――足元が崩れ落ちる気がしたと、シャルルは血を吐き出すように打ち明けた。

ロランも苦い思いを抱いていた。シャルルも犠牲者のひとりだったのだ。また、細心の注意を払っていたつもりだったが、やはりシュリュー大司教にはとっくに正体を知られていたのだと悟り、なんらかの対策を取らなければと唸る。教会という組織の力は最盛期ほどではないものの、いまだに強い。いまのうちに潰しておかなければ将来の禍根《かこん》になる。

ロランが素早く計算する一方で、シャルルは力を落としたまま語り続けた。

「けど、アンジェルだけはそんな僕でもいいと言ってくれたんだ。王子じゃなくてもいい。いざとなれば私が養う。だからもう我慢しなくていいのよって……。あの娘はいつもそうだ。僕を疑いもせずついてくる……」

シャルルが半ばやけくそとなって、ふたりで逃げようかと持ちかけたときにも、笑顔とともに素直に頷いてくれたのだそうだ。

「皆の言うとおり僕は愚か者なんだろう。後先なんか考えられない。王太子なんかには相応しくはない」

シャルルはゆらりと立ち上がった。

「だから、せめて、卑怯者にはなりたくないんだ」

覚束《おぼつか》ない足取りで部屋を横切っていく。ロランは慌てて追うと、その肩をうしろから掴んだ。

「殿下、どちらへ⁉」

「……アンジェルを助けにいかなければ」

ロランは冗談ではないと首を振った。

「落ち着いてください。今日脱獄したばかりなのです。ひとまずフロリンに戻りましょう。アンジェルは私どものちほど救出に参ります」

シャルルはロランをじっと見つめていたが、やがてらしくはない苦笑いを浮かべた。

「グラス侯、あなたは嘘が上手いな。アンジェルを助けるのはもう難しいんだろう？」

「殿下……」

「彼女は見捨てるつもりだろう？　シャイルズとこれ以上揉めるわけにはいかないし、それにアンジェルは平民でしかないから……。……そんなところはお祖母様似かい？」

ロランははっと息を呑んだ。一方、シャルルは窓の外に目を向ける。

「シャイルズにくるまでの僕なら、きっと簡単に騙されていただろう。皮肉だな。王太子としての責務を放棄した今、前よりいろんなものが見えるようになった」

ロランはシャルルに何も言い返せなかった。シャルルはグラス侯ではなく、「兄上」とロランに呼びかける。

「兄上には奥様がいらっしゃるそうですね。とても大切にされているようだと聞いております。そんな奥様を敵地に残し、それから先を平然と生きていけますか。まして、自分が危険に巻き込んだというのに……」

ロランが動揺した隙にシャルルは扉に手をかけ出ていった。廊下で私兵たちの戸惑いの声が聞こえる。

ロランは止めるべきなのだとはわかっていた。それが貴族として、臣下としての正しい在り方なのだろう。だが、足が動かない。人として、男としてはシャルルがよく理解できたからだ。

やがてゆっくりと扉が閉じられる。ロランは拳を握りしめたまま、その背を見送ることしかできなかった。

# 第六章　びっくりしました。必ず助けます。

クロエは夢を見ていた。ロランに優しく抱き締められ、啄むように口づけられる夢だ。幸福に、知らず口元に笑みが浮かぶ。

「ふふっ……。やだ、くすぐったいです。ロラン様……」

ロランは口づけを止めない。「私の可愛いクロエ」と耳元に囁く。

「う……ん。好きです。ロラン様……」

ところが、夢はすぐあとにきた揺れに、あえなく中断されてしまった。

「きゃあっ」

身体がつんのめるのを、腕を掴んで引き戻される。

「クロエちゃん、大丈夫？」

「え、え……？」

サファイアブルーの瞳がすぐそばにあった。氷のような冷たい色と美しさに、クロエはようやく我に返る。

「まっ……マルグリット様っ……」

そうだ、とあれからの出来事を思い出す。

マルグリットに助け出されてから、とりあえずは安全な場所へいこうと、ヴァール辺境伯領へ誘われたのだ。

おそらくグラス侯領までの道のりは、すでに王太后の兵士たちが見張っているだろう。ヴァールまでならまだ手つかずのはずだから、とにかくついてこいと説得された。

クロエは申し訳ないと思いつつも他にすべもなく、勧められるままにヴァール家の馬車へと乗り込んだ。ちなみに隣の席は、この一週間、マルグリットがずっと確保している。

マルグリットはクロエの顔を覗き込んだ。奇跡的なその美貌に、同性にもかかわらず、胸が高鳴ってしまうのが恐ろしい。マルグリットは女神のような微笑を浮かべた。

「もうすぐヴァールの屋敷よ。ずっと眠りっぱなしだったわね」

「もっ……申し訳ありません。なんだか、最近、すごく眠くて……」

そう、近ごろ異様に眠気が襲ってくる。食後というわけでもないのに、こうして時と場所を選ばず眠ってしまうのだ。持病はなかったはずだがと、クロエは首を傾げるしかなかった。

「きっと疲れが出たんだろうと思うけどね。屋敷に到着したら念のために医師に見てもらいましょうか」

マルグリットはそうクロエを慰めると、「うふふ」とさりげなく肩を抱き寄せた。

「それにしてもあなたの寝顔、とっても可愛かったわ。もう食べちゃいたいくらい」

「……え」

クロエが目をまん丸にしたところに、すかさず向かいの席に座っていたセルジュの茶々が入る。

「まあ、お前はいつも口開けて寝てるもんな」

「ええっ⁉　あなた、いつ私の寝顔を見たのよ⁉」

「イビキもかいているし。たまにヨダレも垂らしているし」

「ちょっと！　クロエちゃんの前でなんてこと言うのっ‼」

　ふたりがまたもやギャーギャーと口喧嘩を始める。この一週間で慣れつつはあるが、これがマルグリットとセルジュの日常なのだろうかと、クロエは密かに冷や汗をかいたのだった。


　それから数時間後、馬車は隣国との国境沿いにあるヴァール辺境伯領に到着した。

　緑に染まったなだらかな丘の上に、堅牢な城壁に囲まれた町があり、東西それぞれにとんがり屋根の屋敷がある。東の屋敷にはヴァール伯や伯爵令嬢のマルグリットが、西の屋敷にはセルジュを初めとした分家の親族が暮らしているらしい。フロリンの中央で見られるのとは違った様式の町の家々では、ヴァール人の兵士たちが日々鍛錬し、生活しているのだという。

　城門の前に馬車が到着すると、マルグリットは窓からひょいと顔を出し、頭上の見張り台を見上げて叫んだ。

「おーい、帰ったわよ」

　槍を手にしたふたりの兵士が「おっ」と声を上げる。

「お嬢！　お早いお帰りですね！」

「予定狂っちゃってねー。大事なお客様がいるから、部屋用意してって伝えておいて。あっ、私と同じ年ごろの女の子よ」

「了解っす。おーい、狼煙《のろし》を上げとけ」

　同時に城門の、鋲の打たれた古い鉄の扉が、軋む音を立ててゆっくりと開かれる。馬車は町を横切り、東の屋敷へと到着した。馬の嘶きを聞きつけたのか、すぐさま召使たちが飛び出してくる。マルグリットと同じ銀髪や金髪が多い。ヴァール人の特徴なのだろうか。

「お帰りなさいませ、お嬢様！」

召使たちはわらわらとマルグリットに駆け寄り、次いで好奇心たっぷりの目をクロエに向けた。グラス家の召使たちも好意的ではあったが、それとはまた違った素朴さに、クロエは面食らってしまう。

「お嬢様、この方はどなたですか？　可愛い方ですねぇ！」

年若い侍女が、屈託なく尋ねる。

「新しいお友達よ。今日はご馳走にしてね。あっ、お父様は？」

「ただ今盗賊の討伐にいっておりますわ」

マルグリットは「またぁ!?」と呆れて腕を組んだ。

「人に任せるってことを知らないのかしら」

「旦那様は戦闘狂ですからねぇ」

「お嬢様も人のことは言えないじゃないですか」

どっと笑い声が上がる。領主の娘を相手にしているとは思えない彼らの言い様に、クロエが驚いていると、

「さ、いきましょう」とマルグリットが腕を引っ張った。廊下で立ち止まると、すまなそうに笑う。

「ごめんなさいね。田舎っぽくて驚いたでしょ？」

「いえ、そんな……」

「ここではみんな家族みたいなものなのよ。王宮じゃこうはいかないわよね」

この土地に住む者たちは皆武器を持ち、先祖代々領主に仕えているのだそうだ。そして、その領主と領民をま

とめて〝ヴァール家〟と呼んでいるらしい。まさにヴァール家とは、戦士の一族なのだと実感させられた。

歓迎の晩餐まではまだ時間があるため、クロエは応接間に通されることになった。ここで医師に看てもらうのだそうだ。ちなみにセルジュは「女の子限定よ！」と、部屋から追い出されることになる。

ちょっぴりしゅんとなったセルジュを見送り、マルグリットはクロエに椅子を勧めた。クロエが遠慮がちに長椅子に腰かけると、自分も隣の席に腰を下ろす。マルグリットはクロエの目を見つめた。

「さてと、お医者様がくる前に、クロエちゃん、あなたに確認したいことがあるの」

「えっ……」

何事なのかとクロエは首を傾ける。マルグリットは「これから話し合うことは、ふたりだけの秘密だからね」と念を押した。

「もしも、もしもよ？　グラス侯が王太子になって、王位につくことになったら、あなたはどうする？」

言われたことを理解した途端、クロエの頭の中は真っ白になった。

「わ、私……」

胸に何かが詰まったかのように重い。それだけではなく吐き気もしてきた。マルグリットは椅子から立ち上がると、クロエの隣に腰かけ、その手を取った。

「こんなことを突然聞いてごめんね。でも、フロリンにとっても、ヴァールにとっても、あなたにとっても大切なことなの」

何かを言わなければと口を開けるが、吐き出されたのは荒い息だけだった。

「グラス侯が王太子になることは、どれだけ本人が拒んでも、避けられないかもしれない。だって、シャルルが

いなくなってしまえば、たったひとりの王子になるんですもの。これから周りが祭り上げると思うわ。王太后の婆さんはヴァールを取り込むために、いずれは私をその妃にって考えているんでしょう。けれど、私はそんなつもりはない。グラス侯もないでしょう」

それはどうだろうとクロエは膝に目を落とす。これほど美しいマルグリットなのだ。ロランが心変わりをしないとも限らない。すると、マルグリットがクロエの心を読んだのか、「ないないないない！　それはないわ」と手を振った。

「あいつね、あなたを探しにいくために、話し合いを途中で抜け出したのよ？　超重要な会議よ？　信じられる？　どれだけ愛妻家って話よね。宰相なんて泡を吹いていたわよ～」

「えっ……」

思わず顔を上げたクロエの肩を、マルグリットは優しく叩いた。

「旦那様を信じなさい。あいつは間違いなくあなたに首ったけよ」

クロエの胸を温かいものが満たす。思えば、同年代でこうやって親しく話してくれる令嬢など初めてだ。

「だからね、あなたの覚悟一つなの。クロエちゃん、あなたはグラス侯のそばにいるために頑張れる？　どんな大変な地位についても耐えられる？　私も、王太后も、世間体も、全部忘れてそれだけ考えてごらんなさい。心からの望みはすべてを取り払わなければわからないわ。最後に残ったものがあなたにとって必要なものなのよ」

クロエはゆっくりと瞼を閉じた。これまでロランから与えられた愛や、言葉や、ぬくもりを思う。手放すなどもはや考えられなかった。

「……はい」

クロエは、だがしっかりと頷く。

「私、ロラン様のそばにいるためなら、何だってやります」

同時に、これからはロランを支えたいとも思う。ただ愛され甘やかされるだけではない。妻として力になりたいと、そう思った。

マルグリットは「その言葉が聞きたかったの」と笑った。今度はクロエの両手をしかと握り締める。

「これからヴァール家は、あなたに全面的に協力するわ」

マルグリットがそう締めくくると同時に、扉が二度叩かれ、老医師が部屋に入ってきた。

「お待たせしてしまい、申し訳ございません」

やはり代々領主に仕える医師なのだそうだ。柔和なたたずまいの好感の持てる老人である。肩までの髪はすっかり白くなっており、顔は皺だらけだ。おとぎ話の魔法使いのようなローブを身に纏い、手には黒い革の鞄を持っていた。クロエは立ち上がり、慌てて頭を下げた。

「は、初めまして……」

「おや、礼儀正しいお嬢さんですなぁ。初めまして」

老医師は「感心、感心」と頷くと、マルグリットを振り向き、にんまりと笑う。

「お嬢様もこうありたいものですなぁ。お嬢様は昔っから扉の上に水や、ネズミのおもちゃを仕かけてきたので、挨拶どころじゃありませんでしたね」

マルグリットは「昔のことはいいからっ」と、顔を赤らめつつ老医師に席を譲った。老医師にとってマルグリットは孫同然なのだろう。灰色の眼差しはどこまでも優しかった。

「それでは、早速診察させていただきますか」

老医師はクロエの顔を覗き込むと、まずクロエのこれまでの生活や持病について尋ねた。クロエが問題はなかったと答えると、「ご結婚はされていますか？」と続ける。

クロエが遠慮がちに頷くと、マルグリットはピンとこなかったらしく、首を傾げた。

「結婚と健康となんの関係があるの？」

老医師は「まだネンネですなぁ」とほっほっほと笑う。マルグリットが拗ねるのをまた笑いつつ、老医師はクロエの耳にそっと口を寄せた。そして、マルグリットには聞こえぬ声でこう囁く。

（お嬢さん、旦那さんと最近仲良しになりましたか？）

（な、仲良し？）

（あー……つまり裸で……まあ裸じゃなくてもいいんですが、あんなことそんなことこんなこと……）

（……!!）

クロエは頬を苺の色に染めつつ、やっとの思いで頷いた。

（に、二ヶ月ほど前に……）

（では、最後の月のものはいつでしたかな）

（……？　は、はい。確か……あれっ……遅れてる……？）

その後の老医師の質問は奇妙なものだった。子どもを産んだことはあるか、眠気のほかに吐き気はないか、味覚や嗅覚が敏感になってはいないかとも聞かれた。最後に聴診器を当てられ脈拍を確認され、首筋や胸元、腹部などの触診を受けたのち、「健康には問題ないでしょう」と太鼓判を押された。

「よかった……」

クロエはほっと安堵の溜め息を吐く。老医師も「まことによきことですな」と頷く。

「もうしばらくしないと、私にもはっきりとはわかりませんが、念のために栄養をたっぷり取って、激しい運動を避けてお過ごしください。初めてのお子様になるかもしれないのですから」

クロエの目がまん丸に見開かれる。

「お、お子様?」

クロエは思わず腹に手を当てた。

「赤ちゃん……?」

「まだ可能性ですがね」

老医師は念を押す。

「もし妊娠されているのなら、あと四ヶ月もすれば赤子の動きを感じられますよ」

仰天したのはマルグリットもだった。「嘘ぉ!」と激しくショックを受けた表情になる。

「あ、あいつ、あいつ……あんなすました顔をして、やることやっていたのね……。こっ……こんなにちっちゃなクロエちゃんに、あんなことそんなことこんなこと……」

サファイアブルーの美しい瞳には、なぜか嫉妬の炎がメラメラと燃えていた。

「赤ちゃん……」

クロエは信じられない思いで腹を見下ろす。ロランから救い出された夜に授かったのだろうか。ふたりの愛の結晶が息づいているかもしれない——そう思った瞬間、まだ実感すらないにもかかわらず、クロエの身体を雷にも似た思いが駆け巡った。

「う、嬉しい……」

嬉しい、嬉しい、嬉しい——それだけしか考えられない。涙がじわりと滲み出る。家族ができるのだと思うと、未来だけではなく不幸な過去すら、光り輝いているかのように感じた。

「嬉しい……。私の……赤ちゃん……」

「なんにしろおめでたいわ。それにしてもあいつぅ……」

マルグリットは顔を引き攣らせながらも、うしろからクロエの肩を叩いた。「こうなったら弟にも賭ける……子どもにも賭けるかしら？」と言うマルグリットの言葉を、幸か不幸かクロエの耳が拾うことはなかった。マルグリットは老医師とクロエとの間に顔を割り込ませる。

「そうだわ、グラス侯にも早く知らせなくちゃね。ああ、うちがクロエちゃんを預かっているってことと、事情も説明しておかないと心配されちゃうわ」

「そ、そうですね……」

「あいつ、今王宮にいるんだっけ？」

「は、はい。そう伺っております。けど、手紙の返事がなかなかこなくて……」

「う〜ん、どうも怪しいわね。あの婆さんの動向も油断ならないし、王宮じゃなくてグラス邸のほうに連絡しておきましょうか。どちらにしろいつかは帰るでしょ」

「あ、ありがとうございます」

クロエは頷きながらも、いつかのロランとのやり取りを思い出した。

『ろ、ロラン様は、あ、赤ちゃんは、ほしいですか……？』

あのあとロランは一瞬顔を背けたように思う。そして、

『クロエに似た子ならたくさんほしい。茶色の髪で、茶色の目の女の子だ。ああ、でも、嫁がせるのが嫌になりそうだな』

そう答えたのだ。

クロエは大丈夫だと自分に言い聞かせつつも、もし赤ん坊が赤い瞳をしていたとき、ロランは喜んでくれるだろうかと、一抹の不安を覚えざるをえなかった。ロランの母・クリスティーヌは、息子の瞳が深紅だったために、魔女狩りに遭ったのだと王太后から聞いている。同じ瞳を持つ我が子をロランはどう思うだろう。

クロエが一転して押し黙ってしまったのを、マルグリットは空腹なのだと受け取ったらしい。

「さ、クロエちゃん、じゃあそろそろ晩御飯にしましょうか。これからふたりぶんになるんだもの。いっぱい食べなきゃね。先生ももちろんご一緒するでしょ？」

「もちろんですとも。この屋敷の料理は絶品ですからな」

ふたりの和気あいあいとした会話を聞いたあとでも、クロエは不安を拭い去ることができなかった。


ロランからの返事がくるまでは、クロエは身の安全のために、ヴァールで過ごすことになった。王太后もヴァールには下手には手を出せないからだ。

ヴァール伯を始めとしてヴァールの人々は皆温かく、クロエが身籠ったかもしれないと聞いて気遣ってくれた。

クロエはマルグリットがなぜこの地を愛しているのか、なぜ情に厚い女性に育ったのかが理解できた気がした。

マルグリットの母は彼女が幼いころに亡くなっているらしい。ヴァール伯はその後どれだけ勧められても、後添いを迎えることはなかったのだそうだ。つまり辺境伯の直系は、マルグリットひとりということになる。セルジュはヴァール伯の妹と、部下との間に生まれた従兄なのだそうだ。

マルグリットはその夜の夕食で、鳥の丸焼きにかぶりつきながら、ヴァール家の事情について説明した。

「うちはちょっと特殊な家系でね。男女関係なく長子相続なのよ。だから、私がシャルルと結婚すると跡継ぎがいなくなるから、一番血が近いセルジュが継ぐことになってたわけ。けど、シャルルと婚約破棄になったから、結局次期ヴァール伯は私になるのかしらね？　だとしたらセルジュに悪いことしちゃったわね。せっかく大出世のチャンスだったのに」

マルグリットの隣の席のセルジュは、パンを千切り「いいや」と首を振った。

「……俺は別にそういうの興味ないから。その……俺が興味があるのは……」

「あら、男がそんな草食系でいいの？　どうせなら世界征服をしてやる！って夢を見なさいよ」

「……」

セルジュはもはやパンを黙々と食べ続けるしかないらしい。やはりぶっちりぎりで気の毒な男だとクロエは思った。

当主の座にいたヴァール伯が、エールを煽りつつガハハと笑う。

「お前はつくづく生まれる性別を間違えたなあ。母ちゃんの腹んなかにアレ落としてきたろ！」

母ちゃんとは亡くなったマルグリットの母を指すものらしい。

ちなみに、ヴァール伯はマルグリットそっくりな容貌の、今年四十になるという美中年で……中身もマルグリットそっくりだった。

「きっとそうね。まあ、でも、女でも不自由してないから、別に構わないわ」

クロエはあけすけな会話に赤面しつつ、取り分けられた丸焼きの切り身を口にした。

「ところで」とヴァール伯が盃《さかずき》をテーブルに置く。その表情は酔っ払いから打って変わって、武勇名高いヴァール伯へと変化していた。こうなると貴婦人のひとりやふたり、軽く落としそうな美貌である。

「マルグリット、お前、あの婆さんの話を聞く前に、王宮から逃げ出したって言ってたろう。婆さんはすっぽかされて激怒していると思うぞ。おまけにその嬢ちゃんを連れてきちまったんだろ？　またすぐに王宮に呼び出されるだろうよ」

「ああ、そうよね。どうしようかしら」

マルグリットは眉根を寄せた。

「あの婆さんはグラス侯を立太子して、私と結婚させる気満々らしいのよねえ。けど、私はあの男と結婚なんて冗談じゃないし……。アレに比べればシャルルは可愛かったわよ～。結局、交渉なんてフロリン側のいいようにされちゃったしね。ほんと、グラス侯は藪から出てきた蛇だったわ」

「まあ、お前は大人しく王太子妃をできるタマじゃないよな」

ヴァール伯が「ふむ」と顎に手を当てる。そして、クロエをまじまじと見つめた。

「要するにあの婆さんは、ヴァールを取り込みたいんだろ？」

マルグリットはジャガイモを口に放り込みながら「たぶんね」と答える。

「よっしゃ！」

ヴァール伯はふたたび盃を掲げた。「嬢ちゃん」とクロエに笑いかける。クロエは自分に話が振られるとは思わず裏返った声を上げてしまった。

「は、は、はいっ⁉」

「名案を思いついたぞお。嬢ちゃん、うちの養子になれ！」

ヴァール伯の提案に、クロエは椅子から浮きそうになるほど驚いた。

「ええっ私を⁉」

「ああ、そうだ。お嬢ちゃんはもう結婚してるから、ちょっとややこしい手続きになるが、お嬢ちゃんの出身家をヴァールに書き換えるか、俺たちが後見人になるんだ。これで丸く収まるんじゃないか？」

ヴァール伯は言い終えると、口に丸焼きをぐいと突っ込む。

「悪い話じゃないと思うんだがな。それにな、これはお嬢ちゃんが王太子妃になるときのための、身分の保険ってだけじゃない。安全保障だ」

マルグリットはヴァール伯の話を聞き、すでにピンときたのだろう。フォークを皿の上に置くと、代わってクロエに丁寧に解説した。

「クロエちゃん、グラス侯が立太子されるかどうかはまだわからないわ。でもね、どちらにしろ今ごろシャルルを支援してきた大司教やアイオン教会は、思惑が外れて相当焦っていると思うの」

「は、はい……」

それくらいならクロエにも理解できる。つつがなくシャルルが即位していれば、フロリンで揺らぎつつある教会の地盤を、ふたたび固める算段だったのだろう。国王の権力を背景に、新教の排除も狙っていたかもしれない。

ところが、頼みの綱であったシャルルは、駆け落ちした挙句に、病死してしまっている。

マルグリットはこう続けた。

「シャルルは諦めるしかなくても、次の王太子も自分の息のかかった、思いどおりになる人物を望んでいるはずよ。けど、グラス侯ではそれが叶わない」

ロランに直に尋ねたことはないが、母にあれだけの仕打ちをされて、大人しく従う者などいないだろう。

「あの手この手で不安の芽を……他の王太子候補を摘もうとすると思うわ。そのとき狙われるのがあなただと思うの」

「わ、私が？」

「そうよ。だって、グラス侯の弱点はあなただけだもの」

マルグリットはテーブルに肘をついた。クロエはそれこそピンとこず、丸焼きをつつく手を止める。マルグリットは小さく頷いた。

「真っ先にあなたを狙ってくると思うわ。特に……あなたのお腹に赤ちゃんがいると知ったら、必ず消そうとすると思うわ。だって将来の危険因子になるもの」

クロエは思わず腹を押さえる。かつてロランの母のクリスティーヌが、産後に誘拐され獄死したのを思い出し、背筋がぞっとなるのを感じた。

「でも、ヴァールならあなたを守れる。ヴァールの力は、教会も無視できないのよ。フロリンの生命線のひとつ──国境線を守っている軍隊があるからね」

「……」

「クロエちゃん、どうかしら？　うちの子になるのはいや？」

クロエは即答することができなかった。ヴァール家の養女になるのに抵抗があったからではない。しかし、マルグリットはそう捉えたのだろう。月光の女神の美貌がたちまち曇ってしまう。

「嫌かしらっ？　どうしてっ？　セルジュがいるからっ⁉」

「おい、なんでそこで俺が出てくるんだよ⁉」

マルグリットは席から立ち上がると、クロエに歩み寄り横から顔を覗き込んだ。

「それともご両親が反対しそうなのかしら？」

両親と聞きクロエは慌てて首を振った。

「い、いいえ。両親は反対しないと思います」

犬か猫の子をやるように、アルノー家に嫁がせた父。お前にはなんの価値もないと言い放った父。その父に大人しく従う、庇ってくれたことなどない母。クロエが他家へと移籍することを、咎めすらしないだろう。

クロエは暗い思いに沈みながらも、頭からそれを振り払った。

「私はそうしていただけると嬉しいです。赤ちゃんを守れるのなら……。でも、マルグリット様には、ヴァール家の方々には、なんの得があるのでしょう……？」

マルグリットはクロエの疑問に、「あるわよー」となぜか邪悪な顔つきになった。

「あの男に恩を売れるでしょ？　これはヴァールにとって大きなメリットだわ。そして、〝マルグリット様、ありがとうございます〟って土下座させるのよ。クックック……こんな愉快なことはないわ」

「それとね」と今度は打って変わって、女神のような微笑を浮かべクロエの頭をふわりと抱き締める。

「こんな可愛い子が、妹になることよお♪」

そのぬくもりに、クロエの目元に思わず涙が溜まる。ぼやけた視界に、クロエたちを見守るヴァール家の面々の笑顔が映った。

本当の家族は、情の薄い、血が繋がるばかりの関係だった。ふたたび嫁がされるのだと知ったあの日、父に縋りついた手を振り払われ、この世のすべてから見捨てられた思いがした。

けれども、その手を代わりに取ってくれた人がいた。ロランとの出会いによって、再婚するまでの寂しさも悲しみも、すべて塗り潰された。ロランからのいっぱいの愛情は、クロエのすべてを変えてくれた。こんなにも温かい絆をクロエに与えてくれたのだ。

クロエは言葉を詰まらせながら、やっとの思いで「どうぞ、よろしくお願いします……」と呟いた。

その夜からクロエは早速ヴァール家の一員として、長らくあるじのいなかった、マルグリットの母の部屋で眠ることになった。

ヴァール家の人々の部屋は豪奢というよりは、居心地のよさを重視しているらしい。目に優しい茶のレンガの壁に、同じく茶の木造りの家具が、クロエの心を落ち着かせた。片隅に置かれた蔓草《つるくさ》の彫刻された鏡台は、きっと亡くなったマルグリットの母が、毎朝髪を梳くのに使っていたのだろう。

クロエはベッドに潜り込むと、知らず小さく溜め息を吐いた。早くロランに会いたい。会って頭を撫でられ、キスされたいと思う。そして何より、赤ん坊の存在について話したかった。「ロラン様に新しい家族ができるんですよ」と……。

そうだ、自分にも家族ができるのだと、クロエは腹をそっと押さえる。血を分けた父も、母もいるのだが、その温かさに触れられなかったクロエには、家族というものにいい思い出がなかった。求めても与えられなかった記憶は、いまだに心に傷跡を残している。我が子にはそんな思いをさせたくはなかった。

クロエはうつらうつらとしながら、七歳のころ、遠方の別荘に預けられた日のことを思い出す。流行り病を得てしまったクロエは、他の家族に移るからとそこにひとりで追いやられてしまったのだ。

まだ母の恋しい年ごろである。闘病中は見舞いにくる者がなく、使用人もどこかよそよそしく、クロエは、私は独りぼっちなのだと、毎夜ベッドの中で泣いていた。起き上がるようになってからも、完治するまではという名目で、半年近く留め置かれた。

そんな中でクロエは〝あの人〟に出会った。

数ヶ月ぶりに別荘の外に出たときのことだった。人の少ない村ゆえに別荘には特に囲いがなく、普段からウサギやキツネなどが戯れていたのだが、その日は青年が敷地内に迷い込んできたのである。

父と使用人以外の男性を生まれて初めて見るクロエは、悲鳴を上げそうになった。だが、すぐに声を抑えて青年に駆け寄ることになる。青年は肩や頬や、足や脇腹から血を流していた。青年はクロエに気づき、肩を震わせると、その場に俯せに頽《くずお》れてしまった。

『おっ……お兄ちゃん、大丈夫?』

クロエが背に手をかけると、青年は『水……』と力なく呟いた。

クロエは使用人の目を盗んでコップに水を汲んで戻り、力を振り絞って青年の身体を返した。午後の光を反射して、泥と血にまみれた髪の毛がキラキラと光る。クロエは彼の前髪を払い、顔を確認しようとした。

ところが、あと少しで見えるというときに、どこからか激しく扉を叩く音が聞こえたのだ。

「……？」

クロエは瞼を開けると身体を起こした。周囲を見回して、ここはショーメット家の別荘ではなく、ヴァール家の屋敷なのだと認識する。いつの間にか夢を見ていたらしい。だが、扉を叩く音は夢ではないようだ。

窓の外はまだ暗い。クロエは「どうしましたか？」と扉に声をかけた。すると、「クロエちゃん」とマルグリットの声がする。

「起こしちゃってごめんね。さっき、王宮で役人やってるうちの遠縁から連絡がきたんだけど……」

ただならぬ様子にクロエは息を呑んだ。もしやと扉に前のめりになって駆け寄る。

「ま、まさか、ロラン様に何かあったんですか⁉」

マルグリットの答えは、最良と最悪が入り混じるものだった。

「違うわ。グラス侯は無事らしいわ。けれど——ショーメット男爵が教会へ魔女として告発されたの」

思わぬ言葉に、クロエは軽く悲鳴を上げ、寝間着姿のままマルグリットに掴みかかった。

「お、お父様が⁉」

「それが……お父様だけじゃないわ。お母様と弟さんも教会に連行されたそうよ」

「そんな……！」

「くっ……クロエちゃん……あ、あなた結構力持ちね……っ」

マルグリットはクロエの意外な力の強さに「うぐぐ」と呻く。

クロエは衝撃と絶望に、身体中から力が抜けるのを感じた。マルグリットから手を放し、その場にしゃがみ込む。両親はともかく、年の離れた弟のマリユスはまだ四歳である。魔女だと疑われる要素などないはずだった。

「教会に反抗的だった貴族の身内も、片端から引っ立てているらしいわ。もうなりふり構わずね……」

近ごろの魔女裁判では魔女だと本人が自白するまで、魔女審問の名を借りた拷問を行うと聞いている。針を突き刺して、血が流れないなら魔女である。川に突き落とし、沈んだままであれば魔女ではない……など、いずれにせよ被疑者を傷つけ、死へ追いやるようになっているそうなのだ。

顔を覆うクロエの肩を、マルグリットが優しく抱く。

「あなたの家族を告発したのは、高位の貴族のひとりらしいわ。……教会は魔女狩りされた人物の家族に、解放してほしければ弁護のために、教会にこいとお触れを出しているそうよ」

それも、実の家族以外は身元引受をさせない、としているのだそうだ。

マルグリットが唸る。

「先手を打たれたわ……訴えた貴族もきっとグルよ。グラス侯が動けない間にと思ったんでしょう」

クロエの全身からざっと血の気が引いた。

「ち、父は……ショーメット家は、他の貴族に嫌われておりました。わ、私の実家は男爵家ですが、お祖父様の代に爵位を授与されたばかりなのです。貴族からは、お、お金で男爵になったと陰口を叩かれて……」

「よくある話よ。見下しながらも、金を持っているのは妬ましい。だから、追い落とそうってやつね」

マルグリットの言葉を聞きながら、クロエはふらりと立ち上がり、扉へ向かった。

「い、かなきゃ」

マルグリットが青ざめ、クロエの手を掴む。

「いくって、どこへ？」

「助けにいかなきゃ。お、弟は、あの子は、まだ、四歳なんです」

「えっ……四歳だったの⁉　一五歳差はちょっと……」

マルグリットが一瞬天を仰いだが、クロエの耳には入らない。あまり口を聞いたことがない弟で、確かに関わりは薄いかもしれないが、小さな子どもが苦しむなど、耐えられそうになかった。

クロエはもう一度よろめきながら廊下へ出ていこうとしたのだが、すんでのところでマルグリットの優美な手がそれを止める。

「ダメよ。絶対ダメ！　もうひとりの身体じゃないかもしれないのよ！」

「マルグリット様……けど、放っておくわけには……」

マルグリットはクロエの前に回り込むと、クロエのなだらかな丘とはだいぶ違う、高い山も真っ青の豊かな胸をどんと叩いた。勢い、山がぶるんと揺れる。

「いくなら、私も、ヴァール家も全員連れていきなさいっ！　あなたと赤ちゃんの槍と盾になるわ。私たちはもう家族なんだからね⁉」

マルグリットの宣言に、クロエは呆然としながらも頷いた。

こうしてクロエはマルグリットとヴァール最強の軍隊とともに、王都にあるフロリンにおける教会の中心地、すなわちシュリュー大司教の根城へ殴り込み……もとい直談判に向かうことになった。

そこに審問を待つ人々が捕えられているのだそうだ。クロエの両親と弟もそこにいるに違いない。捕えられているのなら、今週中にでも魔女審問が回ってくるかもしれない。もはや一刻の猶予もない。大急ぎで旅の支度をすると、クロエたちはヴァールを発った。

マルグリットはクロエを放っておけないと思ったのだろう。セルジュと一緒に、クロエと同じ馬車に乗り込み、落ち着かせようとしきりに話しかけてきた。クロエは悪いとは思ったものの、顔を覆ったまま嘆《なげ》くしかなかった。

「ど、どうして……どうして突然こんなことに」

マルグリットはクロエの肩に手を置いた。サファイアブルーの瞳が鋭く光る。

「きっと突然じゃないと思うわ。ずっと狙っていたのよ。知ってのとおり、グラス侯はワインと穀物の主要ルートを押さえているし、最近じゃ物流にも手を出していて、そこいらの聖職者や国内の貴族では、逆らえる者はいないわ。私もそれで交渉のとき押し切られちゃったのよね」

ロランの正体は一部の重鎮には、すでに公然の秘密となっていた。教会がその情報を掴みながらも、ロランに手を出せなかった理由は、そこにあるのだろうとマルグリットは語る。

おまけに最近では貴族の信仰は新教と分断され、教会も昔ほどの影響力はなくなってしまった。破門されようが新教に入信すればいい。そうした選択肢ができたこと自体が、教会にとっては痛手だったのだ。ここでロランが国王に認知され、王太子になろうものなら一巻の終わりである。教会は、どんな復讐を受けるのか戦々恐々としているに違いない。

「おまけにあの婆さんが王太子にグラス侯を据えるって、内々に発表しちゃったんじゃないかしら。そんなことをしたら、真っ先にクロエちゃんが危なくなるって、予測がつきそうでしょうに」

クロエは膝の上に拳を握り締める。王太后は自分が狙われることなど、百も承知だっただろうと思う。それどころか望んでいたのかもしれない。

「ところでクロエちゃん、あなた一度誘拐されたそうね」

「は、はい……ま、前の夫に……シリル様は、私と仲良くなりたい貴族の方がいて、その方に私を売るつもりだって言っていました」

「その貴族って教会関係者だったんじゃないの？」

マルグリットに指摘され、クロエは絶句した。

「こんなことになる前からグラス侯をおびき出すために、あなたを攫って囮にする機会を狙っていて、自分の手を汚さずに捕らえようとしたんじゃないかしら。追い詰められていよいよ最後の手段に出た。これはもうクーデターね……」

クロエの頭の中を、過去の光景が目まぐるしく回る。そういえばシリルはこちらの馬車の道のりを知っていた。どうやって調べたのかと思っていたが、教会という組織に情報を与えられていたのなら、確かに納得できる話だった。

「とにかく」とマルグリットはぱきぽきと指を鳴らした。

「こうなればヴァールも教会と全面対決だわ」

◇◇◇

ロランは無力感を抱えてグラス邸に帰り着いた。

早くクロエを抱き締め、その温かさで癒されたかった。馬車から降りると大きな溜め息を吐いてしまう。何もできなかったのが情けなかった。

シャルルも犠牲者だったのだと思う。シュリュー大司教に干渉されずまっとうな教育を受けていれば、愚か者の烙印を押されることはなかったかもしれない。

この情けなさは大司教の魔の手から逃れるために、乳母や臣下と逃亡生活を送っていたころに覚えていた思いとよく似ていた。王子という高貴な身分に生まれながら、まったくその身分が役に立たないばかりではない、大切な育ての親に苦労をさせたうえに、のちに三人の妻たちまで巻き込んでしまったのだ。

ロランはさまざまな感情に心乱されつつ、従者に扉を開けさせ屋敷へ足を踏み入れた。扉と床が擦れ合う音を聞きつけたのか、早速ガストンを始めとする召使たちが飛んでくる。

「ロラン様、お帰りなさいませ」

ロランは自分を取り巻く人々の中に、子ウサギのようなクロエの姿を探した。いつもははにかみながら迎えに出てくる。ところが、最愛の妻はどこにもいなかった。

「クロエはどうした？」

ガストンは「そ、それが……」と、おずおずと手紙を渡した。

「実は先々日ヴァール伯家のご令嬢、マルグリット様から手紙が届いたのです。現在クロエ様はヴァールにいるそうで……」

「ヴァール？　なぜそんなところにいるんだ？」

ロランは手紙を受け取ると、早速封を切り、目を通す。便箋にはクロエがヴァールに保護された経緯が書かれていた。

思わず手紙を持つ手に力が込もる。額と手に怒りの筋が浮かんだ。

「……っ。王太后様も所詮は王家の犬か」

だが、祖母に裏切られた怒りも、最後に添えられた愛しい人直筆の文字に吹っ飛んでしまう。

『赤ちゃんができたかもしれません。ロラン様と私の赤ちゃんですよ』

「赤ん坊……？」

ロランは目を瞬かせた。呆然として、人には聞こえぬ声で呟く。

「私の、子ども……？」

「ロラン様、それともう一件、大変なお知らせが……」

執事の言葉もしばらくは耳に入らなかった。

◇◇◇

クロエたちがヴァールを出発して三日後。

王都の教会は、教会というよりは王族のための離宮のような、華麗かつ荘厳なつくりをしていた。手入れがいき届いた庭の中央にそびえ立つドームには、おびただしい数の聖女、聖人の石像が据えつけられている。

王都にいったのも舞踏会が初めてだったクロエは、この地にくるのは初めてだった。マルグリットとセルジュのふたりは、辺境伯の代理として何度か訪れたことがあるらしい。手を額に翳している。

「おーおー、相変わらず。どんだけ信者から搾り取ってるんだって感じよ」

マルグリットが三日月型の眉を顰める。そして背後の兵士らに声をかけた。

「さー、みんな、気合入れてちょうだい」

「「「オオー！」」」

クロエはその声に押され、マルグリット、セルジュとともに正門を目指した。門の前には当然のことながら、教会兵が守備についていた。

「何者だ!?」

物々しい装備の彼らに槍を突き出され、クロエは一瞬怯んだものの、家族を助けなければと勇気を奮い起こす。

「……わ、私は、クロエ・ドゥ・グラスです」

教会兵らが一斉にはっとする。クロエはずいと一歩前に踏み出した。その目には暗い怒りの炎が揺らめいており、古株の教会兵をもたじろがせるほどだった。クロエは震える唇で、だがはっきりと言った。

「弟を、両親を返してください。魔女だなんて何かの間違いです」

その隣からマルグリットがずいと顔を出す。

「そうよ！　っていうか、無事なの!?　さっさと会わせなさい」

教会兵らはマルグリットの顔を知っていたらしい。「マルグリット様!?」と数人が声を上げた。

「なっ、なぜマルグリット様が……」

「私と彼女は姉妹の契《ちぎ》りを交わしたのよ。もう他人じゃないってわけ。その可愛い妹の家族が捕まったっていうんなら、私が一緒にきたっておかしくないでしょ。それにもう一五歳差とか気にしないから！」

教会兵らは「一五歳差？」と首を傾げていたが、やがてひとりがはっと我に返り「お、お待ちください！」と、教会内へと姿を消した。数分後に、ひとりのでっぷりと太った神父を連れて戻ってくる。

「あら、大司教はどうしたのよ」

フロリンの教会を統括するのはシュリュー大司教であり、住まいもこの教会である。ヴァール辺境伯令嬢のマルグリットを出迎えるのならば、本来大司教であるべきだった。

神父は冷や汗を流しつつ答える。

「だっ……大司教様はただ今出払っておりまして」

「あら、ちょうどいいじゃないの。じゃ、弟さんとご両親に会わせなさいよ」

「そっ、それはできません。原則、魔女として訴えられた者は、審問が終わるまでは誰との面会も禁止されております」

「へー」とマルグリットが腕を組んだ。そして隣に立つセルジュに声をかける。

「セルジュ、最近、アイオン教会もぱっとしないし、私たちもここらで新教に改宗する？」

「!?」

これには神父や教会兵だけではなくクロエも目をむいた。セルジュは朗らかに笑う。

「それはいいな。どうせだからヴァール全員改宗するか。まあ、俺らにとっちゃどっちでも同じだもんな」

明らかに脅しなのだが、神父は一気に顔色が真っ青になり、脂汗が流れ始めている。ただでさえ勢力の減退が著しい教会である。これ以上の信者の離脱は避けたいところだろう。有力者のヴァール家ならなおさらだ。

「かっ……かしこまりましたっ……こ、こちらへどうぞ」

神父は苦渋の決断といった表情で身を翻す。

マルグリットとセルジュは「やったー♪」とハイタッチをしていた。一方、クロエはマルグリットの無茶苦茶な脅迫と交渉術に、なぜかロランの影を見た気がして目を擦った。

「たっただし、兵士の入場は許可できません。グラス侯爵夫人、マルグリット様、セルジュ殿の三人だけです」

それ以上は無理だと神父は言い張る。

「何よ、ケチねー」

マルグリットは渋りながらも、「ま、いいか」と肩をすくめた。そして、

「セルジュがいるなら百人力だものね」

と、殺し文句をさらりと吐いて、セルジュを悶絶させる。

クロエは、セルジュはMなのかもしれないと、うすうす疑い始め……いや、半ば確信していた。そうでもなければあのマルグリットのそばになど、長年いられるものではないだろう。


連れていかれた教会の牢獄は、日も届かない地下にあった。あたりは涼しく湿り気を帯びており、ランプがなければ何も見えない。照らし出された足元は苔《こけ》むした石畳であり、この牢獄が古いものなのだと見て取れる。自分たちの足音だけが奥にまで響いていた。

「嫌な感じね」

マルグリットが呟く。

「ねえ、それよりまだなの？　ショーメット男爵たちはどこよ」

案内係となった神父は何も答えない。冷や汗をとめどなく流しつつ、とある一室の前で立ち止まった。

「こ、こちらです」

「……！」

クロエは喉まで出かかった悲鳴を辛うじて抑えた。

狭い牢獄の室内には粗末なベッドがひとつある。そこにひとりの男性がぐったりと横たわっていた。見間違えるはずもない父、ギヨームだった。

「お父様……！」

クロエは格子を掴んだ。すでに魔女審問を受けたあとなのか、クロエたちが近づいても反応を見せない。

「なんてことをっ……！」

目を凝らしてみると、別の牢屋には自分の家族だけではない、何人もの人間が力なく横たわる、あるいは座り込んでいた。みんな魔女狩りで捕らえられた者だろう。母アンヌはギヨームと同じ牢獄で、幼い弟を抱いて、青い顔で壁に背を預けていた。幸いなことに弟はまだ審問前なのか、母の胸ですやすやと眠っている。

クロエは神父を振り返り、凄まじい目つきで睨みつける。

「これが、これが神に仕える者のすることですか――恥を知りなさい！」

クロエの怒声に、神父の肩がびくりと震えた。

「わ、私のせいではない。だ、大司教様のご命令なんだ」

神父は一歩、二歩と後ずさる。五歩後ずさったところで、神父の肩が何者かにとんと当たった――マルグリットだった。

マルグリットは怒りに満ちた目のまま、このうえなく美しい笑みを浮かべる。瞳のサファイアブルーは、極限にまで熱せられた炎の色にも見えた。神父の肩を指に力を込めて掴む。

「ねーえ神父様、私ね、今むっちゃくっちゃ怒ってるの。あなたを切り刻んで狼の餌《えさ》にしたいくらい」

「ひ、ひいいいっ！」

「でもね。ひとつだけ助かる方法があるわよ」

マルグリットは低い声でこう囁いた。

「鍵をお渡しなさい」

神父は大きく首を振った。

「そ、それは……それだけはっ」

マルグリットは「あーら、逆らう気？」と、パキポキと指を鳴らしている。これではどちらが悪役なのかわからない。そこへさらに間の悪いことに、出入り口で見張っていた教会兵が、様子を見にやってきた。神父に迫るマルグリットを目にし、「何をやっているんだ！」と気色ばむ。

マルグリットの背後から、暗黒のオーラがざわりと立ち上った。

「何をやっているですってえ⁉　あんたたちが言えた義理⁉　――セルジュ！」

「おうよっ」

セルジュがざっと構える。

「やってやろうじゃないのっ！」

マルグリットの喝を合図に、マルグリット、セルジュ、神父、教会兵入り乱れての乱闘が始まった。何人もの雄叫び、悲鳴、怒声とともに廊下に土埃が立ち上る。

クロエはひとつの塊となったマルグリットたちを前に、どうしたものかとオロオロしていたのだが、やがて土埃の中から小さな何かが飛び出し、硬質な音を立てて転がってきたのに気づいた。

おそるおそる足元に手を伸ばす。——鍵の束だった。

クロエは両親と弟のいる牢獄に駆け寄ると、片端から鍵を差し込む。鍵は束ねられて五つあったのだが、四つ目にようやくカチリという手応えがあった。重い格子戸を必死の思いで開ける。

「お母様……！　マリユス！」

クロエの声が耳に入ったのか、アンヌがゆっくりと顔を上げた。クロエとよく似た茶の目が見開かれる。

「く、クロエ……クロエなの？」

クロエは母のもとに駆け寄ると、しゃがみこんで怪我がないか確認した。アンヌが小さな声で答える。

「怪我は、ないわ。ただ、水責めにされて……きっと内臓が傷ついている」

恐ろしい仕打ちに、クロエは思わず口を覆った。

「お、お父様もですか？」

アンヌがゆっくりと頷く。

「この人は、一番、ひどい水責めを受けた。ま、マリユスは、無事よ。この子は、明後日が、拷問の予定だった。

……クロエ」

名を呼ばれてクロエは顔を上げた。母が震える手で、まだうつらうつらしているマリユスを差し出す。クロエは我に返って弟を受け取った。

「この子を、連れていって。どうか、この子とあなただけは」

「お父様とお母様も……！」

「いいえ、駄目よ」

アンヌはマルグリットたちに目を向けた。乱闘の決着がついたらしい。神父と教会兵たちが石畳の上に伸びていた。マルグリットが大声でクロエを呼ぶ。

「クロエちゃん！　その子が弟さん!?　逃げるわよ！」

「ま、待ってください。お、お父様とお母様も……他の方たちもっ……！」

マルグリットの美貌がぐっと歪んだ。

「……ごめんなさい。ここを突破するのに、全員は連れていけないわ」

クロエは思わず母を振り返る。母は力なく「いって」と笑った。

「だ、だめです。お母様だけでも……」

母はベッドの上の父を見つめる。

「いいえ。ここにいるわ。私はあの人の妻だから……政略結婚の、夫婦だったけど、それでも、長年連れ添った夫婦なの……」

弱々しい笑顔で、だが確かな光を湛えた目で、アンヌは語った。

「いって。クロエ。お願い……」

クロエはぎゅっと目を閉じる。立ち上がる前に、アンヌの手を掴んだ。

「助けに、きます。また、必ず、助けにきますから……！」

弟を抱きかかえ、マルグリットたちを追って走り出す。途中、涙が零れそうになったが辛うじて堪えた。唇を噛み締め、泣く前に足を動かせと、おのれに言い聞かせる。今できることが走ることだけなら走れ。涙はいつでも流せるのだと――。

「……っ」

小さな子とはいえ四歳児を抱いて走っていたからか、地下牢から抜け出し、地上階へと辿り着いたころには、クロエの息は切れ切れになっていた。

先を走っていたマルグリットとセルジュが振り返り、顔を見合わせて「よし」と頷く。次の瞬間、マルグリットはクロエからマリユスを抱き取った。続いてセルジュがいつかのようにクロエを肩に担ぐ。そしてふたりは教会の廊下を、足並みを揃えてふたたび駆け出した。

「きゃあっ！」

廊下のアーチ形の窓から見える中庭が、あっという間に過ぎ去っていく。

クロエが目を白黒させる間に、一団は出入り口へと辿り着き、待機していたヴァール軍に迎えられる。

「お嬢！　無事でしたか！」

「あったりまえよう」

マルグリットが返事をすると、横からさっと水のコップが差し出された。マルグリットは、目を瞬かせているマリユスを下ろすと一気にそれを呷り、「ぷはー」とオヤジさながらに口元を拭う。絶世の美女が台無しだった。

セルジュがクロエをひょいと下ろす。

「あっ……ありがとうございます」

クロエが弟の無事を確かめようと、顔を上げた次の瞬間だった。教会と市街とを繋ぐ通路の向こうから、一頭の馬がこちらにやってきたのだ。

遠目でもわかる見事な黒毛の駿馬《しゅんめ》。そして、その黒馬に跨りマントを翻したその人は、見間違えもしない最愛の夫だった。青銀の髪に合わせた濃紺の軍服が目に眩しかった。

「ろ、ロラン様……」

クロエはよろめきながら手を伸ばす。ロランもクロエに気づいたのか、すぐさま馬をその場に止めると、さっと飛び降り駆け寄ってきた。

「クロエ……!」

数ヶ月ぶりの再会にしばし固く抱き合う。

「どこにいったのかと驚いた」

「も、申し訳ございません……」

「いい。無事ならいいんだ」

背に回されたロランの腕は優しい。クロエはロランの温かい胸の中で、堪えていた涙が滲むのを感じた。

「お、お父様と、お母様が……」

嗚咽で声が声にならない。

「ああ、わかっている」

ロランはクロエの頬に唇を当て、流れ落ちた涙を吸い取った。

「――わかっているんだ」

ロランは、夫婦のラブラブっぷりに、どうすればよいのかわからず目線を泳がせる一団に目を向ける。幼いマリユスは、セルジュに目元を覆われていた。ロランはマルグリットに声をかける。

「マルグリット殿」

「え、私⁉」と驚くマルグリットの前に、ロランは恭しく胸に手を当て、片膝をつく。

「妻を助けていただき、まことにありがとうございました。この御礼はいつか必ずさせていただく」

ロランの謙虚な態度に面食らいつつも、マルグリットは令嬢然とした威厳を見せた。堂々と背筋を伸ばして応対する。

「御礼などとんでもございませんわ。これくらい当然でございます」

ロランはすくりと立ち上がると、両の拳を固く握り締め、教会の本拠地を見上げた。

「クロエ、君を泣かせたのはあの連中か」

顔を覆っていた仮面を剥ぎ取り、地に思い切り叩きつける。仮面は呆気なく真っぷたつに割れ、秀麗な美貌と深紅の双眸が露わになる。周囲の者は息を呑んでロランの素顔を見つめた。

「……母の二の舞にはさせない」

ロランは低い声でそう呟いた。

「貴様らの言うこの目に相応しく、鬼にでも悪魔にでもなってやろうではないか」

ふたたびクロエに歩み寄ると、その肩にそっと手を置く。

「クロエ」

「は、はいっ!」

クロエはぴんと背筋を伸ばした。仮面越しではない、素顔のロランの真剣な美貌は、思った以上の破壊力があった。クロエはくらくらとしながらも、それでもロランの顔を見上げる。ロランはクロエを腕の中に囲うと、柔らかな茶の髪にそっと頬を埋めた。

「ろ、ロラン様……?」

クロエも思わずロランの背に手を回す。ロランの不安を感じ取ったからだ。逞しい身体もかすかに震えている。

「クロエ、私は君がいなければ生きていけない」

クロエは目がまん丸になり、続いて顔が真っ赤になり、最後に「……私もです」とやっとの思いで答えた。

「私も、ロラン様がいなければ生きていけません。今の私はすべてロラン様が作られたんです」

もはやクロエにとってロランは空気であり、水であり、日々の糧《かて》だった。なくてはならない存在だった。

「……そうか」

ロランは優しく微笑むと、クロエの額に唇を押しつける。

「何があっても私についてきてくれるだろうか?」

クロエは迷いなく頷いた。

「どんなところにだって、どこまでだって、ご一緒いたします」

ロランのいくところであれば、地獄の果てまでついていくと決めていた。

「……ありがとう」

ロランは骨の折れるほど強くクロエを抱き締める。そして、恭しく片膝をつくと、その手を取り、甲に目を伏せ口づけた。クロエを見上げ、その手をぐっと握り締める。

「クロエ、私は生涯をかけて君を守ると誓う。すべては君の笑顔のために」

「……ロラン様？」

ロランは素早く立ち上がると、今度はマルグリットに向き直った。

「マルグリット殿」

「あー、はいはい。ナンデスカー？」

顔を赤らめつつヤケっぱちの声で答えるマルグリットに、ロランは胸に手を当てまた深々と頭を下げる。

「今一度クロエを預かっていただけないだろうか。おそらくこれから起こることを考えれば、ヴァールに置いておくのがもっとも安全だと思われる」

「それは構わないけど……どうしてなのか説明してくれる？」

ロランは小さく頷くと、マルグリットに近づき、耳打ちをした。マルグリットの顔がみるみる青ざめる。ロランの話が終わったあとで、マルグリットは「……本気？」と、珍しくおののいた声で尋ねた。

「ああ、本気だ」

「……わかったわ」

マルグリットは溜め息を吐くと、「ただし」と眼差しを強くして腕を組む。

「絶対に無事帰ってきなさいよ。それと、クロエちゃんをこれからも泣かせないで」

「無論だ」

クロエがなんの話をしているのかと聞く前に、教会からラッパの音が高らかに鳴り響いた。どうやら教会兵らが態勢を立て直し、こちらに攻めてくる合図らしい。

「……くるわよ」

マルグリットは舌打ちをすると、ヴァール兵らが用意した馬にマリユスを乗せ、続いて自分も素早く跨った。

ロランも口笛を吹いて馬を呼ぶと、ひらりと背に飛び乗り腰の剣を抜く。ふたりは馬上で目配せし、互いの意思を確認し合った。

「ここは逃げるが勝ちね」

「ああ、そうだな。私が囮になるのでクロエを頼む」

「言われなくても！　セルジュ！」

マルグリットがセルジュを呼ぶと、セルジュはクロエの腰を攫い、やはり待機していた馬へと乗せた。

全員が乗馬したのと同時に、本拠地から二十人ほどの教会兵らが馬に乗って迫ってくる。やがて剣を抜いたロランに気づいたのだろう。教会兵らはその目立つ容姿と瞳の色から、すぐにグラス侯だと見て取ったらしい。司令官とおぼしき教会兵が槍でロランを指した。

「グラス侯だぞ！　捕らえろ！　いいや、殺して構わん！」

ロランは馬の腹を蹴った。黒馬が前足を掲げ嘶く。

「さあ、こい！」

ロランはマントを翻して駆け出した。次いでマルグリットがヴァール兵に命じる。

「私たちもいくわよ！」

ヴァール兵らが雄叫びを上げると、マルグリットらの一団は、ロランと反対に向かって出発した。

「あっ、ロラン様……」

ロランの背がみるみる遠くなる。クロエはセルジュを見上げた。

「ろ、ロラン様は、マルグリット様は、何を話されていたのでしょう？」

セルジュは一言こう答えた。

「きっとあんたのために、王位につく覚悟を決めたんだろうな……」

それから一週間後、無事に逃げおおせたロランが、宰相のアルディと兵を率いて王都の教会に攻め入ったという連絡がヴァールに入った。そしてその三日後、王宮でクーデターが起きたという知らせが国中に響き渡った。

◇◇◇

王宮は雪崩れ込んだグラス家、および宰相アルディの私兵により、混乱の真っただ中にあった。

壁の絵画は兵士らの足音による振動に傾き、廊下には陶器の花瓶が倒れて割れている。その先には気絶した衛兵が転がっていた。

ロランは怒声と悲鳴、剣戟《けんげき》の響きの飛び交う中を、十人の私兵を率いて真っ直ぐに駆けていく。目指すは国王の執務室だった。アルディから王宮の見取り図を入手しているため、どこになんの部屋があるのかは把握している。つくづくアルディを味方に引き込んだのは正解だったと思った。

アルディが国王、王太后、大司教に不満を抱いていたのは知っていた。このままではフロリンが没落してしまうと危機感を抱いていた。宮廷に放っておいた密偵によれば重鎮のほとんどが、こうした不満と危機感を抱いているのだそうだ。

だからロランは、その危機感をさらに煽り、国を変えたいのならついてこいと決断を迫った。事を起こしてしまいさえすれば、彼らの一部も呼応するだろうと予測を立てていたのだ。

はたしてその予測は見事に当たった。まず、王宮の近衛兵らが真っ先にロランへの臣従を誓ったのである。ロランの素性を知らなかった者も、彼の容姿を見るや否や皆ひれ伏した。国王にもっとも近い近衛兵ですらこの有様だ。国王はよほど人望がなかったのだろう。

曲がり角を曲がって、ようやく執務室に辿り着く。私兵が一気に扉を開け放つと、国王は宝石や金貨を机の上にかき集め、袋に詰め込んでいる最中だった。逃亡の資金にするつもりだったのだろう。黄金の輝きが一枚落ち足元に転がってきた。

「おっ、お前は……」

財宝の詰まった袋を抱えたまま、国王がロランを認め、大きく目を見開く。若き日の自分と同じ顔に驚いたのだろう。

「お前は、何者なんだ⁉」

後ずさる国王にロランは冷たく告げた。

「今更知る必要はない」

すらりと剣を引き抜き、一気に国王との間合いを詰めると、喉元に切っ先を突きつける。

「あなたがすべきことはただひとつだ。死か、退位かを選んでいただく」

続いてロランたち一行は百合の紋章の部屋を目指した。召使は皆逃げ出してしまったのか、部屋の周囲は静まり返っている。

私兵のひとりが眉をひそめた。

「もう逃亡されたあとでしょうか？」

ロランは今度はみずから扉の取手に手をかけた。

「……いいや。あの方は王太后としての誇りにかけて、そのような真似はなさらないだろう」

軋む音を立ててゆっくりと開ける。王太后は、窓辺に置かれた椅子に腰かけていた。国王と違い、堂々として少しも慌てた様子はない。王太后はロランに目を向けぬまま、膝の上の拳を握り締めた。

「……きたのですか」

ロランは国王の選択の結果を告げる。

「国王陛下……いいや、あの男は名誉ある死ではなく、地位を剥奪され流刑となってでも、生き延びる道を選びましたよ」

そして、手にした鋭く光る剣を、容赦なく王太后に向ける。

「死か、王族としての地位を捨てるか――王太后殿下、あなたはどちらを選びますか」

「……もうお祖母様とは呼んでくれないのね」

王太后はようやく顔を上げロランを見つめる。

「こんなかたちでの即位は望んでいなかった……。これではあなたは簒奪者《さんだつ》になってしまうわ。歴史書にも間違いなくそう記される。ロラン、考え直してちょうだい。私の言うとおりにさえすれば、いずれ正統な国王として即位できる」

だが、ロランは王太后の懇願を一刀両断にした。

「つまりは、あなたとあの男が死ぬのを待てとおっしゃるのですか？　そうして先送りにしてきた結果が現在の惨状なのではありませんか。私は、後世になんと言われようと知ったことではない。簒奪者とでも反逆者とでも好きに呼ぶがいい」

王太后はそこでつんざくような悲鳴を上げた。

「あなたはフロリン王家の直系なのですよ!?」

ついに我慢できなくなったのだろうか。勢いよく立ち上がるのと同時に、椅子が派手な音を立てて横に倒れた。

「あなたが……、私の孫が簒奪者と呼ばれるなど、我慢できないわ……！」

ロランはふっと口だけで笑う。

「私はクロエが安心できて、幸福で、笑ってくれさえすればいい。そのためならばなんでもいたします」

迷いなく言い切ったロランに、王太后はひゅっと息を呑んだ。

「あなたはあの娘のためだけに、この政変を引き起こしたというの？　あれほど拒んでいた王位にすらつこうというの？」

王太后が呆然とする一方で、ロランはどこまでも冷静に王太后を追い詰めていく。

「マルグリット嬢から聞きました。あなたは私とクロエを引き離そうとしたらしいですね。それだけではない。今回クロエの両親を告発したのは、シュリュー大司教の配下の貴族だと調べがついている。母の悲劇以降、あなたは魔女狩りには目を光らせていた。だが、今回の魔女狩りだけは、人々を見殺しにしようとした。教会がクロエをおびき出し、亡き者にすれば好都合だと考えたのではないですか？」

王太后は沈黙したが、否定しようとしなかった。

「王冠さえ餌として与えておけば、いずれは私もあなたに従うと思っていたのでしょう。……たかだか王位のために、私はクロエを諦めません。たとえあなたであれ、妻を害そうとする者を放ってはおけない」

「……あなたにとってはあの娘を傷つけることが罪なのね」

すべてを諦めたかのように肩を落とし、窓の縁に手をかける。

「ロラン、私はあの娘にこれからのあなたの妻が、王妃が務まるとは思えません。あの娘は優しく善良ではあるでしょう。けれど、王妃はそれだけではやっていけない」

しかし、ロランはすぐさまこう答えた。

「いいえ、それだけで十分だ。王太后殿下、私は妻に政治的な重荷を背負わせるような、そんな無能ではないつもりです」

紅い瞳を逸らさずに王太后を見据える。

「クロエは私の光だ。クロエがそばにいてくれるだけで、私はこれからの茨《いばら》の道も迷わず歩いていけるでしょう」

王太后はそれ以上何も言わなかった。やがて、溜め息を吐いて片隅に置かれた鏡台に近づく。私兵らが一瞬気色ばんだが、ロランが手でそれを制した。

王太后が上段の引き出しから取り出したものは、暗緑色の液体の入った小瓶だった。自害のための毒物なのだろう。王太后は蓋を指先で開けながら苦笑した。

「……それがあなたたち、夫婦の在り方なの」

ぽつりと呟く。

「あなたのお祖父様には……私の夫には長年の愛人がいたのよ。幼馴染同士で、私が嫁ぐ前から愛し合っていた」

その声はどこまでも寂しく悲しく、ロランは初めて王太后としてではなく、人としての祖母に触れた気がした。

「夫は私のことは生涯の同志だと言ってくれたわ。背中を任せられる唯一の仲間だと……。けど、女として愛してくれたことはなかった」

王太后がぐいと小瓶を一気に呷る。

「あの娘が羨ましいわ……」

それが、彼女の最後の言葉だった。


クーデターからさらに一週間後の夜——ロランは宰相と兵士を引き連れ、王都の教会を訪れていた。

すでに武力で制圧したあとではあるが、破壊された調度品や瓦礫《がれき》などは掃除したため、一見中はクーデター前と変わらない。だが、一つだけ違うところがあった。教会だというのに聖職者がひとりもいないのだ。明日正式な裁判が開廷されるまでは、彼らはこの建物の地下牢に投獄されている。

そして今日、主犯であるシュリュー大司教、および神父以下数名を、王宮の裁判所へ護送することになっていた。裁判とはいうが全員が有罪であるのは確実だ。

クロエや教会に反抗的な者の家族を、疑惑だけで捕らえ、拷問にかけた罪だけではない。数十年前を遡って王妃クリスティーヌを誘拐・監禁した罪、寄進された土地の住民から規定以上の税金を取り立てた罪、ありとあらゆる罪が数え上げられていた。罪状にすべて書き切るのが難しかったほどだ。

クロエの両親は助け出すことができた。だが、二度の拷問が行われたあとだったため、ふたりとも衰弱し、父親のギヨームは発見時に意識がなかった。現在、名医を掻き集めて手当てさせているが、予断を許さない状況だった。

さまざまな思いを胸にロランは地下牢へと向かう。地下牢は疲れ切った表情の聖職者で溢れていた。ひとり一部屋では牢獄が足りなくなるために、仕方がなく三人に一部屋を割り当てている。それはかつての教会の権力者も例外ではなかった。

ロランは最奥の牢獄の前で足を止めた。優雅に胸に手を当て一礼をする。ここには階級の高い三名が収監されていた。

「お久しぶりでございます」

牢獄のぼろぼろの司祭服の男……シュリュー大司教が憎悪に満ちた目でロランを見上げた。

「この……簒奪者め！　悪魔の手先め！」

なんと言われようとロランは痛くも痒くもない。涼しい顔をしたロランに、さらに怒りを掻き立てられたのだろう。大司教は格子を両手で掴み、「呪われろ」と吐き捨てた。

「生きながらにして地獄に落ちてしまえ。悪魔の炎に焼き尽くされるがいい！」

「悪魔の炎に焼き尽くされるのはあなただ。これから数多くの罪で裁かれる。ただし、大司教としてではない。あなたはすでに聖職者ではないからだ」

大司教の目が大きく見開かれる。ロランは微笑みを浮かべ腕を組んだ。

「本日、フロリン国教会を設立し、これを『フロリン国教』とする旨を、フロリン全土に通達した」

「なっ……」

大司教――いや、元大司教だけではなく、牢獄の聖職者全員が絶句した。

今回のクーデターは、これこそが真の目的だった――それはすなわち、教会の聖職者に影響されない新たな宗派の設立である。

「フロリン国王をフロリン国教会の唯一にして最高の首長とし、フロリン国教の聖職者、および信者らはすべてこの取り決めに従うものとする」

ロランの宣言に、牢獄に声にならない衝撃が走った。

フロリン国教の教義はアイオン教会とそれほど変わらないが、組織そのものを国家の管轄とするのだ。現在大陸で台頭してきている新教を、新たな国教とすることも考えたが、旧教会と同じようにならないとは限らない。人は権力を握ったと確信した途端、傲慢になる生き物だからだ。

国政が宗教に牛耳られる――そんな事態をロランは二度と静観するつもりはなかった。ならば国王を国教の頂点とすればいい。協力者である宰相らと話し合いを重ねた結果、こうしたかたちの組織ができあがった。

元大司教が唇を噛み締める。

「馬鹿な……そんな……国王が我々の上に立つなど許されるものか!」

「あなた方はどうやら自分たちを神と勘違いしているようだな」

ロランは真っ直ぐに指を突きつけた。

「お前たちは、この国ではすでに異端だ」

元大司教と元神父らの顔色が一気に青ざめる。異端をこれまでどう扱ってきたか——嫌というほど自覚しているからだろう。ロランの指先におのれの運命を見たに違いない。

「連れていけ」

ロランが短く命じると、兵士が牢を開け元大司教、元神父二名を連れ出した。うしろ手に手を縛り上げるが早いか、力尽くで連行していく。

「はっ、離せっ！　私を誰だと思っているっ‼」

元大司教の獣のような咆哮《ほうこう》が響き渡る。元神父たちは「私は無実だ！」と絶叫していた。聖職者とは思えぬほど醜い有様だった。

こうして、ロランの悲しい過去の清算は、ひとつの区切りを終えたのだった。

# 第七章　迎えにきたよ。君との出会いを語ろう。

クーデターから三ヶ月の月日が流れた。

先日、クロエの身分登録簿がいじられ、生家がショーメット家からヴァール家へと変更された。ヴァール伯とマルグリット曰く、「このどさくさに紛れてやっちまえ」とのことだ。これでマルグリットとは晴れて姉妹ということになる。

姉妹となった翌日、クロエは居間の窓辺にある椅子に腰かけ、ロランから送られた手紙を読んでいた。開け放たれた窓からは、穏やかな日差しが差し込んでくる。手紙にはようやく宮廷の組織が整い落ち着いたので、戴冠式の日取りを決めている最中だ、とあった。

――戴冠式。

いよいよロランが王になるのだと、クロエは信じられない思いに溜め息を吐く。あるべき地位に戻ったのだが、これまでのような夫婦でいられるのだろうか。そして、ロランは迎えにきてくれるのかと不安が胸を過る。

クロエが読み終えた手紙を折り畳んでいると、いきなり扉が開けられ、ふたつの人影が飛び込んできた。マルグリットと小さな弟のマリユスである。

「クロエちゃん、かくまって！」

「かくまって！」

ふたりが見事に声を合わせる。マリユスは両親の意識が戻るまで、ヴァールで預かることになっていた。最初は突然の環境の変化におどおどしていたが、近ごろはマルグリットにすっかり懐いたようだ。

マルグリットもマリユスが可愛くて仕方ないらしい。クロエをミニチュア化して、髪を短くしたような容姿だからだろうか。どうやら本気で自分好みに育てて、結婚と考えているらしい。少々心配になるものの、まあ本人が決めることだ。ロランと自分も一一歳離れている。一五歳の年の差もありだろう。

クロエは微笑みとともにふたりを迎え入れた。

「今日は鬼ごっこですか？　隠れん坊ですか？」

「隠れん坊よ。セルジュが鬼」

マルグリットとマリユスは室内を見渡した。

「うーん、長椅子の下に潜り込むか、棚をずらして裏に隠れる？」

「どっちがいいかなあ」

そこでふとマルグリットがクロエの手に目を止める。

「……あいつからの手紙？」

クロエは小さく頷いた。

「まだ迎えにくるって書いていないの？」

クロエはにっこりと微笑み、答える。

「……信じるって決めましたから」

マルグリットから「あいつを信じなさい」と言われたあの日、何があってもロランを信じ、ついていこうと決めた。だから、どれだけ不安でも決して口にしない。

「それに……」

ほんの少し、だが確実に膨らんだ腹を撫でる。医師によると、ようやく安定期に入ったらしい。

「私、お母さんになるんです。もっと強くならなくちゃ」

マルグリットは腰に手を当て、やれやれと首を振った。それから、目を細めて隣のマリユスを見下ろす。

「いいわねぇ。私もそんなふうに誰かを好きになってみたいわ。ねー、マリユス君♪」

「ねー♪」

ふたりがあははと笑い合った次の瞬間、居間に第三の人物が飛び込んできた。

「おい、お前ら、見つけたぞ！」

言わずと知れたセルジュである。

「やだー鬼がきたわよー！」

「やだー！」

マリユスが笑いながらマルグリットの胸に飛び込む。マルグリットも思い切りマリユスを抱き締めた。すると途端にセルジュが目の色を変える。

「マルグリット、お前、胸に顔を埋めさせるなっ!!」

「なーに言ってんのよ。まだ子どもよ？」

「子どもでも男だ！」

クロエは三人のやり取りを苦笑しながら眺める。

セルジュは小さなライバルのマリユスに、本気でやきもちを焼いているようだ。このぶんならマルグリットがセルジュの思いに気づく日も、そう遠くはないだろう。クロエはそれがマルグリットの心に添うものであれば、セルジュと一緒になってやってほしいと思っていた。……もっともセルジュが好き好んで、精神的ＳＭ関係を続けていなければの話だが。

手紙を懐に仕舞い、窓の外に目を向ける。爽やかな秋の風が吹き込み、クロエの波打つ茶の髪を撫ぜた。小鳥のつがいが戯れる鳴き声とともに、遠くから地鳴りのような音がする。

クロエは何気なくその方向を見やり、目を見開いた。三十名はいようかという一団が、馬に乗って屋敷に走ってきているからだ。集団の先頭の真ん中に夢にまで見たロランの姿を見つけ、クロエは息を呑む。

「ロラン様……！」

「あっ、クロエちゃん、どこへいくの？」

廊下に飛び出したクロエのあとを、マルグリットとセルジュ、マリユスが追った。

クロエが息を切らしつつ玄関を出ると、ロランを除く家臣団が馬から降り、一斉に片膝と片手をつく。

ロランは濃紺の軍服にマントを羽織っていた。背後の臣下や兵士たちも、階級ごとに異なる色の軍服を身に纏っていた。

「妃殿下《ひでんか》、お迎えに上がりました」

兵士たちに妃殿下と呼ばれ、クロエの足が止まった。自分のことだと一瞬わからずに戸惑う。そんな彼女の様子を見て取ったロランは、馬から降りてクロエに歩み寄った。もはや仮面に隠されていないその頬は、最後に見たときより少しこけたように見える。

あと数歩というところで、臣下、兵士、マルグリット一同が、じっと自分たちを見守っているのに気づき、ロランが咳払いをひとつしてこう命じる。

「全員、うしろを向け」

フロリンの最高権力者に逆らう者はいない。全員即座にくるりと身を翻した。

ロランはあらためてクロエに目を向けると、両手を広げて愛しさに満ちた微笑みを見せる。

「クロエ、おいで」

「……！」

クロエは一も二もなくロランの胸に飛び込んだ。ロランの腕が背に回されクロエを包み込む。

「クロエ、会いたかった」

「わ、私もです」

「もう何日君に触れていなかっただろう」

ロランはクロエの頬を包み込むと、額に目元に、髪に、キスの雨を降らした。最後に頬を傾け唇を重ねる。

「ん……」

「クロエ……」

「ろ、らんさま」

一度離したと思うと、クロエの瞳を見下ろし、ふたたび深く口づける。

目には見えなくとも衣擦れとクロエの甘い声だけで、ナニをやっているのかは把握できるのだろう。臣下らは困ったように顔を赤くしていた。

そうして三ヶ月ぶんの長い長いキスを終えると、ロランはひょいとクロエを抱き上げた。

「きゃっ」

クロエは思わずロランの首に手を回す。ロランは「知らせがある」とクロエの耳元に囁いた。

「ギヨーム殿が意識を取り戻した」

「えっ……」

「ただし、ギヨーム殿は両脚と声帯に後遺症が残ってしまった。話すこともままならないそうなので、これからは介護が必要な生活になる」

「そう、ですか……お母様は？」

「幸い男爵夫人は衰弱してはいるが、骨折のみだったのでいずれ回復するだろう。治り次第、ギヨーム殿の介護をしたいそうだ」

母の選んだ最後まで父に寄り添うという人生に、クロエはなんとも言えない気分になる。ただ夫に従うだけの女に見えていた母だが、母は母なりにそうして何かを決め、生きてきたということなのだろう。

そこまで考えクロエは、はっとロランを見上げた。

「そ、それでは、弟は、マリユスはどうなってしまうのでしょう？」

マリユスはまだ幼く大人の手助けが必要である。ロランはマルグリットと手を繋ぐマリユスを眺めた。

「君の弟は私の義弟でもある。義姉のマルグリットの義弟でもある。義姉上《あねうえ》、そうだな？」

義姉上と呼ばれマルグリットが振り返る。マルグリットはにっと笑い、マリユスを抱き上げた。

「義姉上、義姉上ねえ。それも悪くないわ」

「そこでだ。マリユスの養育には義姉上にも協力していただきたい」

ロランの提案はこうだった。ショーメット家の跡継ぎになれる歳までは、基本的にマリユスを王宮で教育する。そして季節の休暇ごとにヴァールに滞在し、剣や槍などの腕を磨くのである。将来ショーメット家の当主となるにせよ、あるいは別の道を選ぶにせよ、きっと双方での経験は役に立つだろう。

「まああっ、それはいいわね！」

感激したマルグリットがマリユスを高い高いする。マリユスも嬉しそうに笑った。だが、隣に立つセルジュは複雑な表情をしていた。

「あ、ありがとうございます……」

クロエは感謝の気持ちでいっぱいになりながら、自分も報告しなければならないとロランを見つめる。

「ロラン様、お手紙にも書いたんですけど、お腹、膨らんできたんです」

ロランの深紅の目が見開かれた。

「……触ってもいいだろうか？」

「はい、どうぞ」

ロランはクロエを一旦下ろすと、おそるおそるその腹に触れる。ガラス細工に触れるかのような手つきだった。

「ああ、本当だ。ここに私と君の子がいるんだな……」

その声はらしくもなくかすかに震え、感動が隠しきれず、漏れ出している。

「喜んでくださるのですか……？」

「私と君との子どもだ。嬉しくないはずがない」

ロランはクロエの肩を優しく抱いた。

「昔の君にそっくりな可愛い女の子だろうか？　それとも私に似たやんちゃな男の子だろうか」

そういえば、ロランは以前もそんなことを言っていた。

「あ、あの……ロラン様は子どものころの私をご存じなんでしょうか？」

「ああ、そうだ」

ロランはクロエの頬に手を当て、指で頬の線をなぞった。

「君は覚えていないだろうが、私の命を助けてくれたんだよ。それから君をずっと探していた」

ロランはマルグリットたちに挨拶をし、ふたたびクロエを横抱きにすると「さあ、いこう」と、一団の向こうに待機する馬車へと向かった。

馬車は黒塗りで、扉や窓の枠には金の縁取りがなされ、扉の下部には百合の紋章が刻み込まれている。馬車を引く二頭の馬も手入れがいき届いており、鬣《たてがみ》も尾も艶やかに風になびいていた。

ロランがクロエとともに乗り込み、そっと隣の席に座らせると、馬車が御者の掛け声とともに動き出す。

「私の生い立ちについては、王太后様――祖母から聞いていたね。私の母、前王妃クリスティーヌが殺されたとき、王太后様が生まれたばかりの私だけでもどうにか生かそうと、家臣と護衛、乳母とともに国外に逃した。そこからフロリンに戻るまでは、彼らと旅をし続けていた」

王太后の名が出たところで、ロランの深紅の目がごくわずかにではあるが、痛ましげに細められた。

クロエは胸を打たれる。王太后が今回のクーデターの最中に、毒を呷って自害したのだとは聞いていた。そうなるに至った経緯は知らないが、ロランにとってはたったひとりの祖母であり、家族だったのには違いない。

けれど、無理に胸中を聞き出そうとはしなかった。いつか、ロランが話したいと思ったころに話してくれればいい。そんな気持ちで膝に置かれたロランの手に、クロエはみずからの手をそっと重ねる。

ロランははっとした表情になったが、やがて優しく微笑んで、クロエの肩を抱き寄せた。

「安全な旅路だとは言えなかった。祖母は私を守るために病死したと公には発表したのだが、大司教もすぐに私がまだ生きており、逃げたのだと嗅ぎつけてね。追っ手を差し向けられ殺されかけたことは、一度や二度ではなかった。みんな身体を張って私を守ってくれた」

約一八年に渡る放浪の中で、家族同然の存在を、ひとり、またひとりと失い、ロランの心は次第に荒《すさ》んでいった。

「情けない話だが自分の身分を恨んだ。私が王子でなければ誰も死なずに済んだと、神を心底呪わずにはいられなかったんだ」

◇◇◇

この世にまことに神がいるのならば、自分をこんな双眸にはしなかっただろう。教会や大司教を罰しただろう。心優しい臣下らを死なせはしなかっただろう――そんな思いからロランはいつしか、神など信じないようになっていた。乳母は必ず就寝の前に祈りを捧げていたが、そんなものはなんの助けにもならないと、どれだけご一緒にどうぞと諭されても、頑として拒むようになっていた。

ロランは乳母にこう言った。

「この世で信じられるものは力だけだ。だから、僕は誰よりも強くなる」

乳母はロランの言葉を聞き、悲しそうに首を振った。

「ロラン様、強さではどうにもならないことがある……。神とはそんな弱い私たち人間の心を守られるためにいらっしゃるのです。きっとあなたもいつか知られることでしょう」

ロランはそんなことがあるものかと鼻で笑った。そして護身術に加えて、剣や槍、ダガーでの殺傷術を、みずから進んで学ぶようになったのだ。とにかく強くなりたかった。

ロランは、アーベルという壮年の護衛に剣の教えを乞うた。アーベルはフロリンの剣聖とも言われていた。

ロランがもうじき一八になるころのある朝、ふたりは剣で打ち合いをしていたのだが、ロランは師の隙をついてその剣を力で跳ね飛ばした。硬質な音が響き渡った直後に、アーベルの剣が地に転がる。

「……なんと素晴らしい」

アーベルは負けたにもかかわらず、目に喜びの色を浮かべていた。片膝をついて、胸に手を当てる。

「ロラン様、剣であなたに教えることはもうございません」

そう言ってから、まだ若いあるじを眩しそうに見上げた。

「最後に、これだけは覚えておいてください。ご自分のためだけに強くなられるのには限界がございます」

「……？　どういうことだ？」

ロランには師の言う意味がわからなかった。アーベルはロランの不思議そうな表情に微笑む。いつの間にか白髪の混じるようになっていた前髪が、風に揺れた。

「守りたい何かがあってこそ、人はさらに高みに上ることができます。ロラン様、わたくしにはそれはあなた様でした」

ロランは照れて「よせよ」と笑う。

「これからもどうか僕を導いてくれ。僕が師と呼べるのはお前だけなんだから」

今思えば、アーベルのその言葉は遺言だったのかもしれない。


数日後、フロリンの隣国であり友好国のひとつである小国、シャロン公国で事件は起こった。

シャロン公国には温泉が湧いており、森林や湖などの自然も多く、フロリンでは静養地として有名だった。ロランたち一行は密かに入国し、二手に分かれて森で野宿をしていたところを、二十人がかりで襲われたのだ。

刺客らはロランたちが長旅で体力を消耗し、休憩に入るのを待っていたのだろう。そのもくろみどおりに臣下、護衛らは総崩れとなった。

それでも皆ロランを守ろうと剣を抜いた。しかし、いくら手練れとはいえ、十人に満たない人数では二倍の刺客に敵わない。ロランの臣下らはひとり、またひとりと、剣に、矢に倒れていった。

「アーベル……！」

ロランを庇って師が頽れる。アーベルは最後に声を出さずに、「逃げなさい」と告げた。

その唇の動きを認め、ロランは歯を食いしばって身を翻したが、それを見逃す刺客らではない。三人がすぐさまロランのあとを追ってきた。

ロランは足の速さには自信があった。それでも疲れ切った身体では息も切れる。やがて刺客のひとりが放った矢がロランの肩に刺さった。

「……っ‼」

勢いを殺されロランはその場に転んだ。どうにか立ち上がったのだが、そこを背後から切りつけられる。次の瞬間、ロランは反射的に振り返り、剣を薙ぎ払っていた。

「え……？」

瞬く間すらない剣の速さだったのだろう。襲いかかった刺客の目が見開かれ、一拍遅れてその首から血がどっと溢れ出した。

今度はロランが目を見開く。確かに強くなりたいと願っていた。そのために必死に修行した。

だが、実際に人を傷つけたのは初めてだった。ロランは刺客の血しぶきの生暖かさに我に返る。逃げなければと足がもつれた。

残るふたりの刺客がロランに目を向ける。

「このガキ……！」

そこから先は頭が真っ白になり覚えていない。気がつくと足もとに、三人の刺客が転がっていた。生きているのか死んでいるのかわからないが、ぴくりとも動かない。ロランも身体のあちらこちらに傷を負っていた。

「う……」

ロランは肩を押さえ、足を引きずりながら歩き出した。どこへいくべきなのかなどわからなかったが、とにかくここから離れなければと思った。

しばらく歩くと、突然目の前が開け、趣味のよい赤屋根の家屋が目に入った。おそらく貴族の別荘なのだろう。原っぱにも似た庭の真ん中には、五、六歳の小さな少女が佇んでいた。ふんわりとした茶の髪がなんとも可愛い。

水色と白のエプロンドレスがよく似合っていたが、怯えた目つきでこちらを見つめている。

最期《さいご》に見るものがこんな少女なら、それも悪くないかもしれない。——少なくとも、血を目に焼きつけるよりずっといい。

しかしその前に、水を一口でいいから飲みたかった。身体がどうしようもない渇きを覚えていたのだ。

「水……」

ロランはそう呟いて、草の上に倒れた。


それからどれだけの時が過ぎたのだろうか。

ロランは深い泥のような眠りから目を覚ました。まだ目が霞んでよく見えないが、柔らかな何かに身体を包まれている。

ここは天国なのか、それとも地獄なのか——おそるおそる瞼を開ける。午後の穏やかな日差しがどこからか差し込んでいる。その光が照らし出していたのは、自分にかかる山盛りの藁だった。

「……!?」

飛び起きようとしたのだが、鋭い痛みを覚え、呻きながら藁の上にふたたび倒れる。

「痛ぅ……」

思わず肩を押さえたのだが、シャツを脱がされ傷に布が当てられ、包帯も巻かれているのに気づいた。肩だけではなく胸も、腹も手当てがされている。だが、どれも位置が微妙にずれていた。包帯も結び目が解けかけており、慣れていない者が施したのだとわかった。

ロランは首を傾げつつ髪を掻き上げた。

「ここは、どこだ……？」

中の木の柵や飼い葉桶などから察するに、使われていない馬小屋らしい。ロランはその片隅に寝かされていたようだ。

そうだ、と今度こそ痛みを堪えて飛び起きる。

「剣はっ……」

剣は、ちゃんと藁の山の隣に置かれていた。ほっと胸を撫で下ろして抱き締める。自分を助けてくれた人物に、どうやら敵意はないようだ。それでも油断はならないと剣を握った。すると、鞘に手をかけたのを見計らったかのように、がたんと出入り口が開けられる音がしたのだ。

ロランは肩を押さえつつ立ち上がると、素早く柱の陰に身を隠した。小さな足音が徐々に近づいてくる。早鐘を打つ心臓を宥めつつ、背後を取れる瞬間を待った。

影が柱を横切った瞬間、ロランは足を踏み出し、相手の首に左腕を回すと、右手に持った剣を突きつけた。

「――動くな！　何者だ⁉」

すぐに違和感を覚える。羽交い絞めにしたその身体は、予想よりずっと小さく、おまけに柔らかく温かかったからだ。ふわふわとした茶の髪が手にかかる。

「……⁉　子ども？」

それはあのエプロンドレスの少女だった。少女はわけもわからず拘束され、挙句に刃物を押し当てられ、恐怖に駆られたのだろう。ひくりと喉を鳴らした。

「ごっ、ごめっ……」

ロランは慌てて距離を取ったのだがもう遅い。少女の大きな目からぽろりと涙が零れた。

「……！」

ロランは思わず耳を押さえたのだが、少女は拳を口に押し当て、静かに涙を流すばかりだった。

小さな肩が、堪え切れない嗚咽に上下する。こんな泣き方をする子は初めてだった。まるで声を上げて泣き出したいのを、必死に我慢をしているかのようだった。

旅の途中でも泣く子どもを目にすることはあったが、もっと身も世もないといった有様だったはずだ。それでも時折はどう慰めればいいのかがわからず、おろおろとした。これまでの人生では臣下や護衛、乳母などの大人との付き合いばかりで、小さな少女と触れ合う機会などなかったのだ。ロラン
「ごめん。本当に、ごめんな」

ロランは動揺のままに少女の前にしゃがみこむと、目をいっぱいに見開き大口を開けて舌を出し、渾身の変顔を作った。

「ベロベロバー」

赤ん坊や二、三歳までの子どもならいざ知らず、さすがにこの年頃の少女には効果はないのではないかと気づいたが、もう遅い。開き直ってその顔を続けるしかなかった。

すると、少女の涙がぴたりと止まる。ロランが目を向けると、涙でいっぱいだった茶の目が笑みに綻んだ。

「ふふっ……」

思わずロランは目を奪われる。ささやかでなんの作為もない笑顔――そんな笑顔を目にしたのは、初めてかも

知れなかった。

「お兄ちゃん、おかしい……」

少女は声を抑えて笑い続ける。ロランは泣き止んでくれたことに、ほっと胸を撫で下ろしながら、「ごめんな」ともう一度謝った。

「お礼もまだだったね。助けてくれてありがとう」

少女の白い頬がぱっと薔薇色に染まる。

「そんな……。い、いいの……」

もじもじとスカートを握り締め、はにかむ様子がなんとも可愛い。照れ屋で内気な性格なのだろう。ところで、ロランには不思議に思うことがあった。首を傾げて少女に尋ねる。

「ひとつ聞きたいんだけど、誰が僕をここに連れてきたんだ？　君以外の大人の人だろう？　お父さん？　お母さん？　それともお兄さんかい？」

そうなのだ。ロランの身長は最後に測ったときには一八〇センチあり、体重も七〇キロはあったはずだ。ここのところの長旅で多少やつれたとはいえ、こんな小さな少女が運べるはずがない。大人の手助けがあったはずだ。ならば、その人物が敵ではないか確かめなければならない。この子は味方でも保護者がそうとは限らない。

しかし、彼女の返事は意外なものだった。

「このおうちにはお父様もお母様もいないわ」

ロランは目を瞬かせる。少女はふと遠い目になった。

「召使さんがふたりいるけど、お金をもらえればいいって言っていて、私に興味なんてないと思う。だから、私のやっていることも知らないと思うの」

「じゃ、じゃあ、どうやって」

少女はまたぱっと頬を染めた。

「わ、私が、お兄ちゃんの足を持って、ここまできたの」

ロランの脳裏に幼女に片足を担がれ、荷物のように引きずられていく自分の姿が浮かんだ。かなりシュールな光景だった。

「そ、そうなんだ。き、君は力持ちなんだね。……意外だな」

ロランは冷や汗を流しつつ笑みを浮かべる。少女が嘘を言っているとは思えない。信じがたくはあるが真実なのだろう。ロランは場を取り繕うため、もうひとつの質問を投げかけた。

「そ、そうだ。君の名前は?」

誰の領地かわかれば、今後の対策も立てられるかもしれないと思ったのだ。しかし少女は黙り込んでしまい、やがて「ごめんなさい」と呟く。

「し、知らない人に、名前を簡単に教えちゃいけませんって、お母様に言われているから……」

これは参ったとロランは頭を掻いた。躾のしっかりしている家なのだろう。少女もそれなりの身分なのだと思われた。

「そっか。じゃあ少しずつ友だちになっていこう。それから教え合わないかい?」

少女の顔がぱっと明るくなる。

「と、友だち?」

「ああ、そうだ」

ロランは茶の瞳を覗き込んだ。そして、このとき名前を無理にでも聞き出さなかったことを、ロランは以後、十年以上に渡って後悔することになる。


当初、ロランはすぐに馬小屋から出ていくつもりだった。臣下らの生き残りがいるかもしれないし、ここに教会の追手がこないとは限らないからだ。自分を助けてくれた少女を、巻き込むわけにはいかなかった。

その日の深夜、ロランはあたりに誰もいないかを窺い、上着を羽織って剣を腰に差した。少女には何も告げずに出ていくつもりだった。礼ができないことが心苦しかったが、自分には差し出せるものがない。

溜め息を吐いて身を翻した次の瞬間、ロランは出入り口にぼうっと光る人影を見つけ、肝を潰した。

「……ひ！」

「お兄ちゃん……」

聞き覚えのある声に目を瞬かせる。あの少女だった。手にランプを持っている。

「な、な、なんだ君か」

ロランは冷や汗を流した。怪力といい、足音を完全に消し去る能力といい、この子は妙なところで妙な力を見せる。そのせいで調子を狂わされっぱなしだ。ロランは早鐘を打つ心臓のあたりを押さえた。

「ど、ど、どうしたんだい？」

少女ははにかんだ微笑みを見せた。

「あのね、食べ物、持ってきたの」

「……食べ物？」

少女はバスケットを腕にかけている。中には肉やチーズを挟んだパン、果物、水の瓶が詰め込まれていた。

「おなか空いたでしょう？」

そういえば襲撃を受けた日から何も食べていなかったので、空腹を通り越して胃が痛くなっている。これまでは緊張と驚愕の連続で、感覚が麻痺していたのだ。

少女はロランに歩み寄ると、「どうぞ」とバスケットを差し出した。

「このサンドイッチ、おいしいのよ。私、お残ししたことないの」

「……」

結局ロランは空腹に負けて、出発を朝に遅らせることにした。

藁の上に席を二つ作ると、少女と並んで座る。少女は頬杖をついて、にこにことロランを眺めていた。

「君も食べるんだろう？」

少女は慌てて首を振った。

「う、ううん。いい。私はもう食べちゃったの。お兄ちゃんが食べて」

ロランは気になったものの、とりあえずサンドイッチを齧った。ところが、小さな腹の音が聞こえてきたのだ。もしやと少女に目をやると、白い頬が熟した苺の色に染まっている。

ロランは苦笑した。

「……これは君のぶんの夕食だったのかい？」

「ち、違うの……」

本人は否定しているが、実際そうなのだろう。ロランは少女の思いやりに心を打たれていた。手を伸ばして小さな頭を撫でる。

「お、お兄ちゃん？」

「一緒に食べようか。半分こだ」

半分こ、の言葉に可愛らしい顔がぱっと輝く。

「……うん！」

藁の香りのする馬小屋での、ささやかな夕食だったが、ふたりには世界で一番の美食に思えた。

サンドイッチを平らげ、果物を半分にわけ、最後に水で喉を存分に潤す。ロランは満足して腹を撫でながら、同じく腹を撫でる少女に尋ねた。

「君、ここでもひとりだって言っていたよね。お父さんやお母さんはどこにいるんだい？」

召使しかいないとはどういうことだろう。また、こんなに小さな少女が夜に出歩いていても、大人が誰も探しにこないのも気になった。

少女の顔が途端に曇る。

「……お父様とお母様はフロリンにいるの」

フロリンと聞いてロランは目を見開いた。フロリン、シャロン、シャイルズの三ヶ国は、フロリン語を使っている。そのためこの子がフロリン語を話していても、シャロン人の貴族の子女だと思い込んでいたのだ。

まさか両親は教会派の貴族かと緊張したが、たとえ両親がそうだと言っても、この子は大人の事情など知らないだろうと思い直す。

「そう、なのか。どうしてお父さんたちはここにこないんだい？」

少女の目からじわりと涙が滲んだ。だが、すぐに手で擦って俯いて隠してしまう。

「わ、たし、病気になっちゃって、お父様たちに移るとダメだからって、ここに連れてこられたの」

「なんだって。お見舞いにはこなかったの？　じゃあ、手紙なんかは？」

「……」

黙り込んでいるということは、一度もなかったのだ。彼女がどんな病気だったのかは知らないが、家族への感染を防ぐためというのはわかる。それでも手紙を書くくらいはできたはずだ。

こんな冷たい親がいていいのかとロランは怒りを覚えたが、父王もそうだったではないかと溜め息を吐く。母が死ぬなりさっさと愛人を妻とし、前妻の息子である自分など気にもかけない。しかし、自分には愛情深い乳母や臣下がいた。この子には他に誰がいるというのだろう。

少女は口元を両手で覆った。

「も、もう、治ったのに、おとう、さま、まだ、迎えにきてくれない……」

ロランはかける言葉が見つからない。だが、滑らかな頬に堪え切れない涙が零れ落ちた瞬間、思わず彼女の髪に手を埋めていた。

「……大丈夫だよ」

どうにか慰めようと口を開く。

「君にもいつか必ずお父さんでもお母さんでもない、大切な人が現れる。その人がきっと君を大切にしてくれるから」

「……大切な人？」

「ああ、そうだ」

少女は泣き止んでロランを見上げた。茶水晶のように澄んだ瞳が、ロランをじっと見つめている。ロランは目を逸らすことができなかった。やがて、少女がぽつりと呟く。

「お兄ちゃんが、お父様だったらよかったのに」

「お、お父様？」

さすがにまだ父親になる覚悟はない。そんなロランに少女はぴったりと身体を寄せた。

「今夜は帰りたくない……」

「……!?　いや、君の年じゃ……。僕は犯罪者になる気は……」

慌てふためくロランの胸に、少女は顔を埋める。

「真っ暗な中でひとりで眠るのはいやなの……。独りぼっちだっていつも寂しくなるから……」

少女の言葉にロランは胸を打たれた。

「今夜だけでいいから……隣で寝ちゃだめ？」

涙を浮かべて頼まれては、断る選択肢などなかった。

「わ、わかった。……いいよ」

ロランは苦悩しつつも頷いた。少女の顔がぱっと明るくなる。こんな小さなことで喜ぶ彼女を、ロランはまた哀れに思った。

藁を整え、それだけでは寒かろうと、ロランは上着を脱いで少女に着せた。少女が「わっ」と小さく叫ぶ。

「どうしたんだい？　あっ、汗臭いかい？」

「ううん、違うの」

少女はふわりと笑った。

「おっきくて、あったかいなあって思って……」

少女の幼い腕はぶかぶかの上着の、ロランの肘の部分までしかない。肩幅など二分の一程度ではないだろうか。

その小ささにまた胸の痛みを覚える。ロランは少女を抱き上げて藁で覆った。

「あったかーい」

少女が楽しそうに声を上げて笑う。ロランは少女の隣に並んで身を横たえた。少女がぴったりと身体をくっつけてくる。

「ねえ、お兄ちゃん、お兄ちゃんはどこからきたの？」

「うん……ずっと遠いところだよ」

ロランは、窓から見える星を見上げた。

本当はフロリン出身――しかも王子なのだが、そんな気はまったくしなかった。何せ生まれてすぐに故国を逃げ出し、以降は乳母と臣下に育てられたのである。愛国心などないし、父王への親子としての情も欠片もない。この逃亡の経済的な援助とともに、時折手紙をくれる王太后と母方の祖父だけが、血縁者の中では家族だと言えた。

少女がさらに尋ねる。

「じゃあ、次は……どこへいくの？」

ロランは驚いて少女を見た。少女は頬杖をついて、真っ直ぐにこちらを見ている。

「また、どこかへいっちゃうんでしょう……?」

ロランは頷くことしかできなかった。

「……そう」

こんなとき、子どもは「いっちゃ嫌だ」だの、「ここにずっといて」だの、駄々をこねるものだと思っていた。ところが少女は悲しそうに目を伏せるだけだ。両親に長らく放ったらかしにされ、諦めることに慣れ切っているのだろうか。

ロランはたまらない気持ちになり、少女を優しく抱き寄せた。

「お兄ちゃん……?」

「ごめんな」

きっと愛おしいとはこの思いを言うのだろうと感じる。優しくしたい、笑ってほしい、幸せにしたい――誰かを守りたいという気持ちもわかった気がした。

「約束しないか?」

「……約束?」

「そう。あの星に誓うんだよ」

ロランは身体を起こすと、もっとも眩く輝く金の星を指した。嘘だけは吐いてはいけないと思った。

「いつか必ずもう一度会おう。僕が君に必ず会いにいくから」

少女も釣られて星を見上げていたが、やがて花が綻ぶような笑顔を見せる。

「約束……？　じゃあ、また会えるの」

「ああ、そうだ」

ロランは少女の茶の髪に手を埋めた。

「嬉しい……」

少女はふたたび星に目を向け、「きれいね」とぽつりと呟く。

「金色にきらきら光って、あんなにきれいな星を見たのは初めて」

そして、ふたたびロランの隣に横たわると、次は目を細めてこう言ったのだ。

「お兄ちゃんの目も同じくらいきれい」

ロランははっと息を呑んで、思わず目を押さえた。

「きれい……？」

そんな言い方をされたのは初めてだった。乳母から母の悲劇を聞かされて以来、この瞳は忌まわしい色でしかなかったからだ。

少女はうとうととしながら、ロランの胸に頬を寄せる。

「うん、きれい……。夕焼けの色……ラズベリーの色……雛罌粟の色……どれも私の大好きな色……」

ロランが気づいたときには、少女はすでに眠りに落ちていた。

一時間後――ロランはそっと藁の中から抜け出した。目が冴えて眠れなかったのだ。

少女はロランの上着と藁に包まれ、起きる様子もなくすやすやと眠っている。可愛らしい寝顔に口元が緩んだ。

音を立てぬよう剣を腰に差すと、あたりを窺いながら外に出る。

外はひんやりと冷えており、虫の声があちらこちらから聞こえた。少女との約束の証である金の星を見上げる。あの星に誓いを立てた以上、ロランは約束を守るつもりだった。ロランもまたあの子に会いたかったのだ。

「はは……僕はどうしてしまったんだ。らしくもない」

「きれい」と言ってくれた少女の笑顔を思い出す。目元を押さえ苦笑したそのときだった。叢《くさむら》が揺れ、聞き慣れた声が自分を呼んだのだ。

「……ロラン様」

はぐれた臣下のひとりだった。

「ロラン様……ご無事でしたか！　お探しいたしました……！」

ロランはよろめくように彼に駆け寄る。

「お前……生きて、生きていたのか……！」

臣下は大きく頷くと、ロランの前に片膝をついた。

「わたくし以下、乳母殿を含めて六名が生き延びております。ですが、残念ながらアーベル殿は……」

「……いい。わかっている。お前たちだけでもよく助かってくれた」

ロランの言葉に臣下が頭を垂れる。そして、胸に手を当てつつこう告げたのだ。

「ロラン様、すぐシャロンを離れなければなりません」

ロランは目を見開いた。

「そんな……明日の朝ではいけないのか？」

まだあの子の名前も聞いていないのに――。そんな思いで尋ねるが、臣下は苦しそうに首を振った。

「先日はどうにか追っ手を撃退しましたが、次は彼奴《きやつ》らも数倍の兵力を送り込んでくるでしょう。そうなってしまえば今度こそ一網打尽にされてしまいます。夜が明けぬうちに出国しましょう」

ロランは拳を握り締めると、馬小屋へと目を向ける。明日の朝、独りぼっちだと気づいたあの子は、どんな思いに駆られるのだろうか。想像すると胸が引き裂かれるようだった。それでも、少女を危険に晒さないためにも、ロランは別れを告げなければならなかった。

「……ごめんな」

この別荘の場所さえ覚えておけば、あとから持ち主を調べ、身元を知ることもできるだろうと、無理やり自分を納得させる。

「約束は、きっと守るから」

ロランは星と少女にそう呟くと、臣下とともに叢の向こうに姿を消した。

少女とともに過ごしたのはたった一日だった。だが、ロランにとっては忘れられない一日だった。

あのとき彼女に出会わなければ、人知れず森で死んでいたかもしれない。生きていても、アーベルの死に、もっと落ち込んでもいただろう。少女は命を助けてくれただけではなく、心も温かく包み込んでくれたのだ。

――いつかまた会う日まで、どうか幸せでいてくれ。

馬小屋を何度も振り返りながら、ロランはそう願うことしかできなかった。

それから逃げるようにシャロンを出国し、一行はフロリンの国境線沿いにある、小さな町への宿屋と辿り着いた。ここで今後の方針を話し合う予定だった。

ところが、宿屋に着いて二日目の晩にロランはひとりの客人を迎え入れることになる。祖母である、王太后からの密使だった。

使者は王太后からの手紙の証である、百合の刻印の捺された手紙を手渡した。手紙の内容は今すぐフロリンに帰国したうえで、祖父のグラス侯の跡を継げというものだった。

「馬鹿なっ……」

ロランは手紙を握り締め、首を振った。

「こうして逃亡していてすら狙われる状況で、なぜフロリンに帰ろうだなんて思える⁉」

「木の葉を隠すには森の中と申します。もちろん、あなた様には別人の身分をご用意しております」

なんでもグラス家の遠縁の親族に、同じロランという名の青年がいたのだそうだ。だが、彼は最近病で夭折してしまった。背格好も髪の色も似通っており、なり替わるにはちょうどよいのだそうだ。

「ただし、お顔はまったく違いますし、瞳の色も亡くなった青年は緑でした。そこで――」

使者は恭しく小箱をロランに差し出した。

「王太后様からの贈り物です。どうぞお納めください」

ロランは怪訝な顔をしつつも小箱を開けた。そして、黒光りする仮面を目にしたのである。

「これを僕に被れと言うのか?」

使者は答えの代わりに頷いた。

「王太后様からのご命令です」

「まことの顔を、瞳を隠して生きろと言うのか」

ロランはぐっと仮面を掴むと、指が白くなるほどそれを握り締めた。

あの子がきれいだと言ってくれたことで、やっとこの瞳を受け入れられると思ったのに――だが、まだ祖母の命令を跳ねつける力はない。拒否権などないのだと唇を噛むしかなかった。

そんなロランに使者がさらに告げる。

「また、帰国次第、ロラン様にはいずれかの貴族のご令嬢と結婚していただきます」

ロランは思わず息を呑んだ。


数日後、フロリンのグラス侯爵領に到着したロランは、父方の祖母である王太后と、母方の祖父であるグラス侯とに再会した。

と言っても、赤ん坊のころに生き別れたロランが、ふたりを覚えているはずもない。一方で、王太后とグラス侯にとっては一八年ぶりに会う孫息子である。

「まあ……なんてことでしょう。立ち姿が亡くなった夫そっくりだわ。あの人が戻ってきたようよ」

身なりを整え、居間を訪れたロランを目にし、王太后は感嘆の声を漏らして長椅子から立ち上がる。隣のグラス侯もその言葉にしきりに頷いていた。

見ず知らずの前国王と似ていると言われても、ロランにはどうもピンとこない。剣の太刀筋がアーベルと同じだと言われたときのほうが嬉しかった。当たり障りなく、だが丁寧に挨拶をすると、テーブル越しの向かいの長椅子に腰かける。そして、家族との語らいもそこそこに、真っ先にこう抗議したのだった。

「王太后様、お祖父様、僕は結婚などしません」

王太后の目が驚きに見開かれる。何かを言いかけ、また立ち上がろうとしたが、グラス侯が「王太后様」と声で制した。まずはロランに最後まで語らせようと考えたらしい。

「やっと会えたと思ったら、突然それかい。だが、どうしてだい？」

ロランは膝の上の拳を握り締めた。一度俯いたものの顔を上げ、真っ直ぐにふたりの顔を見つめる。

「僕は、もう誰も亡くしたくないんです。僕の母やアーベルのように、見ず知らずの女性まで僕に関わることで死に追いやりたくはない」

「ロラン……」

「仮面は被りましょう。グラス侯の跡も継ぎましょう。ですが、結婚は決してしない」

ついに我慢できなくなったのだろう。王太后は「何を言っているの？」と溜息を吐いた。

「あなたが王族だからというだけではないわ。結婚し、子孫を残すのは神の定めた人間の義務です」

神という言葉を聞き、ロランは年若い青年には似合わない、何かを悟ったような苦い笑みを浮かべる。

「王太后様は神を絶対的なものだと見なしますが、では、神の正しさは一体どこの誰が保証しているのでしょう。なぜ僕の母を、臣下たちを救ってくださらなかったのか。僕を守って死んだアーベルは悪だったのですか？」

これには王太后も返す言葉がなかったらしい。また、誰かに反抗されたことも、言い負かされたことも初めてだったのだろう。じっとロランを見つめ、息を詰めて話を聞いていた。

祖父もロランの話を静かに聞いていたが、やがて溜め息を吐き「そうか」とだけ答えた。

「だがね、ロラン。人とは本来そうした存在なのだよ。誰かのために生き、誰かのために死ぬ。死での別れはそれが早いか、遅いかの違いしかない。君の母のクリスティーヌは、早くに死んでしまったが、君を産んできっと幸せだったろう」

そして隣の王太后に目を向ける。

「今この子に無理に結婚を勧めたところで、よい結果にはならないでしょう。ここは私の顔に免じて、結婚については一旦引いていただきたい」

王太后はグラス侯とロランを交互に見、やがて深く重い溜息を焼いた。

「……わかりました。グラス侯、あなたの言うとおりにいたしましょう」

王太后とグラス侯との会話はそこで終わり、ロランはほっと胸を撫で下ろした。あの様子では無理強いはされないと思ったのだ。


ところが、その数年後に乳母が病にかかり、余命は一ヶ月もないと告知された。ロランはその事実を受け入れられず、名医を探して西に、東にと奔走した。そしてようやく探し当てたのが、王宮の宮廷医だった。

ロランはその力を借りるために王宮へ出向き、王太后にどうかその医師を派遣してくれと頭を下げた。

それに対する王太后の答えはこうだった。

「わかりました。ただし、あなたの結婚が条件です」

予想していたことだった。ロランは片膝をつき、なおも深く頭を下げた。

「……かしこまりました」

信条を曲げての結婚は心苦しかったが、頷くしか選択肢はなかった。病の床の乳母からもこう懇願されていたからである。

『死ぬ前にあなたが結婚され、ご家族を持ったところを見たいのです。家族とはいいものですよ、……自分が生きる意味がわかるようになります』

乳母の言葉は偶然にも、祖父の言っていたものによく似ていた。


こうしてロランは二一で、最初の妻であるマルタン伯爵令嬢エロイーズと結婚することになる。

エロイーズとは結婚式の控室で初めて顔を合わせた。清楚な薄青のドレスがよく似合っていたが、椅子に腰かけたその背は強張り、顔色は悪い。

「初めてお目にかかります。グラス侯の養子であるロランです」

どのような理由であれ夫婦になろうと決めたのだ。ロランは彼女と向き合えればと考えていた。ところが、エロイーズは仮面を被ったロランに驚き、「ひっ」と息を呑んだきり小刻みに震え出したのである。

ロランはエロイーズの手を取って謝る。

「申し訳ございません。昔、火傷を負ってしまいまして、それ以来この仮面をつけております」

エロイーズは何も答えなかった。ロランは緊張が解けないのだろうと諦めて、手を放す。

だが、退出しようとしたロランの背に、低い声でこう呟いたのである。

「結婚なんて……したくなかった。尼になりたかったのに……」

ロランが思わず振り返ると、エロイーズは目に涙を湛えていた。

そして、初夜のベッドの上で、彼女はロランにナイフを向けたのだ。

「わたくしに近づかないで！　男なんかに触られたくないわ！」

武器での抵抗にはさすがに問題がある。ロランは後日、彼女について調べさせると、どうやらエロイーズは極めて神経質な性格であり、幼いころから神の世界に憧れ、尼になりたいと望んでいたようだ。

だが、貴族の健康な令嬢が結婚せず、子をなさない選択肢などない。王太后や祖父からも子を望まれている。かといって、無理強いをしようものなら自害しかねない。

ロランがどうしたものかと悩む間に、エロイーズはロランを無視し、近隣の教会に通い詰めるようになった。精神の安定を神父の説教に求めたのだろう。ところが、ロランの正体はすでに教会に洩れていたらしい。

教会からの回し者だった神父は、エロイーズにロランは悪魔の手先だと吹き込んだ。日々を不安に暮らしていたエロイーズは、その洗脳に簡単にかかってしまったのだ。そして、白い結婚のまま半年が過ぎた夕食の席で、突然フォークでロランの脇腹を刺した。

「この仮面の悪魔……！　あなたなんか死ねばいいのよ……！」

結果、ロランは浅くはない怪我を負ってしまった。エロイーズは召使に取り押さえられ、一室に閉じ込められた。ガストンは手当てが終わったロランの寝室を訪れ「離縁です！」と悲鳴を上げた。

「マルタン家も傷害事件を起こしたとなれば、離縁にも同意されるはずです！」

ロランはベッドの上で首を振った。

「いいや、エロイーズ様も気の毒なお方だ。実家に戻したところで、あれでは頭がおかしいと生涯幽閉になる。……エロイーズ様は病死したということにしよう。名と身分を変え、つてのある修道院で尼僧にしてさしあげるのだ」

「し、しかし、それではロラン様のお立場が……」

「私の立場などもとから地に落ちている。今更どうということもないさ」

エロイーズとの結婚生活は、そうして呆気なく終わった。


エロイーズが無事に修道院についたという知らせを聞いた夜、ロランはむなしい思いを抱えながら、窓の外に輝く金の星を見上げた。ふと、あの少女の笑顔が脳裏に浮かぶ。今ごろどうしているだろうかと瞼を閉じた。彼女の笑顔を思い浮かべると、不思議と心が温かくなる。

ロランははっと口を押さえた。

ここしばらくは環境の変化に慣れるのに必死だったが、あの約束を守らねばならないのだ。

『いつかまた会おう』

あの子が覚えているのかどうかわからない。それでもロランはガストンに命じて、少女の身元の調査を開始した。ところが、その調査はすぐに中断されてしまう。シャロン公国をシャイルズが侵略し、自国の領土だと宣言したからである。

あの少女がいた地域も戦場となり、調査員らはほうほうの体でフロリンに逃げ帰った。彼女がいた別荘の所有者を確認しようにも、シャロンの行政が機能しておらず、登記簿も焼失してしまったそうだ。

ロランは呆然とするしかなかった。はたして少女は無事なのか、無事にフロリンに帰っているのか——あらゆる疑問が脳裏に渦巻く。やはり姓名を聞いておくべきだったと痛切に後悔した。

それでもロランは諦める気にはなれず、フロリン全土の貴族を片端から調べ、茶色の髪、茶色の目の娘を探そうと決めたのである。

しかしまもなくして、グラス侯である祖父が亡くなってしまう。ロランにとって親しい身内と呼べる者は、これで乳母だけになってしまった。そこに、王太后がまた結婚しろと要求してきたのである。次の相手はエロイーズの従妹ミレイユだと知らされた。

ミレイユはなんと知らせがあった翌日に、馬車に乗せられ身ひとつでやってきた。ロランは無碍《むげ》にできるはずもなく、彼女を受け入れるしかなかった。

新たな妻となったミレイユは優しそうな娘だった。ところが、ミレイユはナイフこそ手にしなかったが、初夜のベッドで声もなく泣き出したのである。ロランは彼女を慰めた。

「夜はいつでも迎えられます。今夜はどうぞゆっくり眠ってください」

その翌日、案の定ロランはガストンに叱責を受けた。

「初夜にはとにかくやっちまえばいいんです！　あとは野となれ山となれって精神です！」

「無理だ。そんな気にはなれないよ」

たとえ拒まれようとその人がほしい。それを恋と呼ぶのだろうが、ロランは会ったばかりの彼女にそんな感情を抱いてはいなかった。無理やり抱くなどとんでもなかった。ガストンはやれやれと溜め息を吐いた。

「ロラン様の思いやりが仇とならねばいいのですが……」

それは予感だったのかもしれない。ミレイユは半年後の深夜に、駆け落ちを試みたのである。

グラス邸の庭園の鉄柵に梯子をかけ、逃げ出そうとしている男女を、見回りの衛兵が発見したのだ。相手は見知らぬ若い男だった。

捕まったふたりは拘束され、ロランに尋問を受けることになった。ロランは動揺するままにミレイユに尋ねた。

「ミレイユ様、なぜこのような真似を……」

すると、男がきっと顔を上げる。

「僕とミレイユは昔から愛し合っていた。なのに、エロイーズが死んだからって、彼女が代わりに嫁がされることに……！」

男はクロードと名乗り、とある子爵家の次男だと告げた。ミレイユとは十年来の幼馴染であり、長じて愛し合うようになったのだそうだ。結婚の約束もしていたのだが、クロードは次男であり爵位を継げない。それを理由としてミレイユの父から一度求婚を断られたクロードは、財産を築くために海外の植民地に渡った。そして、見事に成功してフロリンに戻ったのだが、ミレイユはすでにロランと結婚したあとだった。

そこでグラス邸を訪れ、やっと鉄柵越しにミレイユに会い、駆け落ちを決意したのだ。

ロランはふたたびミレイユに目を移した。

「ミレイユ様、この男の言っていることはまことですか」

すると、ミレイユは項垂れたままこう答えた。

「はい。私はどのような罰でも受けますので、クロードだけは逃がしていただけませんか」

「そんな！　閣下、どうぞ、罰は僕に！」

すぐさま反応したクロードに、ロランは苦笑し、額を覆った。

「事情はよくわかったよ。僕は恋人を引き裂く悪役を演じる気はないんだ。じゃあこんな結末はどうかな」

呆気に取られるふたりへの、ロランの提案は以下のようなものだった。

馬車と船を出すのでふたりで植民地へ逃げるといい。ミレイユは事故死したのだと見せかけておく。フロリンの家族とは別れることになるが、お互いがいれば大丈夫だろう。

ミレイユとクロードを送り出したロランは、屋敷のバルコニーから金の星を見上げた。片手で仮面越しの深紅の双眸を覆い、苦笑するとふたたびあの金の星を見つめる。

最近ではあの星を眺めることが、すっかり心の慰めになっていた。少女の笑顔を思い出せるからだ。

「いつか……きっと……」

ロランは星に語りかけた。

――君を探して出して、また会いにいくよ。


ロランはふたりの妻が夭折したとなれば、さすがの王太后も、これ以上結婚を押しつけないだろうと考えていた。ところが一年後、三度目の結婚を命じられたのである。

同時期に、教会の陰謀によってガストンの姉が魔女狩りに遭った。ロランにとってドジな執事ではあるものの、唯一気を許して話せる兄のような相手だった。その姉が捕らわれたというのである。

しかし、王太后が素早く圧力をかけて、彼女を魔女審問の前に救出した。ロランはその恩を返すために、またもや結婚しなければならなくなった。

三人目の妻はシャルロットといい、公爵家出身だというだけあって、気位が見上げても足りぬほど高かった。使用人に対して高飛車に振る舞い、自分は女王なのだと言わんばかりである。

シャルロットは出世欲のないロランに不満を抱いたのだろう。ロランが宮廷で名を成すまでは、指一本触れさせないと宣言し、ロランに見向きもせず王都へ通い詰め、屋敷へ戻らないようになってしまった。ロランもシャルロットを説得したのだが、彼女は嘲笑するばかりだった。

しかし数ヶ月後、なんと、シャルロットが子どもを身籠ったのだ。ロランとの間に身体の関係はなかったにもかかわらずだ。

ロランはすぐさま王都へ出向き、シャルロットと話し合いの場を設けた。応接間にシャルロットを招き入れると、テーブル越しにできる限り優しい口調で問いかける。

「僕は怒ってはいません。ですが、お腹の子のためにも、父親が誰なのかをはっきりさせなければならない」

愛し合う者がいるのならすぐさま自分は離縁し、その男と結婚させようとまで考えていた。ところが、シャルロットは青ざめた顔でこう呟いたのである。

「だって、あの方は奥様とは離縁して、わたくしと結婚してくれるって……。なのに、身籠ったと知った途端、そんなつもりはなかっただなんて……」

ロランは思わず長椅子から腰を上げた。

「シャルロット様。相手は既婚者なのですか⁉」

シャルロットの顔が歪む。彼女は椅子から立ち上がると、ロランを無視して扉へと歩いていった。

「お待ちください、シャルロット様！」

ロランはうしろからシャルロットの肩を掴んだ。すると、シャルロットは凄まじい形相で振り返り、ロランの手を思いきり振り払ったのだ。

「離してよっ！」

シャルロットの手が仮面に当たった。耳にかけていた紐が切れて床に落ちる。ロランはとっさに目元を押さえたが、一瞬の差で間に合わなかった。シャルロットの目が見開かれる。

「どうして陛下とそっくりな顔をしているの⁉　それに、その目の色はなんなのよ⁉」

シャルロットはロランをきっと睨みつけた。

「この悪魔の遣いが！　私を惑わそうとしているのね⁉　こないで‼」

そして、身を翻すが早いか呆然とするロランを残し、部屋から走って出ていってしまったのだ。

シャルロットは王都の自室に閉じこもり、それ以上ロランと話そうとはしなかった。ロランは領地の運営もあるため、王都に長居できない。一旦はグラス領に帰らざるをえなかった。

その一週間後、王都の別荘の召使頭《がしら》から送られた手紙を読んだロランは、手の震えを止められなかった。シャルロットが外出の際、従者が目を離した隙に、川に身を投げたというのである。

ロランはがっくりと椅子に腰を下ろした。腹に子がいるというのに、死を選んだシャルロットが理解できなかった。

――こうしてロランの三度目の結婚は、もっとも苦いかたちで終わりを迎えた。

ロランはみずからに固く誓った。もう誰にも自分の人生に干渉させない。そのためにも王太后、国王に並ぶ、第三のフロリンの権力者となってやると。

そこから先は事業に邁進《まいしん》することになる。フロリンの生命線のひとつとも呼べる穀物、ワインの輸送ルートを手中に収めるころには、グラス家は『フロリンにグラス侯あり』とまで言われるようになった。

さすがに必需品のルートを支配する者に、教会もそう簡単に手出しはできない。同時に、世間からは『妻殺しの黒仮面』と揶揄もされたが、世間体など、もうどうでもよかった。

そうして経済的にはなんの不自由もないが、精神的には殺伐とした日々を過ごす中で、ロランはある知らせを受けることになる。恩人の少女が――クロエが発見されたのだ。

きっかけとなったのは、各国を渡り歩く行商人からの情報だった。倒れたところを助けられてから十年。もう諦めかけていたころのことだった。

ロランはすぐさまショーメット男爵家を調査した。そして、確かに男爵には娘がおり、それも茶の髪と瞳だと知った。名前もまもなく判明した。しかし執務室で報告書を読み終わったロランは、天井を仰いで呆然とした。

その少女は――クロエは、二年も前に結婚していたのだ。おかしな話ではなかった。クロエがまことにあの少女なら、もう一七になっているはずなのだ。貴族の娘であれば嫁ぐのが普通である。

ロランはおのれを笑った。祝福するべきなのだと溜め息を吐く。

嫁ぎ先のアルノー家は伯爵家でも名家であり、クロエもきっと幸福に暮らしていることだろう。はるか昔の約束など覚えているかも怪しいものだ。これ以上関わろうとするべきではない。

「はは……私は、馬鹿だな」

ロランは報告書を机の上に伏せた。身体中から力が抜け落ちた気がした。瞼を閉じ、あの笑顔を思い浮かべる。十年間、自分を支えてくれた笑顔だった。それだけでも感謝すべきなのだろう。

どうか君が幸せでありますようにと、ロランは曇った空の向こうの金の星に願った。

ところがその一年後、ロランはクロエが不妊で離婚されたと知らされた。おまけに夫には愛人がおり、後妻に収まるのは確実なのだそうだ。

執事からその話を聞かされたロランは、憤りのあまり椅子を倒して立ち上がった。クロエの境遇が母クリスティーヌと重なったのだ。

「ろっ、ロラン様……」

ロランの剣幕にガストンが恐れおののく。ロランは大股で執務室を横切ると、扉の取っ手に手をかけつつ執事を振り返った。

「即刻使者を出せ。あの子に求婚する」

ガストンは口をぱくぱくとさせている。

「も、もう二度と結婚はされないのでは？」

「三回も四回も今更変わらん」

離縁され、不妊の烙印を押された女のゆく末など、勃ちもしない老人の後妻か辺境の修道院いきだ。一八の身空で死んだように生きるクロエを想像し、ロランは身震いした。

「……もちろん本物の妻にするつもりはないさ。この結婚はあくまで一時的な処置にすぎない」

ロランは顔を伏せて苦笑した。

「そこから先は尼僧になりたいと言えば、すぐ環境のいい修道院へ送る。思い合う男がいるのであれば支援しよう。王都へいきたいと言うのであれば、別荘で好きに暮らさせる」

いずれにせよすぐに離縁し、クロエの望むとおりにするつもりだった。

ガストンがおずおずと口を挟む。

「で、ですが……その、せっかく結婚されるのです。生涯をともにされる可能性などはないのですか？」

ロランは足下を見つめた。

「私と親しくなりたい女性などいるはずもないだろう。……きっとあの子も私のことなどもう忘れているさ」

――彼女に再会するまでは、確かにそう考えていたのだ。相手の意志を無視してでも、何もかも奪いたいなどという燃えるような思いなど、そのときはまだ知らなかったから。


クロエがグラス邸にやってきたのは、それから約二週間後のことだった。出戻ったとの情報を掴んだその日に使者を出し、すぐさまクロエを迎えにいったのだから、まさしく電光石火の求婚劇である。

ロランはクロエの待つ応接間に向かいながら、今回の求婚を、どう説明したものかと頭を悩ませていた。

とりあえずは君に手を出す気はなく、気が済むまでここで安心して暮らしてほしい、そう告げようと応接間の前でようやく決める。昔会ったことがあるのだとは、いたずらに戸惑わせるだけだと打ち明けないことにした。

当時クロエはほんの子どもである。覚えているとは思えなかった。

召使が扉を恭しく開け、ロランは中に足を踏み入れる。

少女は――クロエは立ち上がり、こちらを見上げていた。

「……!?」

ロランは衝撃に目を瞬かせた。あの茶水晶のように澄んだ瞳と、腰まで伸びる緩やかに波打つ髪、小さな鼻と赤い唇はそのままだった。雰囲気は可愛さに落ち着きが加わっている。背はぐんと伸びており、細く柔らかな身体の線がドレス越しでもわかった。

あの小さかった少女が、ロランの頭の中ではずっと子どものままだった少女が、ひとりの大人の女性になっている——蛹《さなぎ》が蝶《ちょう》になったのを目にした以上の衝撃だった。

クロエがドレスを摘まんで丁寧に挨拶をする。

「は、初めてお目にかかります。クロエ・ドゥ・ショーメットと申します」

鈴の音を思わせる声だった。高く甘く可愛らしい。彼女からどうしても目が離せなかった。

「あ、あの、旦那様……?」

心くすぐられる呼びかけに、ロランは思わずまじまじとクロエを見る。『妻』にそう呼ばれたのは初めてだったからだ。彼女は自分を夫と認めているのだと、胸になんともいえない思いが押し寄せてきた。

クロエはきょとんとこちらを見上げている。ロランが固まって反応しないからだろう。ロランはクロエに思わずこう尋ねていた。

「……今、なんと言った?」

大きな目が見開かれる。

「あ、あの、旦那様と……。お、お気に召さないようでしたら、か、変えます。なんとお呼びすればよろしいでしょうか?」

クロエは困ったように首を傾げており、ロランは無邪気さにうっと息を呑んだ。「では」と遠慮がちに申し出る。

「ロランと呼んでくれ」

「ロラン……ロラン様でよろしいですか？」

クロエの声でそう呼ばれると、この名はこの世でもっともよいものに思えた。

「あの、ロラン様、どうなさいましたか……？」

挙動不審なロランに不安と心配を覚えたのか、クロエがこちらの顔を覗き込んでくる。おそらく女性用の石鹸かなにかなのだろう。ふわりと花にも似た香りがして、ロランは反射的に数歩後ずさった。

「ろ、ロラン様？」

「……なんでもない」

そうぶっきらぼうに呟くのがやっとだった。頭にはこんな思いが激しく渦巻いている。

彼女を尼僧にする？　他の男に娶らせる？　遠方に手放す？　――そんなの、冗談じゃない。

生まれて初めて覚えた強い思いだった。その衝動に突き動かされて宣言する。

「……結婚式は三日後だ」

それからしばらく会話し、部屋をあとにしたロランは廊下で壁に背中を当て、口元を覆う。

「参った……」

心臓の音が彼女に聞こえてしまいそうなほどに、大きく鳴り響いているのを感じていた。

# 第八章　愛しています。これからはずっと一緒です。

クロエがロランと自分の長い、長い物語を聞き終えるころ、馬車はあのきらびやかなフロリンの王宮へ到着していた。ロランはぽかんとするクロエの顔を覗き込む。

「驚いたかい？　だから、私と君は、結婚式の前に初めて会ったわけではないんだ」

ロランはクロエをふたたび抱き上げると、馬車から降り、開け放たれた扉の内へと向かう。クロエはそこでようやく気づいた。召使や衛兵らがずらりと並び、一斉に頭を下げている廊下を、横抱きにされて運ばれているのである。

「ろ、ロラン様、お、下ろしてください。自分で歩けます」

「いいや、駄目だ。大事な身体なんだから」

ロランはいつもの強引さでクロエを抱いたままだ。宮殿の奥にある寝室へ向かうと、クロエをベッドに寝かせ、召使らを下がらせる。クロエはその室内の内装にあっとなった。

心落ち着く焦げ茶の壁も、そこに施された金の象嵌《ぞうがん》も、クリーム色の天井も、天蓋つきのベッドも、窓辺に置かれた花瓶ですら、グラス邸のロランとの寝室と、まったく同じだったからだ。

「このほうが君が安心すると思ってね」

ロランはクロエの隣に俯せに横たわると、彼女の額を愛おしむように撫でた。

「慣れたあの屋敷で産ませてやりたかったんだが、今後私が国王となるとそうもいかない。その子は王子か王女となるから、王宮で生まれなければならないんだ……すまない」

溜め息を吐いて謝る。

「私の我が儘で君を逃れられない立場に追い込んでしまった」

「……」

クロエは腕を伸ばして、ロランの頬を包み込んだ。

「ロラン様、謝らないでください。私、もう決めているんです。何があってもあなたから離れないって」

ロランははっとした顔となり、クロエを見下ろす。

「だから、ロラン様も私にそう言ってくれませんか？」

「……ああ、そうだな」

秀麗な美貌に微笑みが浮かんだ。

「二度目の求婚だな。クロエ、私についてきてくれるかい？　どうか生涯をともにしてほしい」

クロエはしっかりと頷き、花が咲くように笑う。

「……はい！」

それからふたりはしっかりと抱き合うと、ベッドでくるりと入れ替わり、口づけを交わし合った。初めはロランから、次はクロエから。

クロエはこうしてロランに覆い被さり、彼を見下ろすのは初めてだった。少々緊張しつつ、かたちのいい唇にみずからの唇を重ねる。初めは軽く、二度目は深く——やがてクロエが身体を起こすと、ロランは深紅の双眸を細めた。

「クロエ、キスがうまくなったね」

「そ、そ、そ、そうですか？」

クロエは顔から火が出る思いがする。

「だが、もう少し練習が必要だな。ほら、こうだ」

ロランはクロエの背に手を回して抱き寄せると、下から啄むように何度も口づけた。

「ひゃっ……」

「クロエ、君はどこもかしこも甘い」

ロランの唇がクロエの頬を優しく辿る。クロエはくすぐったさに身を捩ったが、ロランは彼女を放そうとはしなかった。

「このまま全部食べてしまいたくなる」

それからふたりはふたたびベッドの上で、クロエが上となって抱き合った。ロランの胸に顔を埋めながらクロエは呟く。

「ロラン様、私……うっすらとだけど覚えているんです。昔、療養先であなたに出会ったこと……」

ロランの目が見開かれる。ああ、この瞳だ、とクロエは微笑んだ。

「その人はとても優しくて……いつも寂しくなると夢に出てきて……でも、それがロラン様だなんて思わなかった……」

思えば不思議な運命だと思う。あの日、あのとき、あの場所で出会わなければ、こうして再婚することもなかったかもしれないのだ。

ロランはクロエを見上げ、指先でその目元に触れた。

「クロエ、私は君に二度恋をしたんだよ。初めは小さな君に、次は今の君に」

「わ、私も、です……」

クロエはロランの胸に耳を当てると、その鼓動を子守歌にゆっくりと目を閉じた。

「……これからは三人になるんですね……いいえ、それじゃダメですね！」

突如としてクロエは起き上がり、首を振る。

「クロエ？」

クロエは真剣な眼差しでロランの目を覗き込んだ。

「ロラン様、これからたくさん家族を作りましょう？　私も頑張ります！」

「……!?　い、いや、それは、私も嬉しいが……」

突然の妻の宣誓に、慌てふためくロランに、クロエはいっぱいの笑顔を見せた。

「ロラン様と同じ色の目の赤ちゃんをいっぱい産みます。その子が大きくなってまた子どもが生まれて、赤い目の子が増えれば……きっといつか……」

いつか、不吉の象徴などと言う者はいなくなるだろう。

「クロエ……」

ロランは深紅の目を瞬かせた。

「……ありがとう」

ロランはクロエを抱き締めていたが、やがて驚いたように「クロエ」と名を呼んだ。

「どうなされましたか？」

「今、動いた」

「えっ……」

「確かに君の腹が動いたんだ」

ロランは興奮してクロエの腹を撫でた。

「うーん、これはきっと男の子に違いないな。私と君に嫉妬しているに違いない」

「え、ええっ……」

「赤ん坊と君との取り合いになったら困るなあ」

「そ、そんな、ロラン様……」


それから四ヶ月後――。

いよいよクロエが出産を迎えた深夜、ロランは邪魔だからと寝室から追い出され、扉の前で苛立たしげに歩き回っていた。室内からはクロエの呻き声が聞こえる。

「王妃様、まだいきんではなりませんよ。堪えてください」

「は、はい。……んんっ。ふーっ……」

「クロエ……クロエ……」

愛妻が産みの苦しみに耐えていると思うと、たまらずについ溜め息を吐いてしまう。すると、そばに控えていた腹心の執事が、水の入ったグラスを主人に差し出した。

「陛下、ここはひとつ落ち着いて男を見せるべきだと思いますよ」

「……まだ結婚もしていないお前に言われたくない」

ショックを受けた表情のガストンからグラスをもぎ取ると、ロランは勢いよく水を呷る。

医師によれば腹の赤ん坊が大きく、逆にクロエは小柄なために、難産になる可能性もあるのだそうだ。確かに臨月のクロエは、動くのも辛そうなほどの腹だった。何もできない自分が歯がゆく、情けない。

「私は無力だな」

ロランはまた溜め息を吐いた。

心の父であり師であったアーベルが死んだときと、大して変わっていない。乳母が言っていた言葉も、今になってようやくわかるようになった。

『ロラン様、強さではどうにもならないことがある……。神とはそんな弱い私たち人間の心を守られるためにいらっしゃるのです。きっとあなたもいつか知られることでしょう』

ロランは胸の前に手を組み、神に心から祈りを捧げる。

「どうか、どうか神様……どうかクロエと子をお救いください……」

神を恨み、一宗派を国内から一掃すらしたロランが、生まれて初めて神に救いを求めた瞬間だった。

それからどれくらいの時が過ぎたのだろうか——寝室からクロエの一際高い悲鳴が聞こえたかと思うと、大きな産声《うぶごえ》が壁を越えて響き渡る。すぐさま扉が開けられ、介添えの侍女が飛び出してきた。

「陛下、おめでとうございます！　お世継ぎのご誕生です！」

「男の子か……！」

「陛下にそっくりの王子殿下でございます。青銀のお髪でございますよ」

「そうか、そうか……！」

ロランがほっと胸を撫で下ろす間に、さらに第二の産声が産声に重なる。

「え、ええっ⁉」

侍女もそんな馬鹿なと振り返った。すると、もうひとり侍女がおずおずと扉から顔を出した。

「あ、あの、陛下おめでとうございます……王女殿下もご誕生です。こちらは王妃様とよく似ていらっしゃって……」

「双子……？」

ロランはその場に呆然と立ち竦む。道理で腹が大きかったはずだと、やっと納得した。

「女の子……そうか、クロエに似ているのか」

徐々に喜びに頬が緩むのを抑えきれなかった。

産声から数時間後、ようやく寝室の扉が開けられ、ロランも初めて我が子の顔を見ることができた。

ふたりの赤ん坊は清められ、それぞれ水色と黄色の産着を着せられ、クロエと同じベッドに並んで横たわっている。腹にいるときには大きく思えていたのに、この世に生まれると驚くほど小さく、触れると壊れてしまいそうだった。

初産で双子にしては安産だったらしく、クロエももう落ち着きを取り戻している。

「クロエ、ありがとう。まさか双子だとは……」

クロエは母親となった女性だけが見せる、神々しくも柔らかな微笑みを見せた。

「お兄ちゃんから順番に抱いてあげてくれませんか」

「ああ……」

ロランは侍女の指示に従って、息子をおっかなびっくりで抱き上げた。

「……小さいな」

そして、まだ赤ん坊だというのに、自分にそっくりなのがわかる。ロランの口元に笑みが浮かんだ。

「ワンパクになりそうだな。娘は君に似て、きっと美人になるだろう」

クロエは頬を染め、「そうだわ」とロランを見上げた。

「名前をつけてあげてくれませんか」

ロランはしばし思案し、赤ん坊の頬をくすぐる。

「では、この子はアーベルと。私がもっとも尊敬した師であり、心の父であった人の名だ」

クロエがふと笑う。

「まあ、いい名前ですね。では、娘はどうしますか?」

「エステル、と」

大きな茶の目がはっと見開かれ、次にロランを嬉しそうに見つめた。

「エステル……古いフロリンの言葉で、星、という意味ですね」

「ああ、そうだ」

ロランはカーテンの隙間から見え隠れする、窓の外に輝くあの金の星を見上げる。星は新たな命の誕生を祝福するかのように、夜空に優しく明るく輝いていた。

双子が生まれて二ヶ月は怒濤《どとう》の忙しさだった。クロエは侍女らに手伝われ、どうにか育児をこなしていた。乳母はいたが、できる限り自分の手で育てたかったのだ。子どもたちが、親に愛されていると感じられるように。

そうしてペースも掴めてきた三ヶ月目の夜、クロエは久々にロランとベッドの上で向かい合い、どちらからともなく抱き合っていた。

ロランはクロエの寝間着に手をかけ、長い指でひとつひとつボタンを外していく。下着がぱさりとシーツの上に落ちた。これでクロエを覆うものは何もない。何度も身体を重ねているのにもかかわらず、クロエは心臓が高鳴るのを抑えられない。シーツの上に身体を横たえられたそのとき、つい覆い被さろうとするロランに叫んだ。

「ま、待ってください！」

ロランがクロエの両脇に手をつき、見下ろした。

「どうしたんだ？」

「あ、あの、あの……」

クロエはようやく言葉を絞り出す。

「な、なんだか、緊張、してしまうんです」

ロランは瞳の光を和らげ、クロエを優しく胸に抱いた。

「私も同じだ。親としてではなく、夫婦として君と顔を合わせるのは久しぶりだからかな」

クロエの頬がロランの胸に押し当てられる。その厚く逞しい筋肉の向こうから、確かに早鐘を打つ心臓の音が聞こえた。

「まるで、今日初めて君を抱く気がしている」

ロランは身体を起こしクロエの目元に口づけた。触れた直後にすぐ離れる囁きにも似た口づけだ。次いで頬に、最後に唇を重ねる。

「ん……」

その柔らかな感触にクロエは茶色の瞳を閉じた。ロランの首に手を回し、みずからもロランの唇を求める。決して一方的ではなく、舌が互いに絡み合う。首筋に甘い痺れが走り、クロエは吐息を洩らした。

ロランが唇を離しクロエを見下ろす。深紅の瞳が首筋を経て、クロエの一際大きくなった乳房に向けられた。

視線がその輪郭をゆっくりと辿るのを感じ、クロエは顔を背ける。

「そ、そんなに見ないでください……」

「何故だ?」

「だ、だって」

小さかった胸が、子を産み大きく膨らんでいるのが恥ずかしい。ロランはクロエの躊躇いには構わず、その右の膨らみにそっと手を添えた。

「そんな顔をされてしまうと困る」

ロランの手の平はクロエの乳房を覆うように囲い、つ、と二本の指が時計回りに赤みを増した乳輪を撫でる。敏感な箇所に触れられクロエの身体がびくりと震えた。みるみる白い肌が薄紅色に染まり、先が固く尖り始めてしまう。ロランはさらにその弾力を確かめようと、強く、弱くと力を込めた。

クロエの乳房は揉まれるままにひしゃげ、潰され、さまざまにかたちを変えられた。だが、それでも大きなその塊はすぐに元のかたちに戻ってしまう。クロエの息が途切れ途切れになるのを見計らい、ロランはクロエに覆い被さりその可憐な唇を唇で塞いだ。

「んんっ……」

その間にももう片側の乳房を揉みしだかれる。その指の一本一本に力が加わるごとに、クロエの背筋と下腹部が切なく疼き、涙とともに蜜が胎内より滲み出していく。

「あいかわらず胸が弱いね。それに、甘い」

ロランの唇が頬にずれ、首筋を辿り鎖骨へと辿り着く。ロランはそこに紅い痕跡をひとつ残した。

「君は何も変わっていない。いいや、もっときれいになった」

唇はやがてクロエの耳朶に触れ、白い歯がその端を噛む。

「ひゃうっ……」

ロランはクロエの背に手を入れ、豊かな胸の谷間にその美貌を深く埋めた。冴え冴えとした青銀の髪がクロエの肌の上に散らばる。ぬるりとした舌の感触と、赤ん坊とは違う目的で乳房を吸われる感覚に、喉の奥から身体の火照りに熱された声が漏れ出た。

クロエはロランの頭を優しく抱え、「愛しています」と吐息に真摯な囁きを乗せる。

「私はロラン様だけのものです。これからもずっとずっと……」

クロエの言葉を聞きロランが顔を上げクロエを見下ろした。深紅の瞳と茶色の瞳の間に甘く、それでいて温かな、満ち足りた視線が交わされる。

「私も君だけのものだよ。……君を愛している」

ロランは穏やかな微笑を浮かべ、ふたたび唇をクロエの身体に落とした。腹に、腿に、脚に軽やかに触れていく。

やがてロランはクロエの両脚を開きその長い指で花弁に触れた。クロエの足と足との狭間がひやりとした空気に触れる。ロランの体温を感じるだけで、みるみるその箇所が盛り上がり、溢れる蜜が内腿を濡らしていく。満たされた心が潤しているのだ。

クロエの花唇に熱い塊があてがわれる。ロランはすぐにはクロエの中に入らず、焦らすように漲《みなぎ》る欲望で花芯を擦った。

「あっ……」

クロエの背筋が引き攣る。このまま貫かれるのではないかと思ったのだ。

しかし、すぐに腰を引かれる。次は欲望を蜜口の間際にまで入れられ、やはり腰を引かれてしまう。さらに花弁に押し当てられて刺激され、知らず小さく喘ぎ声が漏れ出てしまった。それを何度か繰り返されたあと、クロエは心地よさを感じながらも、物足りなさに頤《おとがい》をそらした。

胎内が熱く焦れ、子宮がロランをほっしている。ともすればその首に手を回し、早く無茶苦茶にしてくれと懇願してしまいそうだった。

「……っ」

クロエは口を微かに開け、荒い呼吸で快感をどうにか散らした。しかし、ロランがクロエの頬に手を当て強引に顔を上向かせてしまう。

「――クロエ」

深紅の瞳が茶色の瞳を覗き込む。

「何がほしい？」

クロエの身体の変化などすでにわかっているだろうに、ロランはクロエから答えを引き出すまで許さない。心が陥落するまで執拗に責め続けるつもりなのだ。

クロエは瞼を閉じ、涙を一筋頬に流した。

「……意地悪です」

しばしの沈黙ののち、やっと出た一言がそれだった。

「ロラン様は、い、いじわるです」

以前のクロエならば決してなかったであろう、その憎まれ口にロランは一瞬呆気に取られていたが、やがて苦笑しながらも愛しげに涙を舐め取った。

「泣き顔の可愛い君が悪い」

あまりな言い分だと抗議しかけたクロエの頬を、長い指の手が包み込んだ。深紅の瞳にはクロエただひとりだけが映っている。

「この澄んだ茶色の瞳が悪い」

そう言ってロランは笑みを深くする。

「この波打つ茶色の髪が悪い、この滑らかな白磁の肌が悪い、この華奢で柔らかな身体が悪い」

ロランは親指でクロエの唇を辿りながら呟いた。

「だが、もっとも悪いのはそれらをすべて持つ君自身だ」

ロランはそう囁き、とうとうクロエの中に身を沈めた。雄を求め、蜜の満ちたクロエの秘所は難なくその熱い塊を飲み込んでしまう。

「あっ……」

クロエは目を見開き片手を上げた。しかしすぐに力強い手で押さえつけられ、シーツに縫い止められてしまう。クロエは顔を背け胎内に押し入られる感覚に大きく喘いだ。怒張の半ばまでが入れられたところで、ロランが動きを止める。

「クロエ……」

名を呼ばれるのと同時にずるりと引き抜かれる。だが、次の瞬間強く突き入れられ、クロエは声にならない声を上げた。

硬さと熱さを増した怒張の切っ先が、クロエの最奥をこじ開けようと繰り返し小突く。こりっとした感触に耐え切れず、クロエは咽ぶような吐息を洩らした。

「……あっ」

両脚から力が抜け落ち、小刻みに全身が震え出す。気が狂うほどの快感と、気が狂うことへの恐怖がない交ぜになる。そんなクロエを見、ロランはさらに欲望を奥へ、奥へと押し込んでいった。

「ひぅっ……」

クロエは白い喉を仰け反らせ、空気を求め口を開けた。ところがその唇をすぐさま唇で塞がれてしまう。

「ん、んん……」

クロエはロランの首に手を回し、その熱い吐息を与えられるままに吸い込んだ。熱い舌がクロエの口腔を弄り歯茎を辿る。クロエはロランの頬に手を当てた。唇と身体が深くまで繋がり、肌が隙間なく密着している。

このまま熱に溶け、ひとつになれればよいのにと、クロエはどちらのものとも知れない熱を感じながら思った。

不意に唇が離され、舌と舌の間に唾液が銀色の糸を引く。ロランはクロエの唇を舐め、丸みを帯びた腰を抱え直した。

「クロエ、愛している」

言葉とともにロランが動き始める。

「あっ……やっ……」

欲望がクロエの膣壁を激しく擦り、同時にベッドとともにクロエの華奢な身体が上下に揺れた。抽送の勢いに、繋がる箇所から蜜が溢れ出し、淫靡な泡立つ音を立てる。

「うっ……はぁっ。ふぁっ……あ、ロラン様っ……」

クロエは胎内を灼熱に貫かれ、背筋に強烈な痺れが何度も走るのを感じた。

ロランはクロエの敏感な箇所を容赦なく突き続ける。茶色の瞳に涙が滲み、クロエは何度も首を振った。

絶え間ない快楽の波に神経が焼き切れてしまいそうだった。しかし当然ロランが許すことなどありえず、次の瞬間、クロエのもっとも弱い部分を深々と抉った。

「……っ！」

クロエは反射的に逞しい肩に手をかけ、背筋を限界にまで仰け反らせた。子宮から脊髄《せきずい》に、脊髄から脳髄に喜悦と苦痛との入り混じる感覚が駆け抜けていく。視界が白く染まり、端に青銀色の火花が散る。

「ああ……」

クロエは身体をぐったりとシーツの上に弛緩させた。茶色の瞳から、大粒の涙が音もなくこぼれ落ちる。

「もう限界かい？」

ロランはなおも緩やかに腰を回しながら、楽しげにクロエの耳元に囁いた。

「これくらいで参るとなると、これから先が思いやられる」

「……どいです」

いまだに胎内を満たす熱い塊に喘ぎながらクロエはやっとの思いで声を出した。

「あ、ロラン様は、ひどいわ……」

クロエの息も絶え絶えのそんな訴えすら、煽る要素でしかないようだ。

「何がひどい？」

ロランはぐ、とクロエの膣壁を抉った。

「……っ‼」

「言ってみるといい。何がひどいというんだ？」

「そ……れ、は……」

クロエは吐息の間になんとか言葉を挟んだ。

「聞こえないな」

欲望が強く鋭く穿たれ、クロエの最奥を貫いた。

クロエは涙を流しながら首を振った。

「お、お願い……だから、聞いてください……一方的に快楽を与えられるだけでは嫌、なんです……」

クロエはようやくそう主張し、ぐいとロランの顔を引き寄せた。

そしてそのかたちのいい耳に、何事かを囁く。

「……何？」

クロエの提案を聞きロランは冗談だろうと目を瞬かせた。

「君が、私に？」

クロエは小さく頷きロランに請うた。

「お、お願いです。い、一度だけでいいんです……」

恥じらいにますます赤く染まった白磁の頬に、愛しさを覚えたのだろうか。ロランは苦笑しながらわかったと呟き、ずるりと欲望をクロエの胎内から引き抜いた。その感触に思わず肌が粟立ち、クロエは声が漏れてしまう。

「君の言うとおりにしよう」

ロランはクロエの隣に仰向けに身を横たえた。

「これでいいのかい？」

クロエは肘をつき、ゆっくりと身を起こした。身体の奥に残る熱に一瞬足が崩れそうになるが、意志の力でどうにかロランの胸に手を当て覆い被さる。

初めて見下ろしたロランの肉体は、クロエが感じていた以上にしなやかで逞しい。乗馬や剣術などで鍛えているのだろう。女の身体とは異なり、胸部にも腹部にも一切の無駄がない。

次いで筋肉の盛り上がる肩と引き締まった腕、その先にある手と長い指に目を奪われる。この見事な肉体に抱かれていたことが信じられなかった。

「クロエ？　どうした？」

クロエはロランの声に我に返った。見とれていたなどとはとても言えず、慌てて質問に質問で返した。

「あ、あの……。お、重くないですか？」

ロランは遠慮がちな声に破顔し、胸にこぼれる茶色の波打つ髪を掬った。

「さすがに君が十人になれば耐え切れないだろうな」

その毛先に愛しげに口づけ、クロエを見上げる。

「……君は小さいな」

これほど小さく細く柔らかい存在を、他には知らないとロランは言った。

「羽をもがれた妖精のようだ」

「そんな、妖精だなんて」

クロエは頬を傾けロランに唇を重ねた。身体を起こし、胸に唇をつける。それだけでも顔から火が出るかと思ったが、どうにか耐え、次いで引き締まった腹部に、最後に脇腹に口づけた。そんなクロエの必死の努力がおかしかったのだろうか。ロランはついに噴き出し笑いを堪えつつクロエの後頭部に手を回した。

「大丈夫かい？」

「だ、大丈夫です！」

クロエはさらに顔を赤らめながらも、ロランの腰の上に跨った。クロエの蜜の溢れる花唇にまだ熱の籠る塊が触れ、ロランの美貌がかすかに顰められる。クロエはロランの腹部に手を当て、尚も腰を擦りつけた。

「……っ」

女の箇所による柔らかな刺激に、欲望がみるみる猛りを取り戻していく。クロエは腰をかすかに上げ、そんなロランの分身をみずからの中に迎え入れた。

「あっ……く」

異物の侵入する感覚に身体が一瞬引き攣り、ふたたび腰が小刻みに震え始める。ロランと何度身体を繋げても、いまだにこの瞬間にだけは慣れない。熱い塊がゆっくりと胎内を隙間なく満たしていき、知らず長い睫毛の先に涙が滲んだ。それでもクロエは目を潤ませながらロランに問う。

「ロラン様、気持ちいいですか?」

ロランはクロエを楽しげに見上げていたが、やがてその身体の細い括れを掴み、唇の端にからかうような笑みを浮かべた。

「これだけでは駄目だ」

言葉とともにクロエの腰を前後に揺すり始める。欲望が今までに強く突かれることのなかった膣壁を掻き乱し、クロエは新たな快感に白い喉を晒した。

「……やあっ」

体勢が崩れかけ、ロランの胸に手を当て辛うじて身体を支える。その間にも乳房が大きく上下に揺れ、薄紅色にうっすら染まったその谷間から汗が一筋零れ落ちた。

「だ、駄目。これじゃ、駄目です……。あっ」

クロエは首を振りロランの胸に大粒の涙をぽろぽろと零した。だが、ロランはいっそう揺さぶりを強め、クロエの悦楽をその身体から引き出していく。

「何が駄目だというんだ？　言ってみるといい」

「だ、だって、わ、……私、だけが……」

咽び、声が出てこない。それでもどうにかクロエは言葉を紡ぎだす。

「こ、これ、じゃ、駄目。ロラン様に、私が、してあげたいのに……」

ロランの手の動きが止まる。深紅の瞳に、赤く燃え盛る情欲の炎が灯った。

「一〇〇年は早かったね」

ロランは不意にクロエの手を引き寄せた。クロエはロランの広い胸の上に難なく倒れ込み、その逞しい腕に華奢な身体を抱き込まれてしまう。

「え、ロラン様？」

ロランはベッドの中でくるりと身体を回転させ、瞬く間にクロエを下に入れ替えてしまった。すらりとした両脚を膝で荒々しく割り、体勢の変化で引き抜かれたおのれの分身を、ふたたび淫らに濡れる秘所にあてがう。

「お、お願い。ま、待ってくださ――」

だが、ロランはクロエの静止など聞くことすらなく、その柔らかな身体を楔で一気に貫いた。

「ああ……っ」

身を捩らせ顔を背けたが逃れられるはずもない。クロエはシーツを握り締め灼熱の衝撃をどうにか耐えた。一方、ロランは腰を動かしクロエの胎内に欲望の全てを収めてしまった。

「その気持ちだけで十分だ」

クロエの答えを待たず抽送を始める。

「クロエ、愛しているよ」

「あ、ろ、ロラン様、私もですっ……！」

ロランの胸板に乳房が押し潰され、汗に濡れる肌と肌が激しく擦れ合う。月光が激しく交わるふたりを照らし出し、繋がる箇所から溢れる粘液が妖しく光った。

ロランは欲望を深々とクロエの中に突き入れ、その華奢な身体を胸に固く抱き締める。クロエは身体の奥に注ぎ込まれる熱い迸りに、背を仰け反らせた。

# エピローグ

双子が誕生してから約一年。アーベルとエステルは健やかに育ち、いよいよ国民への披露の場が設けられることになった。今日だけは宮廷前の一部が開放され、武器の不所持を確認されたうえで、一般市民の入場が許されているのである。

ロランとクロエはそれぞれの腕に子を抱き、両脇に護衛を伴ってバルコニーに出た。目に眩しいフロリンブルーの空の下には、数えきれないほどの人々が集まっている。国王一家が姿を見せたと認めるが早いか、詰めかけた国民らは一斉に歓声を上げた。全員、国花の百合を手にしている。

「アーベル様、エステル様、お誕生日おめでとうございます！」

「フロリン王国万歳！　国王ご夫妻ばんざーい！」

熱烈な歓迎にクロエの目が見開かれる。

「こんなに喜んでくれるだなんて……」

クロエは国民のロランへの支持に、全身が引き締まる思いがした。自分も王妃としての務めを果そうと、微笑みを浮かべて腕の中のエステルを人々に見せる。

すると、隣のロランに抱かれたアーベルが不意に身体をうんと伸ばしてきた。ロランと同じ深紅の瞳には、エステルだけが映されている。

「ん？　王子はどうされたんだ？」

「あら、まあ」

クロエだけではなく国民らも目を見張る。アーベルは公衆の面前で妹に顔を寄せ、ちゅっとその薔薇色の頬にキスをしたのだった。

「あっ、アーベル、駄目よ、こんなところで」

「今日くらいは我慢しろと言っただろう。うーん、お前はやっぱり私の息子だな」

アーベルはとにかくエステルが大好きらしく、隙あらばこうして身体を摺り寄せ、キスをしてしまうのだ。クロエたちは今から息子の将来が心配だった。

予想どおりの事態に慌てふためく国王夫妻と、きゃっきゃと笑い合う双子の様子が、微笑ましく見えたのだろう。人々の間に笑い声と歓声がふたたび上がった。

クロエは苦笑しながら階下を見渡した。

ロランの政策が功を奏し、フロリンの景気はだいぶ回復した。生活に余裕ができ、人々の表情は明るい。クロエはふと、人々の中に見知った顔を見つけた。

右側の庭木の太い枝に腰かけているのは、マルグリットとセルジュ、マリユスだ。三人ともやはり百合を掲げて振っている。マルグリットは「クロエちゃーん、今度また赤ちゃん抱っこさせてねー！」と叫んでいた。数日前に遊びにきたばかりであるが、相変わらず可愛いもの好きのようだ。

それにしてもマルグリット結婚の話はまだ出てこない。噂によるとマリユスが成長するのを待っているのだとか、いないのだとか……。二十歳をとっくに超えてしまったのだが、はたして結婚でき……するのだろうか。セルジュには、とにかく頑張ってほしいと、心の中で冷や汗交じりのエールを送る。

クロエは続いて左側の木に目を移し、その下に静かに佇んでいる、見覚えのあるふたりに息を呑んだ。

ひとりは金髪のすらりとした青年、もうひとりは金茶色の髪の娘である。青年は左目を黒い眼帯で覆っている。どうやら目だけではなく足も不自由らしい。娘はその身体を支えるようにして立っていた。

「シャルル様……？」

たったひとりの血を分けた弟の名に、ロランもはっとその方向を見た。シャルルとアンジェルのふたりも、ロランとクロエの視線に気づいたのだろう。微笑み、手にしていた百合を振る。そしてふたりは深々と一礼するとその場を立ち去り、お互いを支え合って門の向こうへと姿を消した。

ロランは声もなくその姿を見送っていたのだが、「よかった」と顔を伏せて、声を絞り出す。

「生きて、いてくれた……」

クロエは思わずロランに身を寄せていた。何事かと双子が両親を見上げている。クロエはいまだに目を落とすロランに、遠慮がちにこう切り出した。

「あ、あの、ロラン様、もう一つよかったことがあるんです。実は、今朝わかったんですけど……」

ロランがようやく顔を上げた。クロエは彼の耳に口を寄せた。

「三人目、できたんです」

深紅の双眸がいっぱいに見開かれる。

「来年の初めごろには生まれるって……」

「……！」

今度はロランがクロエの頬にキスをする。

「――クロエ、でかした‼」

釣られて、アーベルもまたエステルにキスをした。国民がなんだなんだと騒ぎ出す。

「陛下がキスをされた！　王妃様にキスをされたぞ！」

歓声と笑顔が巻き起こる。紅い瞳を持つ者にキスされると、幸福になれるとの言い伝えが広まるのは、それからほんの数年後のお話――。

# あとがき

こんにちは。はじめまして。東万里央《あずままりお》と申します。

このたびは『離縁されました。再婚しました。仮面侯爵の初恋』を手に取っていただき、まことにありがとうございます！

憧れのガブリエラ文庫の姉妹レーベル、ガブリエラブックスより出版していただくことになり、こうしてあとがきを書いている間も夢のような気分です。

この物語はタイトルから思いついたという、我ながら珍しいきっかけで誕生しました。プロットはスラスラ、キャラクターたちもサクサクと動いてくれ、執筆中不思議と詰まることがありませんでした。はじめから物語がそこにあったかのように完結に至りました。

ところで、この物語のテーマのひとつは『不幸な運命からの脱却』です。

ヒロインのクロエは父親や前夫からひどい目に遭わされています。が、ヒーローのロランはそれに輪をかけて苦労しております。殺されかけるわ、大切な人を亡くすは、挙句結婚に失敗すること三度。これでもかという感じです。ですので、最後の一行を書き終えたときには、「よかったね。やっと幸せになれたね」と、その肩を叩きたくなりました（笑）

続いてイチャラブ夫婦であるふたりを取り巻く人々について。

可愛いもの好きのじゃじゃ馬令嬢マルグリット。登場させたときにはちょい役の予定だったのですが、書いていくうちにそこから外れて、いい意味で大活躍してくれました。お気づきの方もいらっしゃるかと思いますが、この物語の中にはもはや定番となった、『婚約破棄』のモチーフが出てきており、彼女はいわゆる『悪役令嬢』的な立ち位置にあります。

そんなマルグリットに片思いをしているのが従兄のセルジュ。いつか頑張って両想いに持ち込んでほしいところですが、彼はマルグリット好みの可愛い男性ではなく、イケメンよりなのでどうなることやら。

次に王太后と王太子シャルル。多分王太后は評判が悪いことと思います。悪役はシュリュー大司教よりも、むしろ彼女と言っていいかもしれません。しかし、王太后にも譲れないものがあったのだと思っていただければ……。シャルルもヘタレを返上して頑張って、自分のやるべきことを見つけました。

最後にクロエの母親のアンヌ。モブ中のモブかもしれませんが、彼女についてはこの物語でもっとも気に入っている一文があります。

——ただ夫に従うだけの女に見えていた母だが、母は母なりにそうして何かを決め、生きてきたということなのだろう。

担当の編集者様にも「いいね」と言っていただき嬉しかったものです。ひとりひとりに意志と人生があるんだと感じていただければ幸いです。

さて、この物語のイラストはすずくらはる先生に描いていただきました。クロエとロランもさることながら、子どもたちの可愛いこと……‼　モチモチのほっぺをつつきたくなりました。

担当の編集者様にも大変お世話になりました。アラだらけの原稿をチェックしていただきました。

読者の皆様にはあとがきまで読んでいただき感謝の言葉しかありません。感想などがございましたら、ぜひお寄せください。またいつかどこかでお会いできますように！

ガブリエラブックスをお買い上げいただきありがとうございます。
東 万里央先生・すずくら はる先生へのファンレターはこちらへお送りください。

〒110-0016 東京都台東区台東4-27-5 (株)メディアソフト
ガブリエラブックス編集部気付 東 万里央先生／すずくら はる先生 宛

gabriella books

MGB-002

# 離縁されました。再婚しました。
## 仮面侯爵の初恋

2019年3月15日 第1刷発行

著 者 東《あずま》 万里央《まりお》

装 画 すずくら はる

発行人 日向晶

発 行 株式会社メディアソフト
〒110-0016
東京都台東区台東4-27-5
TEL：03-5688-7559 FAX：03-5688-3512
http://www.media-soft.biz/

発 売 株式会社三交社
〒110-0016
東京都台東区台東4-20-9 大仙柴田ビル2階
TEL：03-5826-4424 FAX：03-5826-4425
http://www.sanko-sha.com/

印 刷 中央精版印刷株式会社

装 丁 小石川ふに(deconeco)

組 版 大塚雅章(softmachine)


ISBN 978-4-8155-4010-4